妖虫

江戸川乱歩

春陽堂

目次

妖虫

妖虫

青眼鏡《あおめがね》の男

熱帯地方に棲息《せいそく》する蠍《さそり》という毒虫は、蜘蛛《くも》の一種であるけれど、伊勢海老《いせえび》を小さくしたような醜怪《しゅうかい》な姿をしていて、どんな大きな相手にも飛びかかって来る、兇悪無残《きょうあくむざん》の妖虫《ようちゅう》である。そいつが獲物を見つけると、頭部についている二本の鋏《はさみ》で、相手をグッと圧《おさ》えつけておいて、節になった尻尾を、クルクルと弓のように醜《みにく》くそらせて、その先端の鋭い針で、敵の体内に恐ろしい毒汁《どくじる》を注射するのだ。この毒虫にかかっては、人間でさえも気違いのように踊り出して、踊り狂って、ついには死んでしまうということである。

この奇怪な物語の主人公は、その蠍である。いや、蠍にそっくりの人間である。彼はそのことをむしろ得意に感じていたと見えて、蠍が背中を曲げて敵に飛びかかろうとしている醜い姿を、彼自身の紋章として使用したのだ。しかも、もっと不気味なことには、世人は蠍の紋章を見せつけられるばかりで、それを使用している極悪人《ごくあくにん》の正体をまったく掴《つか》み得ないことであった。身も心もきっと蠍のように醜怪な獰悪《どうあく》なやつに違いないとは想像しても、そいつの正体がまるでわからないものだから、目に見える蠍などよりは、幾層倍も気味わるく恐ろしく感じられた。新聞が「妖虫事件」という異様な見出しをつけて、この事件を報道したのも尤《もっと》もであった。そいつは「妖虫」の名に値する怪人物に相違なかった。

では「妖虫事件」というのは、いったいどのような出来事であったか、それを語るには、順序として、先《ま》ず大学生相川守《あいかわまもる》の好奇心から説き起こすのが、もっとも適当かと思われる。

相川青年は、多くの会社の重役を勤め事業界一方の驍将《ぎょうしょう》として人に知られている相川操一《そういち》氏の長男であって、大学法科の学生なのだが、彼の妹の珠子《たまこ》などが「探偵さん」という諢名《あだな》をつけていた通り、人一倍好奇心が強くて、冒険好きで、いわゆる猟奇《りょうき》の徒であったことが、彼の長所でもあり弱点でもあった。ある晩のこと、日本橋区《にほんばしく》の或る川沿いの淋しい区域にある、料理のうまいのと価の高いのとで有名なソロモンというレストランの食堂に、相川青年と、妹の珠子と、珠子の家庭教師の殿村京子《とのむらきょうこ》との三人が、食卓を囲んでいた。月に一度ずつ、珠子が兄を誘って、殿村京子をどこかへ案内してご馳走する慣《なら》わしになっていて、今夜はソロモン食堂が選ばれたのだ。

珠子はまだ女学生であったから、けばけばしい身なりを避けていたけれど、でも鶯《うぐいす》色のドレスが美しい身体《からだ》によく似合って、輝くばかりの美貌《びぼう》は人目を惹かないではいなかったし、兄の守も、同じ血筋の美青年で、金ボタンの制服姿も意気に見えたのに比べて、殿村京子だけは、服装も地味な銘仙《めいせん》か何かで、年配も四十を越していたし、その上容貌は醜婦《しゅうふ》と云っても差し支えなかった。額《ひたい》が広過ぎるほど広くて、眉が薄く、平べったい鼻の下に、上唇《うわくちびる》が少しめくれ上がって兎唇《みつくち》になっていた。それを、青白くて上品な顔色と、知性のひらめきとが救ってはいたけれど。

「まあ、先生、何をそんなに見つめていらっしゃるの」

珠子がふとそれに気づいて声をかけた。

その時は、もう食事が終わって、コーヒーが運ばれていたのだが、京子はそれを取ろうともせず、なぜか異様に緊張した表情で、食堂の向こうの隅を、じっと見つめていた。

その隅には、二人の中年の紳士が向き合っていて、その一人の大きな青眼鏡をかけた口髭《くちひげ》のある男の顔が、こちらからは、まっ正面に見えるのだ。ほかにも五つ組ほどの客があったけれど、それらは皆外国人の男女であった。

「先生、あの人を知っているんですか」

相川青年も妹の加勢をして訊《たず》ねた。

「いいえ、そうではないんですけれど、ちょっと黙っていらっしゃいね」

家庭教師は、目はその方を見つづけたまま、手真似《てまね》をして二人を黙らせたが、帯のあいだから金色をした小型のシャープ鉛筆を取り出し、そこにあったメニュの裏へ、何か妙な片仮名を書き始めた。

「アスノバン十二ジ」

京子はその青眼鏡の男から視線をそらさず、手元を見ないで鉛筆を動かすものだから、仮名文字はまるで子供の書いた字のように、非常に不明瞭であったが、兄妹はメニュを覗《のぞ》き込んで、やっと判読することが出来た。

「何を書いているんです。それはどういう意味なのです」

相川青年が思わず訊ねると、京子はソッと左手の指を口に当てて、目顔《めがお》で「黙って」という合図をしたまま、又青眼鏡の男を見つめるのだ。

しばらくすると、鉛筆がタドタドしく動いて、又別の仮名文字が記された。

「ヤナカテンノウジチョウ」

それからまた、

「ボチノキタガワ」

「レンガベイノアキヤノナカデ」

と続いた。メニュの裏の奇妙な文字はそれで終わったが、鉛筆をとめてからも、やや五分ほどのあいだ、向こうの隅の青眼鏡ともう一人の紳士とが、勘定を済ませて食堂を立ち去ってしまうまで、京子の視線は、青眼鏡の顔を追って離れなかった。

「どうしたんです。訳を云って下さい」

京子のたださえ青い顔が一そう青ざめていることと云い、このなんともえたいの知れぬ、気違いめいた仕草《しぐさ》と云い、ただ事ではないと思われたので、相川青年は、真剣な顔をして、ヒソヒソ声になってきびしく訊ねた。

「守さん、あなた小説家を沢山《たくさん》ご存知ですわね。今出て行った青眼鏡の人、小説家じゃありません？」

京子も声をひそめて、こんなことを云った。

「いいえ、そうじゃないでしょう。あんなきざな眼鏡をかけて、古ぼけたモーニングなんか着ている小説家なんてありませんよ」

相川青年が答えた通り、その二人連れは、政党の下っぱか、いわゆる会社ゴロというような人種以上には見えなかった。

「そうでしょうか。でも、おかしいわ。あれが小説の筋でないとすると……」

「あれってなんです。何が小説の筋なんです」

相川青年は、もどかしそうに、しかしやっぱりささやき声でうながした。

「ほんとうに恐ろしい事なんです。人を殺す話なのです。短刀で一寸《いっすん》だめし五分《ごぶ》だめし……ですって」

京子はゾーッと総毛立っているような、寒々《さむざむ》した表情であった。

「先生、夢でもごらんなすったのじゃありませんか。そんな恐ろしい話するはずがないじゃありませんか、こんな多勢人のいる場所で。」

珠子が気違いをでもあやすように云った。そういう彼女自身の美しい顔も、少し青ざめて見えた。

「いいえ、誰にも聞き取れないような、低い声でささやき合っていたのです。あなた方は、さっきの青眼鏡の二人連れが、給仕のすきを見て、ヒソヒソ話をしていたのを見なかったのですか」

そう云われると、なるほど彼らは、如何にも人目をはばかるように、顔を寄せてささやき合っていたに違いない。ほかの客からはずっと離れた隅っこであったし、外人たちはてんでに大声で話し合っていたので、たとい内密話《ないしょばなし》でなくとも、彼らの会話を他人に聞かれる気遣いはなかったのだが、それを更にヒソヒソ声になって囁《ささや》き合っていたのは、よほど秘密の相談であったとは想像出来る。だが……

「では、あの二人がそんな恐ろしい相談をしていたとおっしゃるのですか」

相川青年が思わず訊ねる。

「ええ、そうなのです。私はそれをすっかり聞いたのです」

「聞いたのですって？　あの遠方の、ささやき声を、それに、ほかの人たちがこんなにやかましく云っているのに。いくら先生の耳がいいからと云って、そんなばかな……」

やっぱりこの人は頭がどうかしているのだ、幻聴《げんちょう》に違いない。それをさもまことしやかに考えているのは、気でも狂う前兆なのではないかと、兄妹はむしろそれが恐ろしく感じられた。

「ここに書いた通り、あの青眼鏡の男が喋《しゃべ》ったのです」と京子はメニュを指さして、「その前の言葉は、ここへ書くひまがなかったけれど、実に恐ろしい事なのです。先ず最初、あの男は（いよいよやってしまうのだ）と云いました。その時の表情が非常に恐ろしく見えたものだから、私はオヤッと思って、注意し始めたのです。すると、その次には、相手の、顔の見えない方の男が何か云ったのに答えて、あの男は（薬なんかじゃない短刀だ）と云いました。それから少したって又（短刀で一寸だめし五分だめしだ）と、憎々しく口をまげて云いました」

「それが先生にだけ聞こえて、あすこに立っているウエーターには聞こえなかったとでもおっしゃるのですか」

珠子は腹立たしげであった。

「ええ、そうなのです。私にだけ聞こえた、いや見えたのです。私は声は聞こえなくても、唇の動きかただけで、言葉がわかるのです。読唇術《どくしんじゅつ》、リップ・リーディング、あれを私知っていますのよ」

「まあ、読唇術ですって？」

「え、リップ・リーディング？」

兄妹が同時に、思わず高い声を出した。

「ええ、そうなの。まあ静かにして下さい。私はずっと以前、生まれつき唖で聾の小さいお嬢さんをお世話したことがありましてね。そのお嬢さんについて、聾唖学校《ろうあがっこう》へ行き行きしているうちに、とうとう読唇術を覚え込んでしまいましたのよ。で、なければ、そのお子さんをほんとうにお世話出来ないのですものね」

京子が手短に説明した。

「ああ、そうでしたか。それを知らなかったものだから、びっくりしてしまった。するとなんですね。さっきの青眼鏡の男は、最初短刀で一寸だめし五分だめしにすると云ってから、このメニュに書きつけてある日と場所とを云ったわけですね。つまり（明日の晩十二時）（谷中天王寺町《やなかてんのうじちょう》）（墓地の北側）（煉瓦《れんが》塀の空家《あきや》の中で）と」

相川青年は、メニュの仮名文字を判読しながら云った。

今は彼の方が真剣になっていた。

「まあ怖い。そこで誰が殺されるのでしょう。一寸だめし五分だめしなんて」

珠子もゾッと恐怖を感じないではいられなかった。

「ですから、私、小説の筋でも話し合っていたのではないかと思ったのです。こんな所で、あんまり恐ろしい話ですもの」

「僕もおおかたそんな事だとは思うけれど、しかし小説の筋にしては少しおかしいところもあるし、それに、こんな多勢人のいる食堂などが、かえってそういう秘密の相談には安全だとも云えるのです。もしあの二人が、そこへ気がついて、ほんとうに人殺しの相談の場所としてここを選んだとすると、実に抜け目のない恐ろしい悪党ですよ」

相川青年は珠子のいわゆる「探偵さん」の本領《ほんりょう》を発揮して云った。そして、

「そんなことなら、もっと早く云って下されば、あいつらの跡をつけて見るのだったのに」

と如何にも残念そうであった。

彼は抜け目なくウエーターを呼んで、あの二人がここの常客《じょうきゃく》かどうか、若《も》し名前や職業を知らないかと訊ねて見たが、まったく今夜初めての客で、名前など知ろうはずがないとの答えであった。

それから、三人はこのことを警察に告げたものかどうかについて、やや真面目に相談したが、結局それは思い止まることになった。京子と珠子とは、事なかれの女心から、余りに雲を摑むような拠《よ》り所のない話だから不賛成であったし、相川青年の方は、別にある下心があって、二人の中止説に同意したのであった。

恐ろしき覗きカラクリ

相川守は、その翌晩の十一時頃、もう人影もない上野公園《うえのこうえん》の中をテクテク歩いていた。

昼間はほかの事に取りまぎれて、忘れるともなく忘れていたが、日が暮れて、夜が更《ふ》けて行くに従って、彼の病癖《びょうへき》と云ってもいい猟奇の心がムクムクと頭をもたげて、もうじっとしていられなくなった。彼は家人に云えば止められるにきまっているので、それとなく家《うち》を出て、しばらく銀座《ぎんざ》で時間をつぶしてから、バスで上野公園へやって来たのだ。

彼は暗い公園を歩きながら、彼のいささか突飛《とっぴ》な行動を弁護するように、こんな事を考えていた。

（どう考えなおして見ても、あれは小説の筋ではないようだ。青眼鏡の男は「あすの晩十二時」と云ったが、小説の筋を話す時に「あす」なんて云いかたをするはずはない。「その翌日」と云うのが当たり前だ。それに、あいつは空家の町名や位置を詳しく云っていたが、小説にしては、あんまりはっきりしすぎているではないか）

（確かめて見ればわかるのだ。もし青眼鏡が云った位置に、実際そういう煉瓦塀の空家があれば、もう疑うところはない。煉瓦塀の住宅は非常に珍しいのだし、小説の中へそんな実際の空家を取り入れるなんて、考えられない事だ。ただその空家が実在するかどうかが問題なのだ。それがすべてを決定するのだ）

相川青年は、今夜はわざと制服をさけて、黒っぽい背広に黒ソフトという扮装《いでたち》であったが、その黒い影が、公園を通りぬけ、桜木町《さくらぎちょう》から谷中の墓地へと、さも刑事探偵といった恰好《かっこう》で、歩いていった。

谷中天王寺町の辺は、大部分が墓地だけれど、墓地に接して少しばかり住宅が並んでいる。その中に、小さな仮小屋《かりごや》のような煙草店があって、まだガラス戸の中に燈《あかり》が

あかあかとついていたので、そこで尋ねて見ると、

「ああ、煉瓦塀の空家なら、この墓地を突き切った向こう側に、一軒だけポッツリ建っているアレのことでしょう。まっ直ぐにお出《い》でなされればじきわかりますよ。もっとも暗いには暗うございますけれど」

おかみさんが、丁寧に教えてくれた。

相川青年は半信半疑《はんしんはんぎ》でいた空家が実在のものだとわかると、何かしらハッとして、心臓の辺が妙な感じであった。

「その家は長く空《あ》いているのですか」

「ええ、もうずっと。私どもがここへ引越して来る以前から、草蓬々《くさぼうぼう》の空家なんですよ。なんだか存じませんけど、変な噂《うわさ》が立っているくらいなのでございますよ」

「変な噂って、化物屋敷《ばけものやしき》とでもいうような？」

「ええ、まあね。ホホホホホ」

おかみさんは言葉を濁《にご》して妙な笑い方をした。

（いよいよそうだ。墓地と化物屋敷と人殺しと、なんてまあ巧みにも組み合わせたことだろう。さア守、お前はシッカリしなけりゃいけないぞ）

彼はこれからの冒険を考えると、なんとなく恐ろしくもあったけれど、恐ろしけれ

ば恐ろしいだけ、彼の猟奇心はこよなき満足を感じた。

煉瓦塀の空家までは、そこから墓地を通りぬけて二丁あまりの距離であった。

彼は用心深く、他人が見たら、彼自身が黒い物《もの》の怪《け》のように感じられる事だろうと思いながら、わざとその物の怪の歩き方をして、破れた煉瓦塀の前にたどりついた。

眼が闇に慣れるに従って、星空の下の墓地や建物が、うっすらと見分けられた。

その煉瓦塀は、所々《ところどころ》煉瓦がくずれていた上に、昔門扉《もんぴ》があったとおぼしき個所が、大きく、何かの口のようにあいて、その内部は、一面に足を埋める草叢《くさむら》であった。

相川青年は、見張りの者でもいはしないかと、闇をすかして確かめてから、まるで忍術使《にんじゅつつか》いのように、物の蔭《かげ》を伝いながら、草叢のそよぎにも注意して、煉瓦塀の中へと辷《すべ》り込んで行った。草叢の中に、まっ黒な怪物がうずくまってでもいるように、和風の平家《ひらや》が建っていたが、内部に人のいる様子もなく、物音はもちろん、一点の光も見えなかった。

相川青年は、草叢にしゃがんで、身体で覆い隠すようにして、ライターをつけ、その光で腕時計を見た。十一時四十分だ。

それから十二時までの二十分を、彼はどんなに長々しく感じたことであろう。彼は、草叢の中の灌木《かんぼく》の蔭に身を隠して、煉瓦塀の口をあいた個所と、正面の建物とを、もしそこから何者かがはいって来はしないか、もし家のどこかから光が漏《も》れはしないかと、それぱかりを、待ちかまえていた。

彼はそれほど真剣に凶事を待ちかまえながら、何かしら夢を見ているような、奇怪な遊戯《ゆうぎ》に耽《ふけ》っているような気持で、心《しん》から、現実の人殺しなどを想像することは出来なかった。

彼が警察の助力によって、事を未然に防ごうという気になれなかったのは、一つは猟奇者として秘密を惜しむ意味もあったけれど、主としてこの非現実な、夢見心地からであったに違いない。

一カ月ほどにも感じられた闇の中の二十分が、やがて経過した頃、正面のまっ黒な家屋に、縦に長い糸のような線が三本、クッキリと現われた。

誰かが屋内に燈火《ともしび》をつけたのだ。それが雨戸の隙間《すきま》から漏れているのだ。

相川青年は、ほとんど這うようにして、まるで一匹の黒犬の恰好で、その光を慕って近づいて行った。そして、注意深く内部の気配を窺《うかが》った上、一ばん太い雨戸の隙間に目を当てた。

雨戸のほかに障子もない荒屋《あばらや》なので、八畳ほどの部屋の向こうの襖《ふすま》まで見通しであったが、隙間の幅が狭いために、左右は限られた範囲しか見ることが出来なかった。

先ず《ま》目に入ったのは、裸蠟燭《はだかろうそく》らしい赤茶けた光に、チロチロと照らされている正面の襖と、その表面一ぱいに映っている、巨人のような人間の、鳥打帽子らしいものをかぶって、眼鏡をかけている横顔であった。それが焔《ほのお》のゆれるにつれて、伸びたり縮んだりしながら、異様に大きな唇を動かして、物を云っていた。

「さア、縄《なわ》を解いてやったんだから、そうビクビクしていないで、もっとまん中へ出て来るがいいじゃないか。姉さん、お前寒いのかい。いやに震えているね。ハハハハハ」

雨戸を隔てているためか、その声は異様に物凄く聞こえた。

「オイ、それやいけない。猿ぐつわを取るんじゃない。返事はしなくたってもいいんだ。ただ俺《おれ》の云いつけ通り、こっちへ出て来りゃいいんだ。ヤイ、出て来ないか」

猿ぐつわをはめられている相手は、いったい何者であろうと、好奇心に燃えながら見つめていると、細く区切られた眼界の、古畳の上に白いものが現われた。手だ。それから裸の膝《ひざ》だ。やっぱりそうだ。相手は若い女なのだ。手と膝小僧だけしか見えないけれど、この若い女は裸にされているのに違いない。

「オイ、山印《やまじるし》、これでよく見えるだろ」

巨人の横顔が、山印という仲間に呼びかけたものらしい。

「ウン、見えるよ。すっかり見えるよ」

それは一種名状しがたい、浪花節語《なにわぶしがた》りのようなしわがれ声であった。そいつが、どこにいるのかは、ちょっと見当がつかなかった。女が部屋のまん中へ出て来ないと、よく見えないような場所に坐ってでもいるらしい。

「思う存分見てやるがいい。こいつはお前の敵《かたき》なんだから」

「ウン、見ているよ。だが、そんなに坐っていたんじゃ面白くないね。突転《つっころ》ばしてやりなよ」

「又お株を始めやがったな。ヨイショ、これでいいか」

襖の横顔が突然消えて、黒いパンツをはいた一本の足が、雨戸の隙間を横ざまに閃《ひらめ》いたかと思うと、白い大きなものが、ドタリと投げ出すように、畳の上に横たわった。

今度は女の胸から腰にかけての胴体の一部が、区切られて見える事になった。その胴体が俯伏《うつぶし》になって、観念したもののように、じっと動かないでいた。艶々《つやつや》として恰好のいい身体だ。秋の初めではあるが、こう丸裸にされては耐《たま》らないだろうと、痛々しかった。

「ウフフフフ。気味がいいね。又歌おうか、あれを」

「歌うがいいよ」

すると、突然、しわがれ声が実に下手な節廻《ふしまわ》しで、安来節《やすきぶし》を歌い出した。

相川青年はそれを聞くと、背筋を虫が這う感じで、ゾーッとしないではいられなかった。文句こそありふれた安来節だけれど、それはこの世のものではない。地獄の底から響いて来る、悪鬼の呪《のろ》いの歌としか聞こえなかった。

（あの声はいったいどこから来るのだろう。その辺に坐っているようには思えないが）

相川青年は不思議に堪《た》えなかった。雨戸を隔てているばかりではない。その声と彼の耳とのあいだには、何かもっと障害物があるらしい。その男には、女が部屋のまん中へ出て来なければ見えないというのも、実に異様である。

（アッ、若《も》しかしたらあの中にいるんじゃないかしら）

襖の隣に、何かの自然木《じねんぼく》の床柱《とこばしら》と、壁の落ちた床《とこ》の間《ま》の一部分とが見えているのだが、その床の間に、大型のトランクほどもある頑丈な木箱が置いてあって、その三分一ばかりが視線の中にはいっている。もしやあの木箱の、ここからは見えない部分に穴があけてあって、山印というやつは、そこから覗いているのではあるまいか。歌声はちょうどその方角から聞こえて来るのだ。

（いや、俺はどうかしているぞ。いくらなんでも、あんな窮屈《きゅうくつ》な木箱の中に人間がは

いっているなんて、あんまりばかばかしい想像だ）

相川青年は、彼の突飛な空想をみずから打ち消したが、あとになってわかったところによると、彼は決して間違ってはいなかったのだ。その木箱の中には、やっぱり人間がはいっていたに違いないのだ。だが、それはいったい全体何の必要があってであろう。

「さア、いよいよ日頃の恨みをはらす時が来た。姉さん、俺たちの恨みがどんなに深いものか、今見せてやるよ」

最初襖に横顔を映していたやつの声だ。

次の瞬間、何かしらサッと、稲妻《いなづま》のようなものがひらめいたかと思うと、横たわっていた肉塊《にくかい》が、非常な勢いで飛び上がった。そして、どこかへ逃げ出そうとするもののように、いきなり、ちょうど相川青年の覗いていた雨戸の隙間の方向へ二、三歩よろめいた。ほとんど一刹那《いっせつな》ではあったが、女の全身を見る事が出来た。

相川青年はそれを見ると、思わずアッと叫びそうになった。彼は女の顔を見たのだ。そして、その顔が決して彼の知らないものではなかったのだ。

赤いサソリ

(ああ、あれは春川月子《はるかわつきこ》だ。やつれてはいるけれど、スクリーンで顔馴染《かおなじみ》の春川に違いない。春川がこんな所に押し込められているんだな)

春川月子というのは、東京近郊にスタディオを持つM映画会社の大幹部女優で、この春、ある大新聞がミス・ニッポンの投票募集をした時、第一席に当選したほどの美人でもあり、人気者でもあった。

その映画女王が、いまから五日以前、突然行方不明となった。彼女は毎朝十時頃に起床《きしょう》する慣わしであったが、その日は十一時を過ぎても、寝室のドアが閉まったまま、ヒッソリとしていたので、お弟子兼小間使の少女が、不審を起こして、寝室へはいって見ると、ベッドはもぬけの殻《から》であった。

ベッドの毛布は、ちゃんと裾の方に畳まれ、まっ白なシーツが露出していたが、そのまん中に一点赤いものが見えた。おびえた少女は、一刹那それを血痕と思いあやまったが、気をおちつけてよく見ると、血ではなかったけれど、少女にとっては血よりももっと恐ろしい、ゾッとするようなものが、そこにじっとしていた。

毒々しいまっ赤な色の大蜘蛛だ。いやいや、こんな巨大な紅蜘蛛なんてあるものではない。少女は知らなかったけれど、それは、内地では見ることの出来ない、蠍という毒虫の死骸であった。あとで調べて見ると、なんの意味か、その蠍のひからびた死骸には、一面に真紅《しんく》の油絵具が塗りつけてあった。赤い蠍――それはいったい何を象徴していたのであろうか。

春川月子失踪事件は、忽《たちま》ち家族近親、撮影所、警察、新聞記者と拡がって行った。それが新聞紙を通じて、世間一般に知れ渡ったことは云うまでもない。相川青年もその新聞記事の熱心な読者の一人であったのだ。

この事件には、不思議なことに「赤い蠍」という奇怪至極な遺留品をのぞいては、手掛かりというものがまったく無かった。自発的な家出であるか、何者かに誘拐《ゆうかい》された事件であるかさえハッキリしなかった。

恋愛問題からの家出ではないか、スター争奪戦の目標となってどこかに隠されているのではないか、それとも、撮影所のご念の入った宣伝策ではないのか、などといろいろな憶測《おくそく》が行われたが、結局いずれの説にも、これという論拠も確証もなかった。そして有耶無耶《うやむや》のうちに五日間が過ぎ去ったのである。

猟奇者相川守は、今、その全都猟奇心の焦点となっている映画女王春川月子を発見したのだ。しかも、どんな春川のファンもまだ見たことのない、彼女の全裸《ぜんら》の姿を、どんなシナリオもまだ考え出したことのない、陰惨《いんさん》奇怪《きかい》な場面を、彼は今見届けたのだ。

この時ただちに、最寄《もより》の派出所なり公衆電話なりへ駈けつけるのが当然であった。しかし彼は再び機会を失してしまった。雨戸の隙間からの、この世のものとも見えぬ、恐ろしい覗き機関《からくり》が、彼の目を膠着《にかわづ》けにして離さなかったのだ。彼は殆《ほとん》ど夢と現実との見境《みさかい》がつかなくなってしまった。

それから十分ほどのあいだ、相川青年が何を見たかを、管々《くだくだ》しく写し出すことは差し控えるが、その間、例の床の間に安置された妙な木箱の中からとおぼしき、しわがれ声の安来節は、これより下手には歌えないと思われるほどまずい節廻しで、切れては続き、切れては続きしていたということだけを記しておく。

そして、最後に、彼の目の前には、ほとんど四、五寸の近さで、異様に大きな鼠色《ねずみいろ》の肉塊の山が立ち塞《ふさ》がっていた。それは春川月子の左の肩であった。彼女は今、雨戸のすぐ前の縁側《えんがわ》に、左の肩を上にして、妙な恰好でうずくまっているのに違いなかった。その肩の一部分だけが、ちょうど蠟燭の蔭なので、鼠色の山のように、大写しになって見えているのだ。

鼠色の肉塊の表面には、一面に鳥肌が立って、そのザラザラした感じが、望遠鏡で見た月世界の景色を連想させた。又、そこに生えている薄黒い産毛《うぶげ》も、一本一本かぞえることが出来るほど、ハッキリと眺められた。肉塊は早い息遣《いきづか》いと共に、まるで地震のようにゆれていた。

もう誰も喋るものはなかった。薄気味のわるい歌も聞こえなかった。鳥打帽に青眼鏡の悪人は、雨戸の蔭の月子のすぐうしろに立ちはだかっている気配だが、彼はそこで何をしているのだろう。何か恐ろしい事が起こるのだ。その前の一瞬の静けさなのだ。

(今にも！　今にも！)

相川青年の心臓は早鐘《はやがね》のようであった。冷たい脂汗《あぶらあせ》が脇《わき》の下をツルツルと流れ落ちるのがわかった。

肉塊の小山がグラグラと揺れた。圧し殺したようなうめき声が、物凄く響いた。そして、鼠色の小山の表面を、ドス黒い液体が、産毛を倒しながら、ウネウネと、二本の枝河《えだがわ》になって流れ落ちるのが、まざまざと眺められた。

肉塊は二本の赤い河を描いたまま、徐々に傾き始めた。そして、難破船《なんぱせん》が見る見る水面下に没して行く感じで、春川月子の肩先は、雨戸の隙間から消え去った。そのあとへ、やっぱり映画の大写しみたいに、ギラギラ光る金属の巨大な板がニュッと現われた。その金属の表面には、赤黒い液体が、恐ろしい叢雲《むらくも》のように漂っていた。それは、悪人が手にする兇器《きょうき》の短刀であったのだ。

ああ、可哀そうな春川月子。一世の人気を負った銀幕《ぎんまく》の女王が、このみじめな有様は何事であろう。彼女は今殺されようとしているのだ。何者とも知れぬ兇悪無残の人物のために、一寸だめし五分だめしにされているのだ。

相川青年は、思わず雨戸の隙間から顔をそらして、あたりを見廻した。暗闇の底から冷たい風が彼の熱した頬《ほお》を吹き過ぎて行った。夢ではないのだ。ここに、殺人事件が起こりつつあるのだ。彼はやっと現実に帰ることが出来た。そして、今さらのように、この事を警察へ知らせてやらなければならないと気がついた。

彼は相手に悟られぬよう、静かに雨戸のそばから離れて、闇の草叢を、塀外へと急いだ。

派出所は確か桜木町まで出なければならなかったはずだ。四、五丁はあるだろう。そのあいだに可哀そうな女優は殺されてしまうかも知れない。と云って、相川青年は単身屋内に飛び込んで行く勇気はなかった。ただもう派出所へ急ぐほかに手はないのだ。彼は墓地の中を気違いのように走った。

悪魔の紋章

派出所に居合わせた二人の警官が、相川青年の案内で、現場に駈けつけたのは、それから十五分ほど後であった。

彼らは塀の中の広い草叢を突っ切って、いきなり問題の部屋へと突進した。惨劇はその部屋で行われていたのだから、これは実に無理もない行動であったが、もし屋内に踏み込む前に、外の草叢を、一応調べて見る余裕があったなら、彼らは、その草叢の闇の中に、異様な人影がうごめいていたのを発見したに相違ない。そして又、如何に大胆不敵の兇賊でも、あのような恐ろしい諧謔《かいぎゃく》を弄《ろう》する暇《いとま》がなかったことであろう。

それはともかく、一青年と二警官とは、さいぜんの雨戸の外に立って、内部の様子を窺ったが、もうその時には、隙漏る明かりも見えず、人の気配さえしなかった。

「逃げてしまったかな」

「ウン、そうかも知れん。戸を破って踏《ふ》ん込《ご》んで見よう」

一人の警官がいきなり肩をぶッつけると、大きな音がして、一枚の雨戸が倒れた。三人はその隙間から、警官が用意して来た懐中電燈の光をたよりに、部屋の中へと上がり込んで行った。

「妙だね、なんにも居ないじゃないか」

「別に血のあともないし」

警官たちはそんなことをつぶやきながらも、さすがは職掌《しょくしょう》がら、部屋から部屋へと、注意深く歩きまわって、押入れはもちろん、台所の上げ板の下まで覗き込んだが、不思議なことに、猫の子一匹発見することは出来なかった。

「オイ、君、どうも妙だね。人殺しがあるというから飛んで来たんだが、これじゃ、そんな形跡は少しもないじゃないか。君の頭がどうかしていたんじゃないのかい。ここは有名な化物屋敷だからね」

「おおかた夢でも見たんだろう」

警官たちは腹立たしげに相川青年を責めた。

「いや、決して夢やなんかじゃありません。確かに人殺しです。それも並々の犯罪事件ではなさそうなんです。この床の間に木箱があって、その中から、妙な歌が聞こえて……」

「どうも君の話は変梃《へんてこ》だぜ。箱なんて何もないじゃないか。それに箱の中で歌を歌ったなんて、その人殺しの最中にそんなばかばかしい真似をするやつがあるもんか」

「常識では判断出来ないかも知れません。しかしこれには何かわけがあるのです。常識的でないだけに、恐ろしく……ア、しかし、あれはいったいなんでしょう」

相川青年は云いながら、ふと床の間の壁を見ると、そこに妙なものがあった。一人の警官の手にする懐中電燈が、ちょうど床の間の壁のまん中を丸く照らし出していたが、その円光《えんこう》の中に、何かしら恐ろしい物の形が浮き出しているのだ。

「ホウ、何か描いてあるね」

警官もそれに気づいて、懐中電燈を近づけて調べて見ると、茶色の壁からにじみ出したように、赤黒い色彩で、足の多い一つの怪物が、そこにへばりついていた。雨漏りと見違うほど不明瞭な、しかし不明瞭なだけ、ゾッとするような形であった。

「わかりました。蠍です。赤い蠍です。ほら、春川月子が誘拐された日に、ベッドの上に置いてあったアレと、同じ毒虫の姿です」

相川青年がとうとう、その怪しい絵模様の意味を発見した。

なるほど、そう云えば、蠍の形に違いない。八本の足と、二本の鋏と、鋭い尻尾とが、ちゃんと描《か》いてある。

一人の警官が、何を思ったのか、その絵に近づいて、指で壁を撫でていたが、突然頓《とん》狂《きょう》な声を立てた。

「ヤ、血だ！　この蠍は人間の血で描いてあるんだ」

ああ、血で描かれた「赤い蠍」、なんとふさわしい犯罪者の紋章ではないか、それにしても、奴らの不敵さはどうだ。これ見よがしに、床の間の正面に、署名を残して行ったのだ。

「何か布類にでも血を含ませて描いたのだろうが、これだけ大きな絵を描くには、大変な分量だぜ」

警官が驚いて云った。

「ウン、恐らく殺人は行われてしまったんだね」

この異様な血痕を見せつけられては、もう相川青年を疑うわけにはいかなくなった。

「それから、縁側をよく調べてごらんなされば、いくら拭き取ったにしても、血の跡が残っているに違いありませんよ」

相川は気負《きお》ってつけ加えた。

調べて見ると、これもまた、彼の言葉が間違っていないことがわかった。

「だが、死体をどう始末したんだろう。これほど証拠を残しておいて、死体だけ隠して見たところで仕方がないからね」

「ウン、もう一度探して見よう」

そして、又綿密に屋内の捜索が行われたが、結局、柱や畳の上に沢山の小さな血の斑点《はんてん》が発見されたのと、犯人が勝手口から出入りしたらしいことがわかったほかには、なんの得るところもなかった。

勝手口の外には、少しばかり空地を隔てて、煉瓦塀をくり抜いた小さな裏木戸があり、朽ちた木製の扉《とびら》ばかり残っていた。そこを出ると、こんもりした林があって、その林の向うは、鉄道を見下《みお》す断崖になっているらしかった。したがって裏木戸からの細道は、直線ではなく、煉瓦塀に沿って、横の方へ這っているのだ。

二警官がその辺を調べていた時、本署から刑事主任と二人の私服刑事とが駈けつけて来た。派出所を出る時、電話で急を告げておいたからだ。

刑事主任は二警官の報告を聞き取ると、さすがに事件の重大性を理解したらしく、非常線の手配、警視庁への報告など、一人の刑事に云い含めて、手早く取り運んだのち、更に現場《げんじょう》の捜索を続けることにした。

屋内はもう充分調べられた。余すところは煉瓦塀の内側の荒れ果てた空地だ。空地は家屋の正面と南側とを囲んで、百坪ほどもあったが、その大部分が、膝までもある雑草に埋まっていた。

詳しくは夜の明けるのを待って調べるほかないのだけれど、幸い、本署からは暗中の捜索を予想して、光度の強い手提《てさ》げ電燈を用意して来たので、それと三箇の懐中電燈によって、ともかくも一応、草叢の中を歩きまわって見ることになった。

一同二組に分れて、草叢の両方の端《はし》から始めたのだが、相川青年は刑事主任の組に加わり、強力な手提げ電燈を振りかざす刑事のうしろから、まるで彼自身、日頃あこがれの探偵にでもなった気持で、猟奇心に燃えながら、ついて行った。

夜露の降りた草叢の踏み心地は、決して気味のよいものではなかった。電燈の光はほんの一局部しか照らさない。その影がチロチロと動いて行く下に、今にも血みどろの死骸が現われはしないかと思うと、なんでもない木切れなどを踏みつけても、ゾッと身がすくむのであった。

「ひどい荒れかたですね。東京のまん中に、こんな化物屋敷があるなんて、嘘みたいですね」

「不思議に買い手がつかないらしいんだね。なんでも自殺者があって、そいつの怨霊《おんりょう》が現われるって云うんだが。こんな物をこのままにしておいちゃ、碌《ろく》なことは起こりゃしない。犯罪には持って来いの場所だからね」

刑事主任と刑事とが、不気味さをまぎらすように、そんな会話を取りかわしていた。

しばらくすると、庭の奥の方から、黒い人影が矢のように走って来た。ギョッとして一同が立ちすくんでいると、黒影《こくえい》が息をはずませて報告した。

「死体らしいものが見つかりました」

それは化物でも、犯罪者でもなく、警官の一人であった。

「見つかった？　どこだ？」

「向こうの台所のそばの井戸の中です。懐中電燈で覗いて見ると、水面に白いものが浮いていたのです。黒い髪の毛がハッキリ見えるくらいですから、人間の死体に違いありません。ちょっと来て見て下さい」

警官はそれだけ云うと、急ぎ足に元来た方へ引き返していった。

「ああ、井戸があったのか。じゃ、そこへ行って見る事にしよう」

そして、三人の一《ひ》と組《くみ》が、警官のあとを追って走り出そうとした時、チラチラ揺れる電燈の光が、つい目の先の草叢の中に、実に異様なものを映し出した。

「ちょっと待って下さい。あれ、あれをごらんなさい」

相川青年がいち早く気づいて叫んだ。

電燈の斜めの光を受けた陰影の多い雑草の中に、いまだかつて見たことも聞いたこともないような、えたいの知れぬ生白《なまじろ》い植物が、ニョッキリと生えていた。

「なんだ、こりゃ」

司法主任がたまげたような声を出した。

「いやだなあ。止しましょうよ。こんなもの、どうだっていいじゃありませんか。早くあっちへ行きましょう」

刑事は脅《おび》えているのだ。そのえたいの知れぬお化け植物を見るに堪《た》えなかったのだ。

「まあ待ちたまえ。どうも変だぜ、こいつは」

司法主任は、迷信家ではなかった。彼は毒蛇にでも近づくように、用心しながら、その生白いもののそばにしゃがんで、五本の白くて太い葉を、いや、指を見つめた。化物屋敷にふさわしくも、滑稽千万《こっけいせんばん》なことには、そこに雑草にまじって、人間の腕が生えていたのだ。

「どうやら死骸は二人らしいぜ。向こうの井戸に一人と、ここに一人と……オイオイ君、どこへ行くんだ」

刑事はソッとこの場を逃げ出そうとしていたが、見とがめられて仕方なく立ち止まった。

「もう沢山です。僕らはみんな気でも狂ったんじゃありませんか。変ですぜ。草の中へ、まるで茸《きのこ》みたいに、人間の手や足が生えているなんて。こりゃ化物の仕業《しわざ》ですぜ。

いやだ。いやだ、僕はもう見たくもありませんや」

刑事の云う通り、そこには、合計四本の、手と足との植物が生えていたに違いないのだ。

実にそれは、何か嘔《は》き気《け》を催すような、或いは、いきなり笑い出したいような、余りにも度はずれな、珍妙で、おかしくて、しかも、ゾッと腹の底から震えが来るていの、戦慄すべき諧謔であった。地獄の底のユーモアであった(ああ、俺はやっぱり夢を見ているんだ。悪夢にうなされ続けているんだ。早く早く。誰かが叩き起してくればいい)。

相川青年は歯ぎしりを嚙むようにして、手を握ったり開いたりしていた。

「いや、そうじゃなかった。被害者はやっぱり一人きりだ。ここにあるのは、死体の一部分に過ぎない。悪党め、なんて真似をしやがるんだ」

刑事主任はそれを確かめて、憤激の叫び声をあげた。胴体は井戸に、手足は草叢に、ああなんという着想であろう。人ではない。鬼だ。いや、鬼よりも気味わるい悪魔の国の赤蠍だ。

さて読者諸君、この恐ろしい着想は、化物屋敷から思いついた、悪魔の諧謔に過ぎなかったのであろうか。いやいや、決してそうではなかったのだ。悪魔のカラクリには、すべて二重底、三重底の秘密があった。一見子供らしい悪戯の裏に、もう一つの意味が、見かけとは似ても似つかぬ、深讐綿々《しんしゅうめんめん》たる妖鬼の呪いが隠されていたのだ。

毒虫の餌食

相川守は一応近くの派出所まで同行を命じられ、この重大事件をあらかじめ知っていながら、その筋に届け出《い》でなかった不都合をさんざんに責められたが、彼が知名の実業家の息子であったこと、事件が余りに異様で、まさかほんとうとは思えなかった事情などが、だんだんわかって来たので、いずれ参考人として呼び出しを受けるであろうが、今日は一《ひ》と先《ま》ずこれでと、帰宅を許されたのは、もう午前二時頃であった。

彼は余り尊敬出来ないような刑事たちから、乱暴な言葉でさんざんに油をしぼられたことを、さして悔いてはいなかった。それよりも、今晩の恐ろしい経験で、一つ場数《ばかず》を踏んだという、猟奇者の喜びの方が大きかった。ともかくも、彼は大犯罪事件の渦中に身を投じたのだ。それが、彼の探偵本能に一種異様の満足を与えた。

彼は公衆電話を見つけて、じき帰るから心配しないようにと、家《うち》の者に伝えておいて、寝静まった大通りの夜霧の中を歩いて行った。

霧を破って、時々空車のヘッド・ライトが眼を射たけれど、すぐ呼びとめる気にはならなかった。彼は昂奮していたのだ。街燈とアスファルトばかりの空漠《くうばく》たる夜の大道が彼を異様にひきつけたのだ。

彼は谷中の空家での激情を反芻《はんすう》しながら、足の向くままに、霧の中を靴音高く歩いていった。

ふと気がつくと、大通りに面した広い空地に、大きなテントが薄白く聳《そび》えていた。曲芸《きょくげい》の見世物《みせもの》だ。すっかり電燈を消したテント張りが、巨象の感じで押し黙っている様子が彼を吸い寄せないではおかなかった。

彼は又しても悪夢のもやに捲き込まれるような気持で、そのテントの前にたたずんで、毒々しいペンキの絵看板を見上げた。ちょうど彼の前にあったのは、一人の醜い一寸法師の娘が、印半纏《しるしばんてん》を着て、鉢巻をして、手踊りを踊っている絵であったが、その娘の厚ぼったい唇が、遠くの街燈の光を受けて、薄気味わるく笑っていた。

今度空車が通ったら呼ぼうと考えながら、なんとなくその絵看板に引きつられて立ちつくしていると、小屋の中に忍びやかな人の足音がしたように思われたので、ギョッとその方角に目をやると、小屋の入口の幕がムクムクと動いて、一人の洋服を着た男がソッと忍び出して来た。

(おや、他芸団の人たちはこのテントの中で寝るのかしら)

と見ているうちに、男はツカツカこちらへ来かかったが、そこに守がたたずんで、じっと自分を見つめているのに気づくと、ハッとしたように、向きを変えて反対の方角へ歩き出した。

(あいつだ! 春川月子を殺したやつだ!)

守青年は冷水をあびせられたような感じがした。

そいつは鳥打帽をかぶっていたのだ。見覚えのある青眼鏡をかけていたのだ。鼻の下には一文字に濃い髭があったのだ。

あとになってわかったのだが、そこは金杉《かなすぎ》の大通りであった。守はいつの間にか鉄道の陸橋《りくきょう》を渡って、自宅とは反対の方角へ歩いていたのだ。

金杉と云えば省線を隔てて、谷中とは目と鼻のあいだだ。犯人は兇行現場を逃げ出して、今までこの見世物小屋に身を潜めていたのに違いない。

昼間は往来のはげしい大通りだけれど、今は人の影さえなく、流しタクシーもほんの時たま、通り魔のように行き過ぎるばかりだ。それに、ちょうどその辺は何かの会社の長いコンクリート塀になっていて、助けを求めるすべもない。

守青年は少なからず躊躇を感じたけれど、この大罪人を見逃してしまうのは、余り残念だったので、勇気をふるい起こして、青眼鏡の跡をつけて見ることにした。

犯罪者の急ぎ足の靴音ばかりが天地に響き渡っていた。その三、四間《けん》あとから、足音を盗んでコソコソと歩いて行くみじめな青年が彼であった。広い世界に、彼と犯人とたった二人きりというような、ひどく心細い感じがした。

青眼鏡は尾行者に気づいているのかいないのか、振り向きもしないでサッサと歩いて行く。

異様に長く感じられたコンクリート塀がやっと終わると、犯罪者はその塀に沿って、ヒョイと暗い横町へ曲がってしまった。

見失ってはならぬと、一そう急ぎ足になって、同じ角を曲がったが、一歩その暗闇《くらやみ》に踏み入ったかと思うと、守青年はギョクンと立ちすくんでしまった。

青眼鏡の黒い影が正面を切って、そこに待ちかまえていたのだ。

「静かにしろ。でないと……」

男は変にしわがれた声で云って、右手を動かして見せた。ピストルだ。

「相川君」

とその男が呼びかけた。守は余りの意外に、空耳ではないかと疑ったが、決してそうではなかった。

「フフフフ、驚いたか。よく知っているんだよ。さっきはいろいろご苦労さまだったね。だが、つまらない真似はよすがいいぜ。お前なんかの手に合う俺じゃないんだ。さア、帰りたまえ。向こうを向いて、おとなしくあんよをするんだ」

低い圧し殺した声で云いながら、右手のピストルが絶えずチロチロと威嚇《いかく》するように動いていた。

相川青年は途方に暮れてしまった。おめおめと悪人の命令に従うのは、余りにみじめだ。と云って、この飛び道具を持った命知らずを相手に、何をしようというのだ。

「どうして僕の名を知っているんだ」

とでも虚勢を張って見るほかはなかった。

「ウフフフフ、知っているわけがあるのさ。お前は、大事な俺の餌食の兄弟だからね」

守には咄嗟に「餌食の兄弟」という意味がわからなかったので、黙っていると、相手は、さもおかしそうに又笑って、しかしやっぱり圧し殺した声で、

「餌食というのはね、ほら、今夜の春川月子みたいな美しい餌食のことさ。ウフフフフ、わかったかね」

ああ、なんと云う事だ。悪魔が餌食といっているのは、守の妹の珠子のことであっ

たのだ。だが、余り突拍子《とっぴょうし》もない言草《いいぐさ》ではないか。いったい全体なんの理由があって、なんの恨みがあって。

「僕の妹を知っているのか」

「ウン、よく知っている。東京の女学生という女学生のうちで第一等の美人の珠子という娘を、俺はとっくから知っているんだ」

「どうしようというのだ」

「餌食にしようというのさ。ウフフフ」

「ウヌ」

余りの云いぐさに、守はカッとのぼせ上がって、いきなり相手に組みつこうとした。

「ばかッ、命が惜しくはないのか」

グイグイとピストルの筒口をつきつけられては、さすがにそれ以上手向かう勇気はなかった。守はただ拳を握りしめて、身体じゅうから冷汗を流して、無念の歯嚙みをするばかりであった。

「さア、そっちを向くんだ。そして、あんよは上手と」

肩を摑《つか》んでねじ向けられると、もうそのままにしているほかはなかった。

たちまち背後に悪人の走り去る足音が聞こえた。そして二、三間へだたった声で、

「精々《せいぜい》用心したまえ」

という捨白《すてぜりふ》が、ささやくように聞き取れた。

殺人鬼は、今まで考えていたよりも、数倍も恐ろしいやつであった。守青年が今夜殺人現場を見せつけられたのは偶然ではなかったのかも知れない。悪魔はそれをちゃんと予知していて、彼のいわゆる餌食の料理法を、わざと見せびらかしたのかも知れない。すると、レストラン・ソロモンでの邂逅《かいこう》も、密談も、すべて悪魔の計画のうちに含まれていたのだろうか。

守は悪人の足音が聞こえなくなると、性懲《しょうこ》りもなく又跡を追おうとしたが、その横町は一たび大通りからそれると、まるで迷路のように入り組んだ細道になっていて、その上軒燈《けんとう》もないまっ暗闇なので、出来るだけ歩きまわって見たけれど、青眼鏡の行方をつきとめることはまったく徒労に終わった。

彼は仕方なく大通りに引き返し、空車の通るのを待って家に帰ったが、その途《みち》で、さいぜんの派出所へ立ち寄って、金杉での恐ろしい出来事を報告するのを忘れなかった。

闇に浮く顔

翌日の夕刊社会面は、どの新聞も「妖虫殺人事件」で埋《うず》められた。さまざまの犯罪記事に慣れた人々も、このずば抜けた事件には、胆《きも》をひやさないではいられなかった。殺されたのが、この国の津々浦々《つつうらうら》にその名を知らぬものもない、映画界の女王春川月子なのだ。殺したのが、その形を想像しただけでもゾッとする、妖虫蠍の精とも云うべき悪魔なのだ。これが全国の話題となり、全国の恐怖とならないはずはなかった。

新聞は金杉の曲芸団に手入れが行われたことも書き漏らさなかった。守青年の報告によって、所轄《しょかつ》警察の人々は、翌朝曲芸団を襲った。犯人は団中の一員ではないかと推察されたからだ。

しかし、十数人の男女の曲芸団員中には、犯人の容貌風采《ようぼうふうさい》に似よりの者さえいなかった。昨夜テントの中に寝泊まりしたのは、木戸番の六十歳に近い老人と、一座の売りものになっている一寸法師の小娘だけであったが、「青眼鏡の男がテントの中にはいっていた」と聞いて、二人ともびっくりしている有様であった。ほかの団員たちも、それぞれ安宿とか、遊廓とか、泊まり場所がわかっていて、残らずアリバイが成立した。

結局犯人はただ、無人を幸いに、曲芸団のテントを、一時の隠れ場所に選んだに過ぎないことが明らかとなった。

兇賊の正体も、その行方もまったく不明なことが、人々の恐怖を倍加した。あの醜怪な毒虫は、どこかの隅に、呼吸《いき》を殺して、じっと餌物を待っているのだと思うと、若い娘さんなどは夜遊びの帰り途《みち》、暗い辻々を曲がるのも、ビクビクものであった。

相川家の人々が、そういう局外者などよりは、幾層倍の恐怖におののいていたことは云うまでもない。殊《こと》に彼らは世間のまだ知らない犯人の予告を、相川珠子こそ第二の餌食と狙われているのだという恐ろしい予告を、聞かされていたのだから。

「いくら大胆な曲者でも、まさか人殺しの予告なぞをしてわざわざ相手を警戒させるはずはありませんよ。そいつはどうかして守さんを見知って、咄嗟にそんないやがらせを云ったのでしょうよ。いくらなんでも、あんまりばかばかしい事ですもの」

家庭教師の殿村京子などは、そう云って青眼鏡の言葉を信じようともしなかったが、守青年は、あの悪夢のような殺人の目撃者であっただけに、一概《いちがい》に賊のおどし文句とは言い切れない気がした。父親の相川氏も、大切な一人娘の事だから、ともかく念のためにと云うので、警官の巡回を増してもらうやら、二人いる書生の上に更に屈《くっ》強《きょう》な青年を一人雇い入れるやら、珠子の通学の往き帰りには書生を供させるやら、出来るだけの用心をした。

守、珠子兄妹の母は、数年以前世を去って、家族と云っては、独身を続けている父の相川氏と、兄妹の三人きりであった。三人の身の廻りの世話は長年勤めている老女中が引き受けていたが、母に代わって若い珠子を教え導く人がなかったので、相川氏は知り合いの牧師に頼んで、教養あるクリスチャンで、家庭教師の経験を積んだ殿村夫人を雇い入れた。

夫人と呼ばれているけれど、殿村さんは四十歳の未亡人で、十数年以前夫に別れてから、ずっと独身を通して、信仰と教育の仕事に一身を捧げているような人であったが、この殿村夫人が、毎日午後から夜にかけて、相川家へ通勤して来るのだ。そのほかに三人の書生、三人の女中、これが広い邸《やしき》に住む相川家の全員であった。

それらの人々は、本人の珠子をのぞいては、みな殺人鬼の恐ろしい予告のことを云い聞かされ、警戒を申し渡されていた。

しかし、たとい聞かされずとも、本人の珠子が、このただならぬ空気を感づかないわけはなかった。彼女は老女中の口から、なんなくその秘密を嗅ぎ出した。そして、身も世もあらぬ恐怖にうちひしがれてしまった。

家に居るのも怖かった。道を歩くのも怖かった。ただ学校で級友たちと机を並べて講義を聞いているあいだだけ、救われたように不安が消えた。

「なあに、ほんとうに万一の用心なのですよ。そんなばかばかしいことが起こるものですか」

殿村夫人がいくらなぐさめても、珠子の脅えた心は静まらなかった。今にも、今にも、あの暗い隅っこから、いやらしい毒虫が、ゾロゾロと這い出して来るのだと思うと、独り寝るのも恐ろしく、老女中の寝床を自分の部屋へ運ばせさえした。

谷中の事件があってから五日目の夕方のことであった。珠子は学校から帰って、殿村夫人の旧約聖書の講義を聞いたあとで、もう日の暮れに、疲れた身体を浴槽《よくそう》に浸していた。

女学生とは云っても、卒業期間近の十八歳の珠子は、たとい殿村夫人にでも、肌を眺められるのが恥かしかった。どんなに怖くても入浴だけは一人でなければいやであった。それに浴室のガラス窓には、すっかり鉄格子がはめてあったし、壁ひとえ向こうの焚《た》き口《ぐち》には女中がいるのだし、窓の外は少しの空地を隔てて、高い塀が厳重に建てめぐらしてあったので、ほとんど不安を感じることはないのだ。

珠子は、白タイル張りの浴槽の縁《ふち》に、頭をもたせかけて、足を伸ばしてグッタリとなっていた。電燈の光に透《す》いて見える湯の中に、恐ろしいほど大人になった桃色の下半身が、異様に平べったく浮いていた。

われとわが肌をじっと眺めていると、珠子はいつものくすぐったいような、甘いような、夢心地になって行った。

(人間って、どうしてこんなに美しいのだろう)

珠子は彼女自身の裸身にほれぼれとすることがあった。或る名も知らない赤雑誌に「東京女学生美人投票、第一席ミス・トウキョウ」として、どうして手に入れたのか、珠子の写真までのせてあったのが、大評判になって、お友達からさんざん冷やかされたことが、むしろ誇らしく思い出された。

彼女は自分自身の美しさをよく知っていた。知っていればこそ、よけいに今度の事件が恐ろしく思われるのだ。人の恨みを買った覚えは少しもない。犯人の目的がなんであるかは、春川月子という第一の犠牲者を考えただけでも、わかり過ぎるほどわかっている。

「ねえ、青眼鏡さん!　あたしの身体がそんなにも欲しいの?」

彼女はふとそんなことを口走って、独りで赤くなった。兇悪無残の殺人鬼が、ゾッと総毛立つほど恐ろしければこそ、怪しくも懐かしまれる刹那がないのではなかった。

彼女は目の前の透明な湯の中に浮き上がった桃色の肌の上に、水晶体凝視《すいしょうたいぎょうし》の魔術のように、まざまざと、もつれ合うおぞましの幻を描いていたが、その余りにも強烈な刺戟《しげき》に、まっ蒼になって思わず飛び出すように浴槽を出た。

白タイルの洗い場に、すっくと立ち上がった十八歳の処女の肉体は、何に比べるものもなく美しかった。

身体じゅうに縞を作った湯の河が、桃色の曲面をツルツルと、戯《たわむ》れるように滑《すべ》り落ち、それを柔らかい電燈の光が、楽しげに愛撫《あいぶ》していた。

ガラス窓と隣り合わせて、大きな姿見が懸かっている。珠子はその前に立って、又してもわが裸身に見入りながら、手や足をいろいろに動かして見た。

それの作る種々さまざまの曲線と陰影。そこに、わが身ながら、計り知られぬ神秘を感じないではいられなかった。

彼女は、その思いつきにまっ赤になりながら、あるかなきかの小声で、われとわが名を呼びかけつつ、じっと乳房を抱きしめて、鏡の影に甘えるような微笑を送って見たりもした。

そうして、あきずまた鏡の中の自分自身と、無言の会話を取りかわしていた時、彼女はふと、目の隅に、何かしら異様なものを感じた。

すぐ鏡の横の締め切った窓の戸は、下の方は皆磨《すり》ガラスであったが、上部の一《ひ》と駒《こま》だけが透明なガラスになっていた。外はほとんど暮れ切っているので、その透明の部分だけが、まっ黒に見える、そこに異様な物の影が動いたように感じられた。

（見ちゃいけない。見ちゃいけない。きっと、きっと、あいつが覗いているのだ）

と思うと、ゾーッと寒気がして、呼吸が苦しくなって、鏡の中の全身が見る見る青ざめて行くのがわかった。

だが、見まいとすればするほど、心とは離れ離れに、目だけが、恐ろしい力で、その方へ向いて行くのを、どうすることも出来なかった。

彼女は見た。

夢なのか、幻なのか、いやいやそうではない。恐れに恐れていたものが、とうとう現われたのだ。

そこには、透明ガラスの一と駒一ぱいに、鉄格子の外から、悪夢にばかり見ていた顔が、現実となって覗いていたのだ。

闇の中に浮き上がった、あの恐ろしいほど無表情な顔。大きな青眼鏡をかけて、濃い口髭をはやして、鳥打帽をまぶかにかぶった、あの顔。

珠子はその恐ろしい顔を見つめたまま、まるで見えぬ手に抱きすくめられでもした

ように、じっと立ちすくんでいたが、やがて、彼女のまっ蒼な顔が、べそをかくように
ゆがんで、下顎《したあご》がガクガクと震えたかと思うと、精一ぱいの力で口がひらいて
「ヒーッ」というような、一種異様の甲高《かんだか》い悲鳴が、湯殿の壁に谺《こだま》して物凄く響き
渡った。

名探偵

この悲鳴を聞いて、まっ先に駈けつけたのは、兄の守と殿村夫人と、一人の書生と
であった。
誰が先にともなく、湯殿の中へなだれ込むようにはいって見ると、タイル張りの洗
い場一ぱいに、珠子の白い身体が長々と横たわっていた。
「守さん、あれを、あれを」
珠子の身体に近寄りかけて、なぜかハッと飛びのいた殿村夫人が、まっ蒼になって
指さすものを見ると、守青年も書生も、ギョッと立ちすくんでしまった。
俯伏しになった珠子の、美しい背中に、ポッツリと赤い斑点があった。最初は、それ
が珠子を殺した傷口かと思われたが、よく見ると、血ではなくて、血よりももっと恐

ろしい、一匹のまっ赤な虫であった。赤く彩られた蠍であった。

珠子はこの毒虫に刺し殺されたのか。いやいやそんなはずはない。春川月子の場合と同じように、それは蠍の死骸に過ぎないのだ。悪魔の紋章に過ぎないのだ。

守は珠子の上にしゃがんで、その赤い虫をパッと払いのけた。やっぱり死骸であった。払い飛ばした毒虫は、湯殿の隅に、じっと動かないでいる。

「珠子、珠子」

守は妹の身体を抱き上げて、傷口をしらべて見たが、どこにもそれらしい痕《あと》はない。名を呼びつづけて、上半身を揺《ゆす》ぶっていると、珠子がパッチリと目を開いた。ああ、殺されたのではなかった。ただ気を失っていたばかりだ。

「早く。早く」

彼女はひからびた唇を動かして、しきりと窓を指している。では、窓の外に何者かが忍び寄っていたのか。

それもしらべて見なければならぬ。だが、珠子の手当ても肝要だ。それにだいいち、若い女の裸身をいつまでも人目に曝《さら》しておくのは心ない業《わざ》だ。

「君はあっちへ行ってね、代わりに婆やをよこしてくれたまえ」

守は先《ま》ず書生を去らせておいて、

「先生、僕は外をしらべて見ますから、ここをお願いしますよ」

と、彼自身も湯殿の外に出た。

焚き口へ廻って見ると、受け持ちの女中が、庭に出て、キョロキョロとあたりを見廻していた。

「オイ、今そこを誰か通らなかったか」

声をかけると、女中はギョッとしたように振り向いて、

「あの、お嬢さまがどうかなすったのでございますか」

とおずおずと訊ねる。

「ウン、気絶していたんだ。誰か窓の外から覗いたやつがあるらしい。お前気がつかなかったかい」

焚き口の戸はあいたままになっていて、湯殿の窓に近づくためには、その戸の前を通るほかに道はないのだから、そこにいた女中の目をかすめることは出来なかったはずだ。

「いいえ、誰も、ここを通ったものなんかございません。わたくし、さっきから、ずっと戸口の方ばかり向いていたのですけれど」

「おかしいな。ではここから覗いたんじゃなかったのかしら」

守は問題の窓のところへ歩いて行って、すぐその前の板塀についている潜り戸《くぐど》をガタガタいわして見たが、内部からの掛け金に異状はなかった。すると、曲者は塀をのり越えて出入りしたとでも考えるほかはないのだが、いくら器械体操の名手でも、何か足場がなくては、この高い塀を越えることは出来ない。

「お前、珠子の叫び声を聞いて、すぐにこの庭へ飛び出したのかい」

女中を顧みて訊ねると、

「ハイ、すぐにでございます」

「誰もいなかったんだね」

「ハイ」

「この塀をのり越したやつを、お前気づかなかったんじゃあるまいね」

「いいえ、そんなこと決してありません。いくら暗くっても、塀をのり越すのがわからないはずはございませんわ」

この女中はなかなかしっかり者であったから、これらの言葉はすべて信用してさしつかえなかった。

又、そのあとで、手提げ電燈を取り寄せて、窓の外の地面をしらべても見たけれど、そこは一面に固い土で、足跡らしいものも発見出来なかった。

こうしてあらゆる通路が否定されて見ると、結局、湯殿の窓に近づいたものはなかったのだと考えるほかはない。

それにもかかわらず、正気を取り戻した珠子は、

「決してあたしの気のせいじゃありません。気のせいやなんかで気絶する人があるもんですか。確かに確かに、あの窓から覗いたやつがあるんです。色眼鏡をかけて口髭をはやしていたことも、決して間違いはありません」

と主張してやまぬのだ。

その上、珠子が幻を見たのでない、れっきとした証拠が残っている。絵の具を塗った蠍の死骸などが、ただ訳もなく湯殿の中に落ちているはずがないではないか。青眼鏡の怪物でなくて、誰がこんな変てこな真似をするやつがあるものか。

しかも、その曲者の侵入した形跡が少しもないのだ。ここに一つの不可能が為《な》しとげられたのだ。非常に滑稽な空想が許されるならば、青眼鏡は、軽気球の碇綱《いかりづな》にとりすがって、窓のところまで下って来た、とでも考えるほかには仕方がないのではないか。

珠子は医師の手当てを受けて、床についていたけれど、恐怖のあまり失神したというだけであって、別に心配する容態《ようたい》ではなかったが、この出来事によって、悪魔の予

告は決して出鱈目《でたらめ》でなかったことが明らかになった。彼奴《きゃつ》の再度の襲来こそ気懸かりだ。今夜は珠子の悲鳴のために逃げ去ったとしても、このまま断念してしまうような相手でないことはわかりきっている。

相川操一氏は、ちょうどその時分、事業上の或る晩餐会《ばんさんかい》に出席していたのだが、電話の知らせを受けて、急いで帰宅した。そして、守と殿村夫人とから、一伍一什《いちぶしじゅう》を聞き取ると、ただちにこの事を警察に知らせて、一そうの警戒を依頼することにした。

「でも、なんだか心元《こころもと》のうございますわね。相手が魔法使いみたいな恐ろしいやつですもの。警察にお願いするほかには、もう方法はないものでございましょうか」

殿村夫人は、兇賊の予告を軽蔑していただけに、このまざまざとした事実を見せつけられては、もうじっとしていられないというふうであった。

「僕もそう思いますね。こんなずば抜けた悪党と戦うにはただ力だけでは駄目です。相手が魔法使いなら、こちらも魔法使いに加勢を願うほかありません」

守も「探偵さん」らしく主張した。

「お前が加勢を頼みたい魔法使いというのは、例の三笠竜介《みかさりゅうすけ》のことか」

操一氏はこの数日来、三笠竜介という私立探偵の名をうるさいほど聞かされていたのだ。

「そうです。こうなったら、もうお父さんも不賛成ではないでしょう。あの人を依頼するほかに手はないと思います」

「お前はその人を知っているのか」

「会ったことはありませんけれど、手柄話はいろいろ聞いてます。日本のシャーロック・ホームズと云われている人です。警察の手におえない事件を、片っぱしから、この人が解決していると云ってもいいほどです。ただ、非常な変わり者で、よほど気に入った事件でないと引き受けないそうですが、蠍の怪物なら相手に取って不足はないでしょう」

「若い人かね」

「ところが余り若くないのです。むしろ老人といった方がいいくらいです。写真で見ると、モジャモジャと顎髭なぞはやした、痩せっぽちのお爺《じい》さんです」

「殿村さん、どうでしょう、そういう私立探偵を頼むことは」

相川氏は一応、老練な家庭教師の意見を訊ねて見た。

「わたくしも、ご依頼になった方がいいように思います。珠子さんの命にかかわる事ですもの、手を尽くせるだけは尽くしたいものでございます」

と云うことで、結局三笠氏を頼むことに一決したが、急ぐことだから、こちらから出向いて、詳しい事情を話す方がよい。それには犯人の顔まで見知っている守が適任だ。ということになり、電話番号をしらべて、先方の都合を訊ねると、ちょうど今外出中で、十時頃にならなければお帰りがないという返事であった。

守青年は、夜の更けるのを待ちかねて、この稀世《きせい》の名探偵との初対面を、むしろ喜び勇んで出かけて行った。彼の行く手に、どんなに意外な恐ろしい運命が、待ちかまえているかも知らないで。

人罠

麹町区《こうじまちく》六番町の陰気な屋敷町《やしきまち》の中に、明治初期の様式の、実に古風な煉瓦造りの二階建てが、ポツンと取り残されたように建っている。建物のまわりには、煉瓦造りとはおよそ縁遠い黒板塀が、厳重に建てめぐらされ、石の門に、赤さびた鉄の扉が閉まっている。これが老探偵三笠竜介氏の事務所兼邸宅なのだ。

三笠氏のやり口は、なんにつけても非常に風変わりであったが、この邸宅などは、中にもいちじるしい一例に違いない。この建物の異様なことは、ただ外観だけではなく、内部の構造も、まるで犯罪者の巣窟《そうくつ》ででもあるように、さまざまのカラクリ仕掛けがほどこしてあって、訪問者を面喰《めんく》らわせるという噂《うわさ》であった。

守青年は、その門前で自動車を降りて、鉄扉を押し試みると、なんなく開いたので、そのまま玄関の石段を上がってベルを押した。

ベルを押したかと思うと、待ちかまえていたように、ドアが開き、拳闘選手みたいにいかめしい男が顔を出して、呶鳴《どな》るように云った。

「相川さんですか。先生はさっきからお待ちしています。お通り下さい」

はいった所はホールになっていて、その正面に、二階への階段の彫《ほ》りもののある手《て》欄《すり》が大蛇のようにうねっていた。

「こちらです」

と、男は先に立ちながら、

「相川さん、今晩は用心しないといけませんぜ。先生はひどく不機嫌です。いつも余り機嫌のいい人じゃありませんがね。今晩は殊にひどいですよ。さいぜん帰ってから、書斎に閉じこもったきり、お茶を持って行っても、僕をよせつけないんですからね」

と親切に注意してくれる。見かけによらない好人物と見える。

「この家《うち》には、先生とあなたと二人きりなんですか」

そういう噂を聞いてはいたけれど、建物が広すぎるように感じたので、訊ねて見る

と、

「そうです。先生は女嫌いです。奥さんは一度も持たなかったそうです。僕もまあ女嫌いですがね。ハハハハハ」

変物《へんぶつ》の先生には、変物の弟子がつくものと見える。この男、初対面の客に、いろいろな事をペラペラと喋るのだ。

薄暗い廊下を曲がり曲がって、やっと名探偵の書斎に来た。廊下の造り方さえ迷路のようだ。

男はドアをノックして、「相川さんです」と呶鳴った。

すると、中からドアが細目に開いて、髭もじゃの顔がチラッと覗いたが、低いしわがれ声で、

「相川さんだけおはいりなさい。お前はベルを鳴らすまで用事はない。あっちへ行っていなさい」

と云った。

(なるほど変わりものだわい)と少しおかしくなったが、云われるままに中にはいって見ると、まるで学者の研究室のように、四方の壁が本で埋まっていて、部屋のまん中に、大きな書きもの机が、ドッシリと据えられ、その両側に主客の椅子が向き合っ

て置いてある。

机も椅子も非常に古風なもので、現代人の目には、いやらしいほど彫刻がほどこしてある。殊に椅子の背中のもたれは、腰かけた人の頭より一尺も高くて、十八世紀の英国へでも行ったような気がするのだ。

三笠氏は、客にお掛けなさいとも云わず、サッサと自分だけ、その椅子に腰をおろして、知らん顔をしている。

実に変なお爺さんだ。五十五、六歳のように聞きおぼえていたが、見たところでは六十以上にも思われる。頭も鬚も半白《はんぱく》で、それがどちらもモジャモジャと、まるで草叢のように乱れ、そのまん中に巨大な鼈甲縁《べっこうぶち》の眼鏡がキラキラと光っている。

服装は、カラーも何もない皺くちゃのワイシャツの上に、ダブダブした冬物のスコッチの背広を着ているのだが、非常に背が低くて痩せているので、まるで猿に洋服を着せたような恰好だ。

守が一《ひ》と通《とお》りの挨拶をして、前の椅子に腰かけると、老人は正面からジロジロと彼の顔を眺めながら、

「どんな用件だね」

と、不愛想《ぶあいそう》に訊ねた。

「実はこのごろ新聞で騒いでます妖虫事件についてお願いに上がったのです」

妖虫事件と云えば、三笠氏はきっと興味を感じて、乗り出して来るに違いないと予想していたのに、いっこうそんな様子は見えぬ。

「ウン、それで？」

と先を促すばかりだ。

守は、谷中の空家での隙見から、今夕までの出来事を、かいつまんで説明した。老人は何を聞いても少しも驚く様子はなく、ただ「ウン、ウン」と聞き流している。実に張合いのない態度だ。

「私たちは妹の危険を除くことが第一の希望なのですが、犯人が逮捕されれば、これに越したことはありません。どうでしょう。この事件を引き受け下さるわけには参りませんでしょうか」

守は言葉を切って、じっと相手の返事を待っていたが、老人は、やっぱりこちらをジロジロ眺めながら、何時《いつ》までたっても、なんとも答えない。少々気味わるくさえなって来るのだ。

「どうでしょうか、先生。枉《ま》げてご承知願いたいのですが」

「君は、それを僕に頼みたいと云うのかね」

三笠氏の声の調子が少し変わったようであったが、守はそこまでは気づかず、ただ相手の質問の意味がわかりかねて答えに迷った。

「君に聞くがね、君はいったい誰と話をしているると思っているんだね」

おや、変だぞ。この爺さん気でも違ったのじゃないかしら。

「むろん、先生とです。先生に犯罪事件をご依頼しているのです」

「先生て、誰だね」

「三笠竜介先生です」

守は余りばかばかしい質問にムッとして、思わず声が高くなった。

「ホホウ、三笠竜介。僕がその三笠竜介だとでも云うのかね」

それを聞くと、守はギョッとして、腰を浮かさないではいられなかった。

(この親爺《おやじ》が気違いか、でなければ、俺の方が気違いなんだ。それとも俺は夢を見ているのじゃないかしら)

「僕は三笠先生をお訪ねしたのです」

「ホウ、そうかね」

「じゃ、あなたは、この家のご主人じゃなかったのですか」

「まあ、主人みたいなもんだ」

老人は鬚の中から、ニヤニヤ笑っている。

「それなら、三笠先生でしょう」

「そう見えるかね」

「エ、なんですって？」

「そう見えるかと聞いたのさ。俺も変装がうまくなったものだなあ。ハハハハハ」

守はピョコンと立ち上がって、椅子を小盾《こだて》に取って身構えながら、えたいの知れぬ相手を睨《にら》みつけた。

「君は誰だ。なんだって、こんないたずらをするのだ」

老人は腰かけたまま、平気でニヤニヤ笑っている。

「いたずら？　フフフ、いたずらよりゃ少し気の利いたことだよ。酔狂《すいきょう》にこんな下らない変装なんぞするものか」

「じゃ、なぜだ。なぜそんなことをして僕をだましたのだ」

「君を虜《とりこ》にするためにさ。君は三笠の親爺の次に、俺たちには邪魔っけな人間だからね」

「俺たちだって？　すると貴様は……」

「ハハハハハ、やっとわかったね。云ってごらん、その次を」

「赤い蠍」

「ウン、その通り。君はなかなか頭がいいよ。ハハハハ」

あの鬚をむしり取って見なければ、こいつが青眼鏡の本人かどうかはわからない。しかし殺人鬼の同類にはきまっているのだ。

さいぜん案内の男を室内に入れさせなかった理由が、今こそわかった。こいつは本物の三笠氏ではないものだから初対面の守はごまかせても、弟子の前に顔を曝すほど自信がなかったからだ。

「で、僕をどうしようというのだ」

「殺しはしない。安心したまえ。ただちょっとの間、窮屈《きゅうくつ》な思いをしてもらおうというのさ。この家は、実にお誂《あつら》え向きのカラクリ仕掛けになっているのでね」

しかし守青年は、この毒舌を半分しか聞かなかった。アッと思う間に、彼の踏んでいる床板が、消えてなくなったからだ。

グラグラと目まいがして、世界が遠のいて行くのを感じたかと思うと、グンと背骨が砕けるようなショックを受けた。

「ハハハハハ、まあごゆっくり」

遠くの世界から、そんな声が聞こえて来た。痛さをこらえて見上げると、遙かの天井に四角な白いものがある。

（ああ、あれが陥穽《おとしあな》の口なんだな。俺は敵の罠《わな》にかかってしまったのだな）

心のどこかで、そんなことを感じながら、半ば無意識にグッタリなっているうちに、天井の穴はパッと閉じられてしまった。

見れども見えぬ、黒暗々《こくあんあん》の地底の穴蔵だ。

咄嗟にはなんの思案も浮かばなかった。ただ兇賊の底知れぬ魔力に、あっけにとられるばかりであった。

だが、だんだん心が静まるにつれて、打身の痛さと、地底の冷気が、身にしみて感じられた。それよりも、彼を取り囲む文目《あやめ》も分かぬ暗闇が、云うばかりなく心細かった。

こんな所へ落ち込んだら、誰かが助けてくれぬ限り、二度と日の目を見ることは出来ないかも知れぬ。俺はこのまま永久に闇の底に閉じこめられたまま、飢えと寒さに死んで行く運命なのではあるまいか。守は心弱くも、そんなことさえ考えた。

ふと気がつくと、闇の中に、何かしら物の気配が感じられる。どうやら呼吸の音のようだ。誰だ。もしや敵が命を奪いにやって来たのではないかしら。それとも、この穴蔵には、何かの獣《けだもの》が飼ってあって、そいつが、飢えた牙をむいて、ソロソロと餌物に近づいて来るのではあるまいか。

守は地面に横たわったまま、首だけをもたげて、じっと耳を澄ました。空耳ではない。確かに息遣《いきづか》いの音だ。何かしら生きものが、暗闇の中にうごめいているのだ。

闇を這うもの

相川青年はこの日頃、悪夢の世界をさまよい続けて来た。春川月子の虐殺、化物屋敷の壁に描かれた血の蠍、箱の中から聞こえる異様な歌声、草叢にはえた生腕、闇夜の曲芸団のテントから現われた青眼鏡の怪物、名探偵三笠竜介氏に化けた殺人鬼、どれもこれも、すべてこの世の出来事とは考えられなかった。そして、今この穴蔵もまた、それらの奇怪な悪夢の続きなのではあるまいか。

彼は何も見えない闇の中に、人間ほどの大きさの蠍を幻想した。蜘蛛のような八本の長い足を、互い違いに動かして、巨大な鋏をいからせ、鋭い毒針の尻尾を醜くまげて、隙もあらば一《ひ》と飛《と》びに襲いかかろうと身構えながら、ゴソゴソと這い寄る、まっ黒な怪物を幻想した。その妖虫が、犬かなんぞの獣のように、ハッハッと呼吸しているのだという、変てこな考えに、彼はワナワナと震え出すほどの恐怖を感じた。

コンクリートらしい、冷たくてザラザラした床を、守青年は、身を縮めるようにし

て、呼吸の音とは反対の方角へジリジリといざりながら、

「シッ、シッ」

と、激しく見えぬ獣を叱りつけた。

するとそれに答えるように、闇の中にパッと光りものがして、ギラギラと輝く怪物の目が彼を睨みつけた。

「君は、相川君ではないかね」

意外にも、その光りものの奥から、獣が人間の言葉で呼びかけた。いや、獣でも、お化け蠍でもなく、それは一人の人間だった。この穴蔵には守のほかに、誰かしら先客があったのだ。光りものは、怪物の目ではなくて、その男が小型の懐中電燈を点火したのであった。

「誰です、僕の名を知っているのは？」

守は、声の主《ぬし》を敵とも味方とも計りかねて、用心しながら聞き返した。

「やっぱり相川君だったね。わしだよ」

相手の人物は、そう云いながら、懐中電燈の向きを変えて、われとわが顔を照らして見せた。

闇の中に、顎の下からの逆光線で、クローズ・アップされた老人の顔、モジャモジャ

した頭髪、顔を埋めた半白の鬚髯《しゅぜん》、まん丸なロイド眼鏡。

守は慄然《りつぜん》として、息を呑まないではいられなかった。

いつの間に先廻りしたのだろう。なんというす早さだ。そこに照らし出されたのは、正《まさ》しくさいぜんの三笠竜介の不気味な顔ではなかったか。

「アッ、貴様は！」

(さては、悪魔め、穴蔵へ落としたばかりでは安心出来ないものだから、俺の息の根をとめるためにやって来たんだな)

守は不思議な昏迷《こんめい》におちいって、死にもの狂いの身構えをしたが、相手は早くもそれと気づいたのか、再び懐中電燈をこちらへさし向けた。

「いや、感違いをしてはいけない。君をひどい目にあわせたやつは、まだこの上の部屋にいる。わしのこの髯はつけ髯じゃない。わしが君の訪ねてくれた三笠だよ」

穴蔵の名探偵！　これはまあなんとした事だ。

「ハハハハハ、わしも君と同じ目に遭ったのだよ。わしの作った陥穽に、わし自身がつき落とされたのだよ」

「ほんとうですか。先生まで、あいつのために……」

守はあっけに取られてしまった。あこがれの名探偵の、このみじめな姿に、悲惨をさえ感じた。だが、罠にかかった老探偵三笠竜介氏は、不思議なことに、少しもうろたえていなかった。ジメジメした穴蔵の底が、まるで居間でもあるように、異様に落ちつき払っていた。

「わしが外出から帰ると、助手のトムが、相川さんから電話があって、十時頃に息子さんの守という人が来られると云うので、例の妖虫事件だなと、わしは君に会うのを楽しみに思っていたのです。そして、君を待ち受けるために書斎へはいって見ると、部屋の隅に、もう一人のわしが、つまりわしに変装したやつが隠れていて、不意に陥穽のボタンを押して、このわしを罠にかけたという次第じゃ。ハハハハハ、そういうわけで、わしは君の用件をまだ少しも聞いていないのだが、察するに、君がわざわざわしを訪ねて来たのは、妖虫事件の引き続きに違いあるまい。今度は君の妹さんが毒虫に狙われているのではないかね」

「エ、先生は僕の妹をご存知ですか」

「ウン、噂を聞いていないでもない。君の妹さんのミス・トウキョウは、若い者のあいだでは、なかなか有名だからね。君が訪ねて来ると聞いた時、わしはすぐ蠍を思い出し、その次には、君に有名な美人の妹さんがあることを思い浮かべた。そして、君の用件がなんだかということも、おおかたは推察していたのだよ。春川月子はミス・

ニッポン、相川嬢はミス・トウキョウ。妖虫のやつ、なかなか虚栄心が強いと見えるね」

暗闇の中の老探偵の声が、何かしら意味ありげに聞こえた。さすがは三笠竜介氏、守青年の用件を予知していたばかりか、彼の気づき得ない何かの秘密まで洞察しているかに感じられた。

七つ道具

その時、突然、どこからとも知れず、人の声が聞こえて来た。ラジオのように、異様に響く声だ。

「探偵さん。気分はどうだね。淋しかろうと思って、一人友達を送って上げたが、お気に召したかね」

三笠氏の懐中電燈が、声する方へさし向けられると、その円光の中に、壁に仕掛けた黒い喇叭《らっぱ》の口が照らし出された。老探偵は、そこへ近寄って、喇叭に口を当てて呶鳴り返す。

「やア、有難う。なかなか気に入ったよ。君の骨折りのお蔭で、わしは相川君から、君たちのやり口を、いろいろ聞かせてもらった。だが、君はそこで何をぐずぐずしているんだね。僕たちが気になると見えるね」

それは上の書斎と、この地下室とを連絡する通話管であったのだ。あの異様に響く声は、まだ上にいるもう一人の三笠竜介に違いない。今、一本の管《くだ》を通して、本物と贋《にせ》物《もの》と二人の三笠竜介が——稀代《きだい》の殺人鬼と名探偵とが、まるで友達のように話し合っているのだ。

地底の探偵が喇叭から顔を離すと、今度は上の贋ものの番だ。

「まあ、仲よく話して居たまえ。君たちは、僕の方の仕事が済むまで、そこから出られっこはないんだから……それとも、その深い穴蔵から這い出す隙でもあるというのかい」

「ハハハハハ、心配しなくってもいい。抜け道なんぞありゃしない。君もよく知っている通り、その上《あ》げ蓋《ぶた》を明けて縄梯子《なわばしご》でもおろしてくれるほかには、梯子段も何もないんだから。人間業《にんげんわざ》では出られやしない。わしはこの罠で、命知らずの悪人を何度も痛い目に遭わせたが、そいつらが一人だって、ここから抜け出したためしはないのだ。安心したまえ」

「フフフフ、罠にかかった猟師だね、君は。さんざん人を苦しめた報いだ。あきらめるがいい。じゃ、二、三日我慢してくれたまえ。饑《ひも》じいだろうが餓死《うえじに》するようなことはありゃしない。あばよ」

そして、カチンという音が響いて来た。

「通話管の蓋をしてしまった。もう少しからかってやろうと思ったのに」

老探偵は舌うちをして、喇叭のそばを離れた。

「だが、いいんですか、先生。あいつは僕たちをここへ閉じこめておいて、そのあいだに妹をどうかするにきまっています。ここからはほんとうに出られないのですか。もしや敵の裏をかくカラクリ仕掛けがあるんじゃありませんか」

守は曲者の声が聞こえなくなると、俄《にわ》かに妹の事が気にかかって、老探偵を責めないではいられなかった。

「そんな仕掛けなんかありゃしない。今あいつに云った事はみんなほんとうだよ」

三笠氏はいやに落ちついている。そういう折には、ふとこの探偵が耄碌《もうろく》しているように感じられて仕方がなかった。

「じゃ、僕たちはこのままじっとして、奴らの為すにまかせておくのですか。それはいけません。先生、なんとか工夫して下さい。妹の命にかかわることです」

「いや、そんなに急き立てることはない。カラクリ仕掛けなんぞないけれど、わしはここを出るのだ。ほら見たまえ、これが探偵の七つ道具だ。わしはどんな時でも、これだけは肌身離さず持ち歩いているのだよ。こんな穴蔵の中に、どうして懐中電燈があったか。君は不思議に思わなかったかね。わしの七つ道具の中には、懐中電燈もちゃんと揃っているのだよ」

老探偵は云いながら、ポケットから、小型のハンドバッグかと思われる革製の容器を取り出して、円光の中に拡げて見せた。

そこには七つどころではない、二十種に余る種々さまざまの形をした、非常に小型な、小人島の道具類が、出来るだけ嵩《かさ》ばらぬように、巧みな組み合わせになって、ズラリと並んでいた。

金庫破りの名人が持っているような万能鍵束、小型だけれど倍率の大きい虫眼鏡、黒い絹糸を縒《よ》り合わせて作った一《ひ》と握《にぎ》りほどの縄梯子、鋸《のこぎり》のついた万能ナイフ、指紋検出の用具、手の平にはいるライカ写真器、注射器、数個の薬品の小瓶等、等、等。

「これをごらん。なんだと思うね。わしの魔法の杖だよ」

老探偵が取り上げて示したのは、長さ二寸ほどのピカピカ光る金属の円筒であった。

「これと縄梯子があれば、こんな穴蔵なぞ、抜け出すのは訳もないことだ。探偵も時には手品師の真似をしなければならない。わしはこれで、奇術師に弟子入りしたこともあるのだよ」

守青年は、三笠氏の手から、万年筆ほどの小型懐中電燈を受け取って、穴蔵の壁から天井を照らして見た。

天井までは二間《けん》余りもある。壁にはなんの手掛かりもない。翼でもなくては、唯一の出入口の上げ蓋に手は届かぬ。その上、上げ蓋の下には頑丈な掛け金がかかっているし、縄梯子を投げたところで、天井に鉤《かぎ》のかかる箇所はまったく無い。

三笠探偵の手品とはいったいどのようなことであろう。又、この小さな円筒形の金属が、穴蔵を抜け出すのになんの役目を勤めるのであろう。

妖虫の触手

ちょうどその頃、妖虫の餌食と狙われた相川珠子の家には、又別様《べつよう》の激情が起こっていた。

家庭教師の殿村夫人は、珠子が床についていたし、頼みに思う守青年が、三笠探偵を訪ねて不在になるので、その夜は相川家に泊まることにして、珠子のベッドのそばに腰かけて、震えおののく少女を慰める役目を引き受けていたが、守が出かけて間もなく、その殿村夫人が、何か顔色を変えて、あわただしく主人相川氏の居間へ駈け込んで来た。

「旦那さま、ちょっと、早くいらしって下さいまし、お嬢さまのお部屋へ」

日頃作法《さほう》正しい殿村夫人が、こんなに取り乱しているのはただ事でない。

「どうしたのです。珠子がどうかしたのですか」

相川氏も色を変えて立ち上がった。

「ごらん下さい。これです。ふと気がつくと、お嬢さまのベッドの下に、こんな紙切れが落ちていました。いつの間にどうして、あのお部屋へはいって来ましたのか、わたくしもう怖くって、じっとしていられなかったものですから、お嬢さまにはないしょで、こちらへ駈けつけたのです」

その紙切れには、赤鉛筆で、幼児の自由画のようなものが一ぱいに書きなぐってあった。ちょっと見たのでは、なんの絵だかわからないほど下手な、赤い蠍の形だ。ああ、今は珠子の寝室までも、妖虫の触手が伸びて来たのか。

こうしているあいだにも、珠子の上に危険が迫っているのだと思うと、足音の高くなるのも構っていられなかった。二人は先を争うようにして珠子の寝室に急いだ。

行って見ると、珠子には別状なく、かえって彼女の方で、父と家庭教師のただならぬ気色を怪しんだほどであったが相川氏はそのまま落ちついている気にはなれなかった。

彼は娘の部屋を出ると、書生や女中を呼び集めて、家じゅうの電燈をつけさせ、あるだけの提灯《ちょうちん》に火を入れて、縁側や、庭園の要所要所へかけ並べ、そのあいだを、手分けをして巡廻させることにした。

だが、六人の召使が邸内の隅から隅を見廻っても、怪しい人影はどこにもなかった。しかも不思議はそればかりではなかった。ゾッとした事には、目に見えぬ怪物は、その厳重な監視の中を潜って、まるで無人の境を行くが如く、座敷から座敷へと歩きまわっていたことがわかって来た。

相川氏が居間に帰って見ると、机の上に投げ出してあった夕刊に、同じ赤い鉛筆でデカデカと大きな蠍が書きなぐってあった。

間もあらせず、女中部屋に、死にもの狂いの悲鳴が聞こえたので、駈けつけると、その四畳半の入口の障子に、やっぱり醜い赤蠍の絵が張りつけてあった。

一方では一人の書生が、庭園の木の枝にかけてある提灯の上を、不気味な守宮《やもり》のように這っている本物の蠍の死骸を発見して震え上がった。

悪魔は面白がっているのだ。腕白小僧《わんぱくこぞう》のようにずば抜けたいたずらをして、どこかしら見えぬ場所から、手を叩いて笑っているのだ。

相川氏は、もう家じゅうが、殺人鬼で一ぱいになっているような感じで、為すべを知らなかった。珠子も敏感にそれと気づくと、殿村夫人の制止も聞かず、ベッドを降りてウロウロと、部屋から部屋をさまよった。逃げても隠れても、怪物が身近に寄り添っているようで、広い邸内に彼女の落ちつく場所がなかった。

ちょうどその騒ぎの最中に、玄関のベルが鳴って、一人の客がおとずれた。取り次ぎに出た書生が、名刺を握って、何かしら勢い込んで主人の居間にはいって来た。見ると、その名刺には、待ちかねた「三笠竜介」の名が大きく印刷してあった。

相川氏はみずから玄関へ走り出て、名探偵を歓迎した。

名探偵！　これがあの名高い名探偵なのだろうか。そこに不作法に立ちはだかっていたのは、うす汚ない半白の頭髪と鬚髯に顔を埋め、ロイド眼鏡を光らせた、みすぼらしい背広姿の老人であった。だが、相川氏は咄嗟に守の言葉を思い出して、少しも懸念を抱かなかった。守は痩せっぽちのお爺さんだと云っていたが、なるほど人物は見かけによらぬものだと感じたばかりであった。

彼は老探偵の手を取らんばかりにして、応接間に請《しょう》じ入れ、姿なき犯人の奇怪な示威運動の次第を語った。

「家じゅうのものが見張っている目の前で、いたずらをして行くのです。しかも、曲者は煙のようにまったく姿を現わさないのです。捕えようにも防ごうにも、まるで方法がないではありませんか」

「ウム、狂人か、でなければ、天才的犯罪者ですわい。犯罪を予告するなんて真似は、並々の者に出来る芸当ではありません。しかし、お話では、事態は可なり切迫しているようですな。この際は、犯人を探し出すよりも、先《ま》ずお嬢さんを守ることが第一でしょうて。お嬢さんに会わせて下さらんか。わしが一刻も離れずそばにつき添っていたら、先ず大丈夫です。又、そうしていれば、わざわざ探し廻るまでもなく、犯人の方から近づいて来ますよ。わしの張っておる網の中へ、先方から飛び込んで来ますよ」

三笠氏は慣れきった調子で、事もなげに云った。

言葉に従って、相川氏が珠子を呼ぶと、青ざめた少女は殿村夫人に手を取られてはいって来た。

「お嬢さん、おお、大変おびえていらっしゃるな。なに、心配することはありませんよ。わしが守って上げる。わしがあんたのそばについていれば、どんな悪人だって、手出しをさせはしませんよ」

三笠氏は、老人のやさしさで、娘をいつくしむように、目を細くして珠子を眺め、彼女の白い手を取って、その甲をペタペタと叩いて力づけた。

珠子はほんとうにおびえきっていた。怖さに気も狂いそうであった。青ざめた顔に、目ばかりが、恐怖のために、異様に輝きをまして、手の指は絶えまなく、何かを掴むようにもがいている有様は、心なく見る者には、悩める美女の異様な美しさであった。悪魔がこの餌食のうちひしがれた艶《なま》めかしさを見たならば、どのように狂喜したことであろう。

三笠老探偵は、眼鏡の奥の細めた目で、いつまでも美しい珠子を見守っている。見守りながら、なぜか、彼の鬚に隠れた唇が、ニッと三日月型に微笑しているかに感じられた。この真剣な場合に、彼は何を笑っているのだ。稀代の犯罪者にぶッつかった嬉しさにか、保護を託された娘の美しさにか、それとも、それとも……

「だが、ご子息の守さんはどうなすった。さいぜん一《ひ》と足《あし》先にわしの家を出られたのだが、一刻も早く吉報をもたらすのだとか云って」

やがて、三笠氏は、ふと気づいたように、その辺を見廻しながら訊ねた。

それを聞くと、相川氏の方でびっくりしてしまった。蠍騒ぎの昂奮から、つい守のことを訊ねるのがあと廻しになっていたが、守は三笠探偵と一緒の車で帰ったものとばかり思い込んでいたのに。

「いいえ、守はまだ帰りません。ほんとうにあなたより先に出たのですか」

「そうですよ。待たせてある車で帰ると云って、非常に急いでおられたのだが、ハテナ」

老探偵は、じっと相川氏を見つめて、不安らしく小首を傾けた。

「ほかに寄り道をするはずはないし、車に故障が起こったとしても、こんなに遅れることはない。おかしいですね」

「ご主人、これはただ事ではありませんぞ。守君は、なかなかしっかりした敏捷《びんしょう》な方だ。それに犯罪に深い興味を持っておられるほどだから、たといどんな故障が起ころうとも、女子供ではあるまいし、今まで音沙汰がないのは実に妙ですて。電話もかからないとすると。もしや……」

「もしや、どうだとおっしゃるのです」

「お気の毒ですが、犯人の手が伸びたと考えるほかありません。一種の復讐《ふくしゅう》ですね。犯罪の邪魔立てをする小癪《こしゃく》なやつというわけでしょうて。殊に守君は珠子さんの兄さんじゃからね。又、春川月子の場合、警察に告げ知らせたのも守君じゃ。犯人の復讐ですよ、これは」

老探偵は、復讐という言葉に、不自然に力をこめて、彼自身が当の犯人ででもあるように、意地わるく断言した。

相川氏は、事業の上では恐れを知らぬつわものであったけれど、二人の子供が二人とも、妖虫の毒手にかかるのかと思うと、さすがにうろたえないではいられなかった。ただちに警視庁に電話をかけさせ、自身電話口に立ってこの新たに突発した変事を知らせ、守青年の保護を依頼した。

「警察からも人が来てくれるそうです。あなたにもご協力を願って、なんとしても犯人を探し出さなければなりません」

相川氏が席に戻って報告すると、誇りの高い民間探偵は少し不快らしい表情になって、

「警察も警察じゃし、守君も守君じゃが、それよりも、第一番にしなければならぬ事は、珠子さんの保護です。守君まで誘拐されたとすると、事態はますます切迫したと考えなければならん。今は珠子さんを、この家に置くのは危険千万じゃ。相川さん、何処か適当な隠れ家をお持ちではないかな。ご親戚でもよい。ともかく、この家は敵の目標になっている。犯人は邸の様子をすっかり心得ているようじゃ。いや、彼奴《きゃっ》は邸内のどこかに潜伏していまいものでもない。ここは危ない。早く珠子さんを連れ出さなければ」

相川氏は、家に置くのも恐ろしいけれど、又外へ出すのも不気味だがと、しばらく躊躇していたが、そういう事には慣れきった老探偵が再三勧める上に、殿村夫人まで、今にも犯人が襲いかかって来るように怖がって、探偵の説に賛成するものだから、ついに、三笠氏と一緒に相川氏自身が附き添って、珠子を一時郊外の親戚へ預けることに決心した。

だが、読者諸君は、この三笠竜介と自称する男が、何者だかという事を、そして又、珠子連れ出しを勧める彼の底意が、どんな恐ろしいものだかを、とっくに気づいていられるに違いない。

ああ、本物の三笠竜介は、何をしているのだ。彼は果たして穴蔵を抜け出すことが出来たかしら。もし抜け出したとしても、この危急に間に合うだろうか。偽探偵の怪物は、まんまと相川操一氏をだましおおせて、今にも珠子を連れ出そうとしているではないか。妖虫は今や、その尻尾を醜くまげて、餌物に飛びかかろうとしているではないか。

魔法の杖

時間を比べると、偽物の三笠竜介が相川邸をおとずれた少し前、穴蔵にとじこめられた三笠探偵と相川守のあいだには、脱出の工作が進行していた。

「ですが、そんな小っぽけな道具で、どうしてこの地下室が抜け出せるものですか」

暗闇の中から、守青年の声がいぶかしげに訊ねた。

豆のような、しかし非常に光力の強い懐中電燈が、探偵の七つ道具の容器を照らしていた。その円光の中に三笠氏の皺くちゃな指が問題の銀色に光る円筒形の金属をおもちゃにしていた。

「種を明かせばナアンダというようなものさ。しかし、これがあるばかりに、まったく不可能に見える穴蔵の脱出が可能になるんじゃから、不思議じゃて」

老探偵は舞台の手品師のように勿体《もったい》ぶった。

「もしや、それはダイナマイトじゃないのですか」

「アハハハハ、爆薬なんか使ったら、わしたちが木端微塵《こっぱみじん》じゃ。まあよく考えて見たまえ。ここを抜け出す唯一の手段は、わしたちが落ちて来たあの天井の陥穽の蓋を開くことじゃ。その蓋を内部から開く唯一の方法は、ほら、あすこに見えている留め金を、グッと四十五度だけ廻すことじゃ。すると支えがなくなって、蝶番《ちょうつがい》になった板が、自然に下がって、あとに出入口の穴があくというわけだよ。わかったかね」

「ですが、あの高い天井の留め金をどうして廻すのです。その銀色の道具を投げつけるのですか」

「わしは石投げの名人じゃない。よし命中しても、そんなことで留め金は廻らんて」

「じゃ、どうするのです」

守は、この一刻を争う場合、老探偵の余りの落ちつき振りに、もうイライラしていた。

「これはね、手品師の方で魔法のステッキと云われている、ごくありふれた道具なのだよ。これをごらん、僅か二寸ほどの筒が、引っぱれば引っぱるだけ、どこまでも伸びて来るのだ。一尺、二尺、三尺とね」

あっけにとられた守の前に、見る見る、闇にも光る一丈ほどの銀色の竿《さお》が出来上がった。竿の先端《さき》には、股になった金属の角《つの》がはえている。それが指の代理を勤めようというわけだ。

だが、金属が飴《あめ》のように伸びる道理はない。それには仕掛けがあるのだ。ちょっと見たのでは小さな一個の円筒に過ぎないが、その実は薄い鋼鉄の筒を幾十となく重ね合わせたもので、筒と筒とにピッチリ締まる留め金がついていて、内側の筒を引き出すに従って留め金がかかり、元に戻らぬ仕掛けになっている。

「君は、写真器の三脚に、これと似た仕掛けのものがあるのを見たことがあるじゃろう。もっと手近な例では、旅行用の伸び縮みする金属のコップだ。登山家などが使っているあれだよ。この魔法の杖はあの仕掛けを極度に利用して、良質の鋼鉄を使い、微妙な細工をほどこしたものに過ぎないのだ。ハハハハハ、どうじゃね。なんでもない思いつきが、ひどく調法《ちょうほう》するではないか。わしはこのような魔法の道具をいろいろと工夫して用意しているのだよ。七つ道具さえあれば、三笠竜介の字引きに『不可能』という字はないわけじゃて、ハハハハハ」

守が命ぜられるままに、懐中電燈を持って、天井の陥穽の蓋を照らしていると、老探偵は、支那の大道手品師のような恰好で、銀の竿をあやつり、巧みにそこの留め金を廻して、蝶番の板を開いてしまった。

それから、竿の先に絹糸の縄梯子の鉤を引っかけると、又もや無類の器用さで、その鉤を天井の陥穽の縁へシッカリ喰い込ませた。

「さア、いよいよ穴蔵におさばらだ。わしが先に昇って様子を見るから、君はあとから来たまえ」

縄梯子と云っても、三笠氏のは普通の梯子型ではなくて、一尺おきほどに、金属の環《かん》を結びつけて足がかりとした、一本の紐に過ぎないのだから、登るのにもコツがあって、なかなかむずかしいのだが、老探偵は一匹の猿のように、スルスルと、見事に登って行った。

上から合図があったので守も真似をして、やっとの思いでよじ登ったが、見ると、探偵は書斎のドアを烈しく叩いている。曲者が外から鍵をかけて立ち去ったのだ。

しばらく叩き続けていると、三笠氏の助手の拳闘選手みたいな男が、ドアを開いてくれたが、老主人を一目《ひとめ》見て頓狂な声を立てた。

「ヤ、ヤ、先生ですか。さっきお出かけになった先生が、どうしてこんな所に、それに、ドアにはいったい誰が鍵をかけたのでしょう……先生ですか、ほんとうに先生ですか」

彼は狐にでもつままれたような顔をして、胡散らしく三笠氏を見上げ見おろすのだ。

「ばかめ」老探偵はいきなり呶鳴りつけた。「貴様《きさま》の目はどこに附いているのだ。わしの顔を忘れたのか。さっき出て行ったやつがほんとのわしで、このわしが偽物だとでも云うのか」

「おやッ、すると、さっきのやつは、先生の変装をしていたのですか。畜生《ちくしょう》め、それで読めた。あいついやに不機嫌で、僕の方を見ないようにばかりしていたが、変装を見破られるのが怖かったのだな」

「今さら何をグズグズ云っているのだ。それにしても、お前はこの方を案内したって云うじゃないか。お客さんを置いてけぼりにして、主人が外出すると思うのか」

きめつけられた助手先生は、頭を掻きながら、お人好しに笑った。

「いや、謀られたわい。偽物のやつが、出がけに、お客さまはさっきお帰りになった。なんて、嘘をつきやがったものですから、つい……」

「済んだことはいい。わしたちはすぐ出かけるから、今度は充分注意して留守番するんだぞ。いいか」

老探偵は、まるで子供を叱るように云いつけておいて、守青年を促して外へ出た。

「これからあいつを追っかけて、間に合うでしょうか」

守が不安らしく訊ねると、探偵はやっぱり落ちつき払って答えた。

「それは臨機応変《りんきおうへん》じゃ。むろん手遅れということはない。まだまだ最後の土壇場《どたんば》までには、余るほど時間がある。わしの智恵が七つ道具の考案ばかりだと思っては、大きな間違いですぞ。頭の中にも、智恵のカラクリや七つ道具が、ちゃんと用意してあるのじゃ。ナンノ、赤蠍如き虫けらにひけをとってよいものか」

この年になってもまだ稚気《ちき》を失わぬ、それ故にこそ珍重すべき老人が、子供らしく見得《みえ》を切った。

絶体絶命

相川邸の門前の暗闇に、一台の自動車が停まっていた。偽探偵の怪人物が待たせておいた車だ。

人目をはばかるようにして、コッソリと門をすべり出た三つの人影が、その自動車に乗り込む。主人の相川操一氏、偽物の三笠老探偵、珠子さんの三人である。行く先は中野にある相川氏の弟さんの住まい。そこなれば、なんの気兼ねもなく幾日でも滞在出来るというので。

自動車が走り出すと、相川氏は背後の窓に顔をつけて、長いあいだうしろを眺めていたが、一台の車も、一人の人間も、あとをつけて来るものはなかった。殺人鬼はきっとまだ邸内に残っているに違いない。肝腎《かんじん》の珠子が邸を抜け出したことも知らないで。よしまた気づいていたとしても多勢の見張りに、隠れ場所から這い出すことも出来なくて。

先《ま》ずこれで一《ひ》と安心《あんしん》というものだ。いずれは弟の家も敵に悟られようけれど、その時は又別の隠れがを探せばよい。三笠探偵の助言のお蔭で、今夜失うかも知れなかった命を、一日でも二日でも延ばすことが出来たのだ。

守のことも心配ではあるけれど、まだ誘拐されたときまったわけではなし、もしそうだったとしても、その方の捜索は、警察で充分手を尽くしてくれるだろう。警視庁の人が見えたら、よく事情を話して依頼するようにと、殿村夫人に云いつけておいたから、うまくやってくれるに違いない。

いくら考えて見たところで、もうこれ以上なんの方法もないのだ。あとは運命の神様に任せて落ちついているがいい。殊に味方には大探偵三笠竜介がついているではないか。

相川氏はそんなことを考えながら、気が落ちついて来るにしたがって、知らず識《し》らずに、袂《たもと》のシガレット・ケースをさぐっていたが、どこへ置き忘れたのか、袂の左右ともそれらしいものはなかった。

置き忘れたのではない。そのシガレット・ケースは、さいぜん自動車へ乗る時に、偽の三笠探偵がす早く袂から抜き取って、自分のポケットへ納めてしまったのだが、まさか探偵がスリに早変わりをしようなどと、誰が気づき得たであろう。

「相川さん、煙草なら、これを一つやって見て下さらんか。わしは煙草だけは贅沢《ぜいたく》をしておりますのじゃ。さア、ご遠慮なく」

偽探偵は目早くそれと見て取って、ポケットから用意の葉巻を出して、相川氏に勧めた。

ああ、危ない。その葉巻には、どんな仕掛けがあるかも知れたものではないのだ。しかし、それとも知らぬ相川氏は、嬉しそうに好物の葉巻を受け取って、吸口《すいくち》を嚙み破り、火をつけてしまった。

「如何ですな、わしの好みは」

「いや、実に結構です。騒ぎにまぎれて、ずっと煙草を吸わないでいたものですから、又格別の味わいです」

車内には紫の煙が靄《もや》のように漂い、葉巻の先は刻々灰になって行った。

偽探偵は、煙草をふかし続ける相川氏を横目に注意しながら、死人のようにグッタリとクッションに沈み込んでいる珠子に、さも親切らしく、いろいろと慰めの言葉をささやいていたが、車が三十分も走った頃には、又しても彼女の柔らかい手をとって、執拗《しつよう》にもてあそびはじめた。

そぞろ心の珠子も、ついにはそれを悟らないわけにはいかなかった。彼女の手に伝わる感触には、脅えた少女を力づけるというようなものではなくて、いやらしい一種の情熱があった。しかも更に異様なことには、それは決して老人のひからびた手ではなく、ニチャニチャと脂《あぶら》っこい壮年者の手であった。

それとなく振りほどこうとしても、不気味な男の手は、吸盤でもついているように、変にからみついて離れぬばかりか、一そう強い力で握りしめて来るのだ。手の平がピッタリ密着して、相手が力を加える度に、脂汗にヌラヌラとすべるいやらしさ。

「お父さま、あたしなんだか気分が……」

そうでもすれば手を離すかと、隣の父に声をかけたが、これはまあどうしたことだ。相川氏は葉巻を落としてポカンと口をあいて、いぎたなく眠りこけていたではないか。

「お父さま、お父さま」

いくら揺り動かしても、なんの反応もない。だらしなく開いた唇から涎《よだれ》さえ流れている。お父さまのこんな寝相はあとにも先にも見たことがない。おお、これは決してあたり前の眠りではないのだ。

「お父さま、お父さまってば」

珠子はもう泣き声になって、父に取りすがった。

「お嬢さん、駄目だ、駄目だ。いくら揺すぶったって、お父つぁんは起きやしない」

老探偵が、突然若々しい声になって、ならず者のような口をきいた。

珠子はハッとして、三笠氏の髯もじゃの顔を凝視した。髯の中から、厚ぼったい唇がニヤニヤ笑っている。

「なぜです。お父さまはなぜ起きないのです。あなたがどうかなすったのですか」

「お父つぁん、余り葉巻を召し上がったもんだから、こんなになっちまったのさ。ハハハハハ」

偽探偵が毒々しく云い放った。

「それじゃ、あの葉巻は……」

「ちゃんと、眠り薬が仕込んであったのだよ。お嬢さん、おとなにしていらっしゃい。もうあんた一人ぽっちになってしまったんだからね。ハハハハハ」

「誰です。あなたはいったい誰です」

珠子は色を失った唇をワナワナ震わせて、死にもの狂いの気力で叫んだ。

「ああ、なんて美しいのだろう。あんたがそうして怖がっている顔は、実にたまらないですぜ、お嬢さん」

怪人物はソロソロと彼女の肩へ手を廻しながら、いやらしく笑った。

珠子はもう身体がすくんで、口は乾ききって、声を出す力もなく、捉えられた美しい小鳥のように、息遣い烈しくうち震うばかりであった。

ああ、もう絶体絶命だ。

珠子は妖虫の毒手を逃れようとして、かえって当の赤蠍の手中におちいってしまったのだ。老探偵に変装していたやつが、赤蠍の一味であることは云うまでもない。そのほかに、運転台には二人の屈強な男が頑張っている。運転手も助手も同じ仲間なのだ。そうでなくては、偽探偵がこんな大胆な振舞いをするはずがない。相手は三人だ。頼みに思う父の相川氏は麻酔におちいって死人も同然の有様。もうまったく逃れる術《すべ》はなくなった。

自動車はどこへ行くのか、郊外のまっ暗な道を、矢のように走っていた。窓を開いて助けを求めようにも、両側はうち続く並木と生垣ばかり。まれに人家が見えても、みな燈火を消して寝静まっている。

ああ、本物の三笠探偵は何をしているのだ。彼の大言壮語はどうなったのだ。彼が保護を請け合った珠子の命は風前の燈火ではないか。今こそ老探偵の力を揮《ふる》うべき時ではないのか。

しかし、いかな手品師の名探偵も、風のように疾走するこの自動車を、どう止めることが出来るだろう。賊の自動車は一台きりだ。あとをつけている車などはまったく見当たらぬ。

藪《やぶ》の中の美少女

白髪の鬘《かつら》、白髪のつけ髭をした、偽物の三笠探偵は、変装とはまったく違った中年男のネットトリとあぶらぎった手の平で、か弱い珠子の五本の指を、いよいよ強く握りしめながら、徐々に徐々に、もはや抵抗力を失った彼女の全身を、彼の厚い膝の上へと引き寄せて行った。

珠子はもう目をつむっていた。

薄暗く狭苦しい自動車の箱の中に、ムッとする男の体臭だけが、熱い風のように感じられた。とうとうその時が来たのだ。巨大な蠍はまっ赤な鋏で、彼女を圧えつけてしまったのだ。今にも、毒虫の尻尾がキュウッと醜く曲がって来るのだ。そしてあの毒液が、人を気違いにする毒液が、彼女を殺してしまうのだ。

万が一にも、助かる見込みなぞありはしない。頼みに思う父の相川氏は、麻酔の夢さめやらず、車の烈しい動揺も知らぬげに、眠りこんでいるし、運転手と助手とは、神経のない自動人形のように、広い二つの背中を見せているばかりだし、窓の外は、もう一時に近い夜更け、しかも淋しい生垣道、通りかかる人もない。

絶体絶命の苦悩を通り越して、珠子は気が遠くなって行くように感じた。そして、不思議なことには、毒虫の厚ぼったい鋏の圧力が、そのネットリとあぶらぎった感触が、烈しい動物の体臭が、むしろ甘く好もしいものにさえ感じられた。

彼女は夢を見はじめたのだ。とりかえしのつかぬ恐ろしい悪夢にうなされはじめたのだ。

「ウフフフ、お嬢さん、どうしたんだね。ばかにおとなしくなってしまったじゃないか」

悪魔が歓喜に震えるしわがれ声で云った。

彼の大胆な二本の腕が、不恰好に伸びて、しなやかな肉塊《にくかい》をしめつけた。そして、醜い悪魔の顔と、紙のように血の気の失せた美しい顔とが、目と目とが、唇と唇とが、五寸の近さでまっ正面に向き合った。

ああ、一転瞬にして、珠子の穢《けが》れを知らぬ、花びらのような唇は、その気高い誇りを失おうとしているのだ。

だが、神様はそれほど寛大ではなかった。かかる汚辱《おじょく》をそのままお見逃しにはならなかった。

ちょうどその時、運転台から、叱りつけるようなあわただしい咳払いの声が聞こえた。仲間うちには意味の通ずる警告の合図だ。

悪魔はギョッとして顔を上げた。すると、その醜く歪んだ顔を、ガラス越しに、まぶしい後光《ごこう》が照らしつけた。いや、この場合、光を恐れる悪魔に取っては、神様の後光とも見える、立ち並ぶ街燈の電光であった。車はいつしか、又もや明るい市街にさしかかっていたのだ。夜更けとは云えチラホラ人通りがないではない。気がつくと、向こうには交番の赤い電燈さえ見えている。

偽探偵の悪魔は、珠子の唇を盗むどころか、今は、その唇を蓋することを考えなければならなかった。こんな町中で、彼女に叫び出されでもしては一大事だ。

だが、さすがに兇賊、慌てふためきながらも、手早くポケットから毛の手袋を取り出し、それを丸めて珠子の口へグイグイと押し込み、上から大型ハンカチでしばりつけて、とっさに猿ぐつわをはめてしまった。

「チェッ、なんてえドジなやつらだ。もうちっとばかし暗い町を走ってくれたって、よさそうなもんじゃねえか」

偽探偵がいまいましそうに舌打ちすると、運転手の男は振り向きもしないで、ぶっきら棒に答えた。

「だって親方、お指図通りの廻り道をして、もう三河島《みかわしま》へ来てしまったんだぜ。もう五、六丁で目当ての場所だ」

「ウン、そうか。もう来たのか。じゃ仕方がねえ。早くあの幽霊屋敷へつけてくんな」

珠子は息苦しい猿ぐつわに、悪夢から醒めて、現実の意識でこの会話を聞き取った。そして、幽霊屋敷という言葉に、今までとは別様な、もっと子供らしい恐怖に脅えないではいられなかった。

彼女も窓の外を見ることが出来たが、そこはまばらに街燈の立ち並んだ、広いアスファルトの大道路であった。皆戸をたててしまっていたけれど、両側には場末らしい店屋が軒をつらねていた。

こんなゴタゴタした場末町の近くに、幽霊屋敷があるのかしら。幽霊屋敷なんてもっと荒涼《こうりょう》とした野末か山の奥にふさわしいものではないだろうかと、世間を知らぬ少女にも、なんとやらいぶかしく感じられた。

ああ、幽霊屋敷。かつて女優春川月子が、世にも無残な死をとげたのが、場所こそ違え、やっぱり化物屋敷と云われている空家の中ではなかったか。赤い蠍の怪物は、殊更にそういうまわしい場所を選んでは、犠牲《いけにえ》を屠《ほふ》るという怪物らしい好みを持っているのではないだろうか。とすると、今こそ彼女の最期が来たのに違いない。一寸だめし五分だめしのむごたらしい死期が迫ったのに違いない。

もし猿ぐつわがなかったら、珠子は屠所《としょ》にひかれる一匹の生物となって、恥も外聞もなく、死にもの狂いの叫び声を立てたことであろう。だが、それすら今は叶わぬのだ。もがこうにも、悪魔の腕が万力のように引き締めている。わずかに靴の先で、運転手の腰かけの背中を蹴るばかりだ。

自動車が速度をゆるめて、大きくカーヴしたかと思うと、今までチラチラと窓をかすめていた街燈の光が、パッタリ途絶えて、両側がまっ暗闇になった。そして、その闇の中を少し行くと、車は何か大きな建物らしいものの前に停まった。燈火も何もない、黒い大入道のような異様の建物だ。

「さア、お前たちは二人で、このお嬢さんを運ぶんだ。手荒なことをしちゃいけないぜ」

偽探偵が指図をすると、運転台の二人は、黙々としてそれに従った。ドアを開閉する音も静かに、珠子の身体は軽々と車の外へ運び出され、一人は頭部、一人は足を、二人の男手にしっかと支えられて、もがくにももがかれず、彼女は闇の中をフワフワと漂って行く感じであった。

「さア、もうおろしてもよかろう。担いで行ったんじゃ曲《きょく》がない。お嬢さんにあんよをしていただくんだ……お嬢さん、さアお歩きなさい。今に面白いものを見せて上げますぜ」

偽探偵が案内するように先に立って、暗い建物の入口へと近づいて行った。すると、珠子の足を持った小柄の運転助手が、手を離し、がっしりした大男の運転手が、異様に物やさしく彼女を立ち上がらせてくれた。なぜだろう。こいつまでが、彼女に野心を抱いていたのかしら。それとも……。

だが何を考える隙もなく、偽探偵の悪魔の手が、闇の中にニュッと伸びて、やっと立ち上がった珠子の手首を、しっかり掴むと、どこに用意していたのか、サッと懐中電燈を照らして、二人の部下の方にさし向けながら、命令した。

「お前は入口の見張り番だ。いいか、変な気配がしたら、例の合図を忘れるんじゃねえぞ。それから、自動車の中でお寝《やす》みになってるお方も、よく気をつけているんだ。まだまだ容易に目を覚ましやしめえけれど」

懐中電燈の狭い光がチロチロと動く中を、背の高い方の部下が、指図に従って外へ出て行くのが見えた。その大男は古びた背広の襟《えり》を立てて口辺を隠し、島打帽を思いきり深くかぶって両眼までも隠すようにしていたので、咄嗟の場合、動揺する懐中電燈の光では、顔なぞまったくわからなかった。

では、もう一人の小男の方はと見ると、じっとそこに立っていたので、やや明瞭に見て取ることが出来たが、こうした悪者たちのならわしでもあろう、やっぱり背広の襟と鳥打帽とで、顔を隠し、その上このちっぽけな男は、ご丁寧にも、黒いスカーフで、ちょうど珠子の猿ぐつわと同じように、鼻の上まで包んでいた。そして、鳥打帽のひさしとスカーフのあいだには、大きなロイド眼鏡がキラリと光っているのだ。

だが、懐中電燈の狭い光が照らし出したものは、この二人だけではなかった。珠子は同時に、彼らの背景をなしている打ち続く深い竹藪を見て取ることが出来た。彼らが動く度《たび》に、竹の葉がガサガサと鳴る音をも耳にした。

おや、変だ、今暗い建物の中へ担ぎ込まれたと思ったのに、では、やっぱりまだ外にいたのかしら。

それにしても、こんな町中に竹藪が続いているというのは、実におかしい。ひょっとしたら、さっきからの数々の恐ろしい出来事は、みんな夢なのじゃあるまいか。いや、今夜の事だけでなくて、そもそも赤蠍なんてお化けみたいな怪物が出現した最初からして、ことごとく長い悪夢のつづきなのではあるまいか。

珠子は闇の中の竹藪と、その前を影のように動いている三人の悪党の異様さに、ふとそんな気やすめを考えたが、もしやこれが悪夢であったとしても、そのほんとうの恐ろしさは、まだまだこれからあとに、ウジャウジャと待ちかまえていたのだ。

魑魅魍魎《ちみもうりょう》

偽物の三笠竜介は、珠子の手を引いて、懐中電燈で足元を照らしながら、竹藪の中をガサガサと進んで行った。そのあとからは、小男の同類が、逃がしはせじとついて来る。

両側を見通しもきかぬ深い竹藪に限られた細道が、曲がりくねって、果てしもなく続いている。曲がり曲がって、ついには地の底へでも迷い込んで行くかのように。

「お嬢さん、ほら、ここに面白いものがいる。よくごらんなさい」

懐中電燈が、ヒョイと右側の竹藪の中にさし向けられた。

ああ、やっぱり悪夢にうなされているんだ。

だが、夢にもせよ、まだうら若い少女は、それを一目《ひとめ》見て、ハッと立ちすくまないではいられなかった。

そこには竹藪が一間《けん》ほどのあいだ途切れて、その向こう側に、枕木の見える汽車の線路が長々と横たわっているのが眺められた。三河島と云えば、大宮《おおみや》方面への鉄道の沿線に当たるのだから、突然レールに出くわしても、別に不思議はないのだが、珠子には、なぜかその鉄道線路さえ、現実のものではなくて、悪夢の中の光景のように感じられた。

むろん、彼女を恐れおののかせたのは、鉄道線路そのものではなく、その線路の上に飛び散っている数個の白い物体であった。

電燈の丸い光が移動するにつれて、人間の手が、人間の足が、人間の腿《もも》が、その切り口をドス黒い血潮に染めて、次々と彼女の脅えた眼にはいって来た。

それから人間の胴体だけが、大きな風呂敷包みのように、グッタリと横たわって、その下腹部からは、なんというむごたらしさ、血にまみれた腹わたが、もつれ出していた。胸部には、二つのふっくらとした乳房が見える。女だ。この無残な轢死者《れきししゃ》はまだ若い女なのだ。

最後に、丸い光の中にはいって来たのは、髪振り乱した娘の首、青ざめた唇の隅から、タラタラと血が流れて、一本の枕木の上にチョコンと、獄門の形でのっかって、半白の目でじっとこちらを見つめている。

珠子は猿ぐつわの奥で異様な唸り声を立てて、いきなり元来た方へ逃げ帰ろうともがいたが、悪魔は咄嗟に彼女を抱きすくめて、その顔を轢死人の方へねじ向けた。

「お嬢さん、さア、よくごらん。そんなに目をつむってしまっちゃ駄目だ。せっかく面白いものを見せて上げようと云うのじゃないか。目々《めんめ》をあいて、ほら、よくごらん。可哀そうにあの娘さんも、ちょうどお嬢さんと同じぐらいの年恰好だね。おや、そう云えば、この死人の顔はお嬢さんにそっくりじゃありませんか。エ、そうは思いませんかい」

珠子は死にもの狂いに目をつむっているつもりでも、恐ろしければ恐ろしいだけ、怖いもの見たさの薄目がひとりでにあいて来る。すると目の前の丸い光の中に、草のように青い顔が、今にもニッコリ笑いそうに、宙に浮いて見えるのだ。

ヒョイと目と目がぶッつかる。生きた珠子の目と、死んだ首ばかりの娘の目とが、何か話し合ってでもいるように、お互いにいつまでも視線をそらさないで、睨み合っている。珠子は目をそらそうにもそらせないほどの、烈しい恐怖に囚《とら》われてしまったのだ。

それにしても、どうしてこの轢死体はそのままになっているのだろう。夜更けの出来事であったために、誰も警察へ知らせる者がなかったのだろうか。この悪人たちが最初の発見者であって、珠子を怖がらせるために、わざと元のままにしておいたのかしら。

なぜだろう。なぜこんなものを無理に見せようとするのだろう。ただ怖がらせるた

めか。それならいいけれど、もしかしたら、ああ、もしかしたら、この奥底の知れない

悪党どもは、珠子も今にこの通りの目に遭わせてやるぞと、その予告をしているので

はないだろうか。

「お嬢さん、轢死人というものはね、汽車が通り過ぎてしまったあとで、離ればなれ

になった胴体や手足にね、ちょっとのあいだ生気が残っているものと見えて、この線

路の上を、その胴体や手足が、まるで操り人形みたいに、ピョコピョコと踊り狂うっ

て云いますぜ。苦しまぎれにですよ。バラバラになってしまっても、まだ苦しさだけ

は残っているんですね。エ、お嬢さん、恐ろしいじゃありませんか」

なんという残酷な悪魔であろう。暗闇の中で、ボソボソと、いったいいつまでいや

がらせを云い続けるのだ。うら若い少女の神経が、この上の責苦《せめく》に耐え得るであろ

うか。

「ワハハハハハ」

突如として、珠子をギョクンと飛び上がらせるような笑い声が、闇に谺して爆発

した。

「面白くもねえ。子供だましのお芝居は、いい加減によすがいいや。お嬢さん、何もそんなに怖がることあねえ。みんな生き人形のこしらえもんだよ。八幡《やわた》の藪知らずといってね、こりゃお化けの見世物なんだよ」

運転助手を勤めた小男が、さもおかしそうに種明かしをしてしまった。

ああ、そうだったのか。これは見世物小屋の中だったのか。竹藪の迷路を作って、そのところどころへ不気味な(注1)生人形《いきにんぎょう》をすえ、お客さんを怖がらせる、あの古めかしい興行物だったのか。

現代娘の珠子は、話には聞かぬでもなかったけれど、こんな一世紀も昔の見世物を一度も見た事がなかった。それが都会の場末や田舎には、今も余命を保っていようなどとは思いも及ばなかった。

何かしらほんとうらしくないとは感じていた。だから、悪夢にうなされているのだときめていたのだが、では、悪夢でもなかったのか。

「間抜けめ、余計なお喋りをするんじゃねえ。せっかくお嬢さんが面白がっていなさるところじゃねえか。とんちき、これから無駄口を叩くと承知しねえぞ」

小男は偽探偵の一喝《いっかつ》に遭って、一と縮みに黙り込んでしまった。

「さア、お嬢さん、こちらへいらっしゃい。この先にまだまだ面白いものがあるんですよ」

グイグイと邪慳《じゃけん》に手を引かれるままに、珠子はよろけながら、なおも竹藪の細道を辿《たど》って行ったが、そう聞いて見ると、如何にも見世物小屋の中に相違ないことは、暗闇ながら、戸外のような風のそよぎもなく、空には星も見えないのだ。さいぜんまでは、それ故にこそ、一そう夢の中の景色らしくも感じられたのだが。

轢死人は生人形とわかった。これから先の面白いものというのも、どうせ似たようなこしらえものにきまっている。だが、それだからと云って、珠子の恐怖は増しこそすれ、決して薄らぎはしなかった。人形はもう怖くはないけれど、人間が恐ろしいのだ。彼女の右手をネットリと握りしめている怪物の、計り知れぬ心が恐ろしいのだ。

それから竹藪の迷路の中心に達するまで、人形は怖くないというものの、ガサガサと藪をゆすって飛び出すからくり仕掛けのお化け人形、幽霊人形に、珠子は幾たび胆《きも》を冷やしたことであろう。本来ならば、足元の見える程度に、薄暗い電燈がついているのだが、悪党たちはわざとそれを点火せず、ただチロチロ揺れる懐中電燈の光だけをたよりに、竹藪のアーチをくぐって行くのだから、その不気味さはひとしおであった。

ある箇所では、足元にポッカリ口を開いた古井戸があって、その底に溺死人のドロドロにくずれた顔が浮いているかと思うと、ある箇所では、頭の上から、サッと風を切って、振り乱した白髪に藍色の顔、まん丸に飛び出した片眼、耳まで裂けた血みどろの口で、痩せさらぼうた老婆の幽霊が襲いかかる。又ある箇所には、まっ赤な腰巻一枚の裸体の女人形が、藪の中から美しい顔でニタニタと笑いかけているのだ。

それらの妖怪どもを、一々記していては際限がない。ともかくも、ありとあらゆる魑魅魍魎の中を潜って、珠子らは場内中央の広場に達した。

そこは、四方を竹藪で囲まれた、十坪ほどの円形の空地であったが、悪党どもがあらかじめ用意をしておいたものか、ここだけは、片隅の柱の上に、小さな電燈が一つともって、空地全体が霧の中の景色のように、陰惨にぼかされていた。

「お嬢さん、どうですい。面白かったでしょう。この野郎があんな無駄口を叩いて種明かしをしなけれゃ、もっともっと面白かったでしょうがね。まことに気の利かねえやつで申し訳がありませんよ。ところで、とうとう目当ての場所へ来ましたぜ。ねえお嬢さん、お前さんの最期の場所へ来たんですぜ。しっかり目をあいてごらんなさい。アレだ。アレがつまりお前さんの運命なんだ」

悪魔の指すところ、おぼろに霞む竹藪の中に、ニョッキリ聳えた、異様な人影があった。又してもお化け人形かと見れば、そうではなくて、ほとんど全裸体の若い娘が、頑丈な十字架に、手を拡げ、股をひろげて括《くく》りつけられ、両の乳房のあたりに、二つのほら穴があいて、そこから流れ落ちた血潮が、下半身をあけに染め、苦悶の形相物凄く、歯を喰いしばって息絶えている。磔刑《はりつけ》人形なのだ。

「わかったかね。やがて二、三十分もすれば、お前さんが、この人形とそっくりのむごたらしい有様になるんだぜ。ハハハハハ、怖いかね」

ああ、なんという悪魔。これが彼奴《きゃつ》らの本音であったのだ。長い道中を、さんざん怖がらせ、いじめ抜いておいて最後には、今の世に聞いたこともない磔刑の目論見とは。

すると、偽探偵のその言葉が合図ででもあったように、突如、十字架のそばの竹藪がザワザワと鳴って、そこから一人の男が姿を現わした。まぶかくかぶった鳥打帽子、大きな青眼鏡、濃い口髭、黒の背広姿……彼奴だ。赤い蠍だ。かつて谷中の空屋で春川月子を惨殺した青眼鏡。近くは相川家の湯殿の窓に現われて、珠子を気絶させた青眼鏡。珠子は思い違いをしていたのだ。彼女を誘拐した偽探偵は悪魔の首領ではなく、真に恐るべき妖虫赤蠍の怪物はもうちゃんと先廻りをして、さいぜんからこの藪蔭に、彼の美しい餌食を、今や遅しと待ちかまえていたのである。

罠と罠

青眼鏡の現われた竹藪の根元に、芝居の小道具みたいな張りぼての青い岩がすえてあったが、彼はその岩に片足をかけ、身じろぎもせず、長いあいだ、ちょうど餌食を狙う蛇の身のこなしで、こちらの隅の珠子を、じっと見つめていたが、ややあって、例の異様にしわがれた陰惨な声が、地の底からのように聞こえて来た。青眼鏡は物を云う時、ほとんど唇を動かさぬものだから、声の源がハッキリせず、殊にこんな薄暗がりでは、ゾッとするほど物凄く聞こえるのだ。

「おお、珠子さん、よく来て下すったね。俺はさっきからしびれを切らして待ちかねていたんだぜ」

言葉が途切れたかと思うと、古沼の底のような沈黙の中に、キリキリと歯ぎしりの音が聞こえた。確かに青眼鏡の口からだ。これが癖なのであろうか、それから後にも、彼は物を云いながら、ふと言葉を切っては、歯ぎしりを嚙むのであったが、そのかすかなきしりの音が、この怪物をひとしおいやらしく不気味に感じさせないではおかなかった。

「今もそこの男が云った通りだ。俺は今度はこの幽霊屋敷を舞台にきめたんだよ。珠子さん聞いているかね。この磔刑人形だ。これを十字架からおろしてね、その代わりにお前さんを縛りつけてね、生身のお前さんに磔刑人形の代役を引き受けてもらおうってわけなんだ。エ、なんとすばらしい思いつきじゃねえか。明日になれば何百人という見物がおしかけて来るんだ。そしてね、生身の身体とは知らねえで、本物の血のりだとは知らねえで、なんとまあ美しい人形だろう。なんとまあむごたらしい殺され方なんだろうと、口をあんぐりあいて、感にたえて眺めて下さろうというものだ。千両役者だぜ。ヤンヤのご喝采《かっさい》だぜ。エ、珠子さん、嬉しいだろうね。ゾクゾクと嬉しいだろうね。ハハハハハ」

青眼鏡はわれとわが言葉に感動して、さもおかしそうに陰にこもった笑い声を立てたが、ふと気がつくと、聞き手の珠子は、もうさっきから、彼の云い草なぞ聞いてはいなかった。彼女は堪《こら》え堪えた最後の気力を失って、その場にぐったりとくずおれて、可哀そうに気絶してしまったのだ。

「ちっと薬が利きすぎたね」

偽探偵が、くずおれた珠子を顎でしゃくって、首領の青眼鏡に笑って見せた。

「かえって世話を焼かせなくってよかろうぜ。柱に括りつけてしまってから、目を醒まさせる方がいい」

青眼鏡は云いながら、張り子の岩のうしろへ手を突っ込んで、スルスルと一丈ほどもある黒い棒のようなものを引っぱり出し、それを立ててトントンと地面を突いた。見上げる棒のてっぺんには、キラキラと銀色のものが光っている。槍だ。おもちゃではない本物の槍だ。これで珠子の胸をえぐろうというのだろう。

青眼鏡はその槍を使って、十字架上の磔刑人形の手足を縛った縄を、プッリプッリと切り離した。人形はガサガサと大きな音を立てて、竹藪の底へ落ち込んでしまった。あとには、頑丈な十字の柱が、珠子の身体を待ちかね顔に、白々《しらじら》と立っている。

「さア、手伝ってくんな。この柱を倒して、娘を括りつけてから、元の通りに立てるんだ」

青眼鏡の命令だ。

「合点《がってん》だ……オイ、お前何をボンヤリしているんだ。早くこっちへ来て手伝わないか。ばかだな。ここへ来てまで顔を隠しているやつがあるものか」

偽探偵は手下の小男を呶鳴りつけた。自動車の運転手を勤めていたこの少し薄のろらしい男は、さいぜんから、この場の有様を、芝居でも見物するように、暗い隅っこに身をよけて、ボンヤリと立ちつくしていたのだ。

「そんなにポンポン云わなくっても、今手伝うよ。だが親方、仲間はこれっきりなのかい」

小男が隅の方から、ノロノロと訊ねた。

「きまっているじゃねえか。俺たち三人きりよ。のっぽは入口の見張り番をしているんだから、残るところは三人じゃねえか。三人では不足だとでもいうのかい。何をつまらねえことを聞いているんだ」

偽の三笠探偵が叱りつけた。

「ほんとうかい。俺あ又、もっとほかの仲間が、その辺の藪の中に隠れているんだと思った」

それを聞くと青眼鏡が陰気に笑った。

「ハハハハハ、変な野郎だな。俺たちの人数がそんなに気になるのかい。どうしてもお前の手を借りなけゃ、ほかには手伝いなんかいやしねえよ。よく見るがいい、娘のほかには、三人きりじゃねえか。この張り子の岩とでも四人きりだ。ハハハハハ」

青眼鏡は変な洒落《しゃれ》を云いながら、その小道具の青い岩をポンポンと叩いて見せた。

「大丈夫かい。たった三人ぽっちで。もしお巡《まわ》りでも踏み込んだらどうするつもりだい」

小男はまだ執念深く訊ねている。

「チェッ、なんてのろまな野郎だ。だから入口に見張り番がつけてあるんじゃないか。よし又万一のことがあったところで、この暗闇の藪知らずだ。逃げるにことは欠きゃしねえ」

偽探偵が癇癪《かんしゃく》を起こした。

「だがね、用心には用心をするがいいぜ。どんなところに手抜かりがあるまいものでもねえ。早い話がこの俺がだよ。鳥打や背広だけお前たちの仲間で、中身は存外敵かも知れないからね」

「おや、こいつ乙《おつ》にからんだことをぬかしやがるな」

偽探偵は、白髪の鬘に、白髪のつけ髯を振り立てて、肩を怒らせながら、小男の方へ詰め寄って行った。

「いや、ちょっと待ちな」

青眼鏡は、なぜかそれを制して、キッとなった。

「やい、そこの小っぽけなやつ、帽子と襟巻を取って顔を見せろ。貴様はいったい何者だ」

「ハハハハハ、やっと気がついたと見えるね。エ、赤蠍の大将。じゃ手を挙げてもらおうか。二人とも手を挙げるんだ。手を挙げろッ。身動きでもするとぶっぱなすぞ」

いつの間にか、小男の右手に黒いピストルが握られ、その筒口が今にも火を吐きそうに気味わるく、青眼鏡と偽探偵のあいだを、すばやく行ったり来たりしていた。不意をうたれた両人は、小男の烈しい気勢《きせい》に押されて、思わず両手を挙げてしまった。

「ハハハハハ、神妙に手を挙げなすったね。ところで、俺を誰だと思うね。わかるかね。そこな三笠竜介さん。どうだね。この声に聞き覚えはないかね」

小男の声音《こわね》は突如としてまったく違った調子を帯びて来た。

「アッ、貴様、あの老いぼれ探偵だな」

「いや感心感心、わしの声を覚えていたと見える。如何にもわしはその老いぼれ探偵だよ。ホーラ見るがいい。どうだい。本物の方が、そこな偽物よりも、ちっとばかしいい男だろうが」

小男は背広の襟をくつろげ、鳥打帽子とスカーフをかなぐり捨てた。その下から現われたのは、読者もおおかた推察されていた通り、名探偵三笠竜介氏の白髪頭と白髯とであった。

実に異様な光景であった。そこには、おぼろげな電燈の光の中に、白髪、白髯、ロイド眼鏡、寸分違わぬ二人の三笠竜介が、一間とは隔たぬ距離で向き合っていた。縞柄《しまがら》こそ違え色合いはほとんど同じ背広服、偽探偵も、頑丈づくりの壮年であったけれど、背は並より小さい方だから、二人がヒョイと入れかわって位置を換えたら、もうどちらがどちらだか、見分けがつかぬほどであった。

さすがの悪漢青眼鏡も、この不思議千万な光景には、あっけにとられて、咄嗟に採るべき手段も思い浮かばぬ様子である。

「わしはお前さんのために地下室へとじこめられた。まったく抜け出す術はないように見えた。だが、その不可能なところを抜け出して見せるのが、三笠竜介の家の芸でね」

三笠探偵は、抜け目なくピストルの狙いをあちこちと動かしながら、うわべは呑気らしく話しはじめた。

「抜け出すと云うと、わしはすぐさま相川家へ駈けつけたが、その時には、もうお前さんがわしに化け込んで、相川さんを説きつけ、珠子さんをどっかへ連れ出そうとしているところじゃった。むろんお前さんを警察へ引き渡すのも心のままであったが、わしはそれをしなかった。なぜか。わしはお前さんのほかに、ほんとうの張本人がいると考えたからじゃ。つまり、そこな青眼鏡の大将にお目にかかりたかったからじゃ。

「そのためには、わしはずいぶんと犠牲を払っとる。もしわしが赤蠍の張本《ちょうほん》を捕え、その殲滅《せんめつ》を目的とするのでなかったら、可哀そうな珠子さんに、これほど怖い思いもさせず、相川さんが麻酔薬で眠らされるようなことも起こらなかったであろう。ずいぶんの犠牲じゃ。そこな青眼鏡の大将、わしはそれほどお前さんに会いたかったのじゃよ。まるで恋人のようにお前さんをこがれていたのじゃよ。

「おお、そうそう、犠牲と云えばまだある。わしは虎の子の千円札を十枚も奮発したのだ。わしは珠子さんがどこへ連れられて行くか、あとをつけて見ようと思った。そうすれば自然赤蠍の首領にも会えるのだからね。それにはちょうどよいことがあった。オイ、そこな偽物のお爺さん、手下のやつらにはもっと気を配らんといかんね。飼犬に手をかまれるということもある。あの自動車の運転台にいた、お前さんの二人の部下は、実になっちゃいないぜ。千円札五枚ずつで、わしに買収されて、行き先は教えてくれるし服装まで取り替えてくれたではないか。つまりわしはお前さんの部下になりすまして、運転台にのっかっていたというわけなんだよ。

「それにしても、自動車の中でも、ここへ来てからも、幾度わしはこの目論見を放棄しようと思ったか知れん。珠子さんがあんまり可哀そうだったからじゃ。だがいくら可哀そうでも、この機会に張本《ちょうほん》を捕えておかにゃ逃げられてしまう。手下ばかり捕えたのじゃなんにもならん。わしは歯を食いしばって我慢をした。それでもあんまり見かねたものだから、自動車の中で咳払いをしたり、轢死人形の種明かしをしたりして、珠子さんの苦痛をいくらかでもやわらげてやったのじゃ……まあざっとこういうわけよ。そして、わしはとうとう目的を達したのさ。恋いこがれる青眼鏡の大将をとって押さえることが出来たというわけさ。ハハハハハハ」

偽探偵はこの長話のあいだ、絶えず「畜生め、畜生め」とつぶやきながら、口惜しさに地だんだを踏まぬばかりであったが、青眼鏡の方はと見ると、さすがに猛虫蠍をもって自任する怪物、発砲をさける為に手こそ挙げていたけれど、老探偵の手柄話など、どこを風が吹くかと、色も変えず聞き流していた。

「お爺さん、御託《ごたく》はそれでおしまいかね」

彼はやっぱり地の底からのような声で、憎まれ口を叩くのだ。

「ウン、おしまいだよ。わしの御託が終わると、さてお前さんに縄をかける順番だね」

「縄を？　へエ、その老いぼれ一人でかね。お爺さん、こっちあ大の男が二人だぜ。縄なんかかけている隙に、こっちはそのピストルを叩き落として、あべこべに、お爺さんを縛っちまうぜ。年寄りの冷水《ひやみず》は止《よ》しにした方がよくはないかね。向う見ずなお爺さんだ」

「ワハハハハハ、そいつはちょっと自惚《うぬぼれ》が強すぎる。向う見ずではない。よくあたりを見まわしてから物を云ってもらいたいね。わしがさいぜんから、長話を続けていたのは、なぜだと思うね。自慢がしたい年ではない。ほんとうの目的はもっとほかにあったのさ。わしはお前たちを話で釣って、待っていたのだよ。ほら、うしろをごらん。そこへ来た人たちを待っていたのだよ」

これにはさすがの青眼鏡もギョッとして、云われた通りうしろを振り向かないではいられなかった。偽探偵も同様二人は首を揃えて背後の竹藪を振り返った。

動く岩

すると、ああ、これはどうだ。彼らが振り返るのを合図のように、竹藪がザワザワと鳴って、掻き分けられた竹の葉のあいだから、人間の顔が一つ二つ三つ四つ……合計五人。その中の一人はまっ先に藪を飛び出すと、いきなり倒れている珠子のそばへ駈け寄って、抱き起こしざま、正気づけるように、その名を呼び続けるのであった。彼女の兄の相川守青年だ。彼が老探偵と一緒に悪漢の服を着て、運転手と化けていたことは、読者もすでに気づかれた通りである。

竹藪から現われたあとの四人は、云うまでもなく、守青年が急を知らせて同行した警察署の人々だ。私服が二人、制服が二人、いずれも捕物《とりもの》に年期を入れた、老練の警官たちである。

「やア、警官方、待ちかねました。早くこの二人を押さえて下さい。ピストルを持つ手がしびれそうですわい」

老探偵の挨拶《あいさつ》に、四人の警官は物をも云わず、銘々右左から、青眼鏡と偽探偵のそばへ駈け寄って、彼らの両手に飛びついた。青眼鏡の手を離れた長い槍が、音を立てて竹藪に倒れかかる。

「なんとうまく行ったことじゃ。これでさしもの妖虫事件も大団円《だいだんえん》というわけだね」

老探偵は、二人の悪漢が完全に縄にかかるまでと、なおもピストルの狙いをゆるめず、言葉を続ける。

「守さん、ご苦労でした。お父さんの様子はどうじゃったね」

守は珠子を抱いたまま振り返って、

「有難う、大丈夫のようです。意識だけは取り戻しましたので、通りへ出て自動車を拾い、宅へ送らせておきました」

と答えた。

「いや、あんたの機敏な働きが、非常に役に立ちましたわい。わしがこの偽竜介の隙を見て、たった一《ひ》と言耳打《ことう》ちしたのを、ちゃんと呑み込んで、すばやく立ち廻ってくれたお蔭で、この大捕物に成功しました。それにお父さんや妹さんの危難を目前にして、よく我慢を続けて下すった。さすがは『探偵さん』じゃ。ハハハハハ、今度の捕物ではあんたが第一の殊勲者《しゅくんしゃ》と申してもよいですぞ」

そんな問答が取りかわされているあいだ、二人の悪漢は未練千万にも、この期《ご》に及んで、縄をかけられまいともがきまわっていた。両手は警官に掴まれているので、逃げ出すことは思いも及ばなかったが、縄だけはかけられまいと必死の努力をしていた。

「オイオイ、みっともないじゃないか。大悪党にも似合わぬ、未練な真似はよしたらどうだ」

老探偵は単純に悪人どもの未練と解して、叱りつけたが、それはただ未練からの抵抗に過ぎなかったであろうか。もっと別の理由があったのではなかろうか。二人の悪人が、最初警官に手を取られた時、妙な目くばせをしていたのを誰も気づかなかったが、彼らには深い考えがあったのではないかしら。

しかも、誰も気づかなかったのは、彼らの目くばせばかりではなかった。実を云うと、さいぜんから、もっともっと変てこなことが起こっていた。無生物《むせいぶつ》が生物のように動いていたのだ。さっき青眼鏡が「この岩をまぜて四人だ」と意味ありげにいった、あの張り子の岩が、ジリジリと、一匹の奇怪な亀のように這い出していたのだ。匍匐《ほふく》する岩石！　なんと前代未聞の椿事ではないか。

暗さは暗し、まさか小道具の岩が這い出そうなどと、常識では想像も出来ない事柄なので、それがいつの間にか竹藪の根元を離れて、老探偵の背後に位置を換えてしまったのを、絶えて知るものもなかった。

高さ三尺、径二尺ほどの、小さな張りぼての岩は、今や三笠探偵の足もとにくッつくほど接近していた。そして、おお、実に驚くべきことには、そのてっぺんの貼紙を押し破って、ニョッキリと、人間の腕が現われたではないか。しかも、その手にはドキドキ光る小型の短刀を握りしめているのだ。

まっ蒼に塗った泥絵具《どろえのぐ》の岩から白い手がはえたのだ。そして岩が短刀を振り上げて、今やまさに、わが三笠老探偵に危害を加えようとしているのだ。

危ない、危ない。だが、如何な名探偵も、無生《むせい》の岩石が殺人罪を犯そうなどとは知る由もなく、ただ前方の二兇漢を見つめて、抜け目なくピストルを構えているばかりだ。

キラリ、短刀が閃めいたかと思うと、この張りぼての岩には目がついているのか、狙いもあやまたず、老探偵の腰のあたりを、したたか刺し通した。

さすがの老武者《おいむしゃ》も、この不意打ちには、アッと悲鳴を立てないではいられなかった。痛手に思わず取り落とすピストル。

「それッ！」

青眼鏡が烈しいかけ声を発した。今か今かと、そればかりを待ちかまえていたのだ。

すると、腕力すぐれた偽探偵がいきなり警官の虚《きょ》をついて、握られた腕を振り離すと、竹藪に倒れかかっていた例の槍を拾うが早いか、一方の柱にとりつけられた唯一の電燈めがけて、はっしとばかり叩きつけた。

パチンと電球の割れる音。わめき騒ぐ人々の声。

唯一の電燈を奪われた見世物小屋は、今やあやめもわかぬ闇と化した。他の電燈を点じようにも、スイッチのありかが急にはわからぬ。

だが幸いにも、警官たちはてんでに懐中電燈を用意していた。入口からここへ来るのにも、その懐中電燈をソッと照らして、竹藪の迷路を辿って来たのだ。

「逃がすなッ」

「誰か入口へ廻れッ」

「電燈のスイッチはどこだ」

などの怒号が暗闇に交錯《こうさく》した。懐中電燈の光芒《こうぼう》が小さな探照燈のように入り乱れた。

燃える迷路

アッと思う間に、短剣が一閃して、老探偵の腰のあたりを、したたかに撃った。三笠竜介氏は痛手に耐えかね、賊に擬《ぎ》していたピストルを取り落とし、うめき声を立てて、その場に倒れる。

二人の賊は、得たりとばかり、警官の手を振りもぎって、いきなり、たった一つの電燈を叩き割ってしまった。広い竹藪の迷路は、文目《あやめ》も分かぬ闇となった。

守青年と四人の警官とは、懐中電燈の光をたよりに、竹藪の中を走りまわって賊を追ったが、昼間さえ人を迷わす八幡の藪知らずだ。それを、この闇の中、あわてるほど方角を失って、捕えて見れば味方同士の鉢合わせであったりして、どこへもぐり込んでしまったのか、賊は容易に逮捕出来なかった。

それに、一ばんいけなかったのは、三笠探偵がなぜ倒れたのか、その原因を誰も知らないことであった。突然うめき声を聞いた。探偵の倒れる姿を見た。かと思うと、電燈が叩き割られて、たちまち真の闇であった。何を考える隙もなかった。この不意の下手人が張り子の岩だなどとどうして気がつくものか。

誰しも賊に援兵が現われたものと思った。相手はどうせ飛び道具を揃えているに違いない。味方は守青年のピストルがただ一挺だ。何よりも生命の危険が警官たちをおびやかした。その中で、老探偵の介抱はしなければならず、闇の迷路に逃げ込んだ賊を追わなければならなかったのだ。彼らが戸惑ったのも決して無理ではない。

しかし、それだけならば、まだよかった。やがてもう一つ、非常な妨害が起こったのだ。

重なり合った闇の竹藪を通して、まるで怪談の人魂《ひとだま》のように、チロチロと揺らぐ光り物が見えた。賊の照らす懐中電燈かしら。それにしてはいやに赤茶けた陰気な色だがと思っていると、あちらにも、こちらにも、チロチロ、チロチロと、異様な光り物は、見る見るその数を増して行った。

火の玉ほどの赤いものが、ユラユラと限りもなく、闇の中を拡がって行く。そして、パチパチと竹のはぜる音。火事だ。迷路の藪が燃えているのだ。

逃げ出した殺人鬼どもが、手早くも竹藪に火をつけて、この見世物小屋を焼き払おうと企《くわだ》てたのだ。罪跡をくらますためか、逃亡を容易にするためか、迷路の中の探偵や警官たちを苦しめるためか。むろんそういう事も含まれていたであろうが、彼らの真の目的はもっと別のところにあった。あくまで執念深い妖虫は、餌食の珠子を、彼女の無残な殺害を、このまま思い切ることが出来なかったのだ。火事の騒ぎに乗じて、彼女を奪い返そうと企てたのだ。

枯れきった竹藪は、パチパチと威勢のいい爆竹《ばくちく》の音を立てて、たちまち燃え拡がって行った。闇は見る見る追いのけられて、不気味な紅《くれない》の一《ひ》と色《いろ》に染め替えられて行った。渦巻く焔は、数知れぬ巨獣の赤い舌であった。それが今や、幾重の竹藪を舐《な》め尽くして、恐ろしい速度で、こなたへこなたへと迫って来る。

もう賊の逮捕などに未練を残している場合ではない。先《ま》ずわが身の安全を計らねばならぬ。追いすがる焔と駈けっこで迷路を抜け出さねばならぬ。

「三笠さんを、頼みましたよ」

守青年は警官たちに大声にわめいておいて、自分は、失神からさめたばかりで、まだグッタリしている珠子を抱き起こすと、いきなり肩に担いで走り出した。

火のない方へ、火のない方へと、竹藪の幾曲がりを、もどかしく、走り続けた。行く手に敵が待ち伏せしていようなどとは、思いめぐらす余裕もなく。

ハッとすると、何かしら柔かい物が彼の足をすくった。不意をうたれて、みじめにぶっ倒れた。冷たい土が鼻面《はなづら》に、口の中に。

痛さにしばらくは身動きも出来ないでいると、背中に負ぶさっていた珠子の身体が、スーッと宙に浮いて、その代わりに、チクチクと肌を刺す竹藪の一と塊が、彼の上にドッと倒れかかって来た。

咄嗟に珠子を奪われたことを気づいたが、もがけばもがくほど、覆いかぶさった竹藪がこんがらがって、加勢を求めようにも、その辺に味方の影もなく、とかくする間に、珠子を奪い取った賊は、遙かの闇に逃げ去ってしまった。

やっとの思いで、彼が竹藪の下から這い出した時には、珠子はもちろん、賊の姿も見えず、味方もどこへ行ったのか、三笠探偵の安否さえわからぬままに、目を圧して迫って来るのは、ただ紅蓮《ぐれん》の焰であった。殺人鬼の執念を象徴するかの如き、数知れぬ大蛇のまっ赤な舌であった。

八つ裂き蠟人形

守青年はそれからどうしたのか。痛手を負った三笠老探偵は、果たして無事に火中を脱することが出来たか。彼を傷つけた張り子の岩の中の人物はそも何者であったのか。いや、それよりも気がかりなのは珠子さんの身の上だ。可哀そうな彼女は、又しても、妖虫の毒手に落ちて、どこへ連れ去られ、どんな恐ろしい目に遭っていることであろう。だがそれらの疑問はしばらくソッとしておいて、お話の舞台を一転して、まったく別の方面から、それらの疑問を解きほぐしていくのが便宜のように思われる。

さて、前章の出来事のあった翌日の午後、東京市内のあちこちに、じつに変てこな事件が続発した。

第一の事件は、午後三時頃、大川《おおかわ》の浜町河岸《はまちょうがし》に近いある倉庫の岸に舫《もや》っていた伝馬《てんま》船《せん》の船頭の女房が、舟の艫《とも》から紐つきバケツをおろして河水《かわみず》を汲んでいると、そのバケツの中へ、肘《ひじ》のところから切断された、白っぽい人間の腕がはいって来たのだ。

「ワア、大変だア」

という頓狂声に、亭主の船頭が近づいて見ると、バケツの中に浮いているのは、確かに人間の、しかも水々しい女の腕に相違ない。

「飛んだものを掬《すく》い上げちまったなア。だが捨てるわけにも行くめエ、そこへソッとして置きな。今に水上署のランチが通るだろうから」

女房は云われるままに、バケツを船の上に置いて、

「おお、気味がわるい」と遠くへ逃げてしまう。亭主の方も、存外臆病者と見えて、近寄って調べて見ようともしない。

そうしているところへ、折よく、川上から水上署の旗を立てた小型ランチがやって来た。それが近づくのを待って船頭が声をかけると、「人間の腕」という言葉に、ランチの人々は気色《けしき》ばんで、船を近寄せ、ドカドカと伝馬船に乗り移って来た。

船頭と違って、水上署の人たちは、土左衛門(注2)なんかに驚きはしない。二人のお巡りさんが先を争うようにして、バケツに近づき、その指のついた白っぽいものを、最初はそれでも、少々不気味そうに、靴の先で、チョイチョイ突ついていたが、二人が目を見合わせて、「こりゃ変だぞ」という表情になったかと思うと、その一人が、ばかに勇敢にいきなりバケツの中へ手を突っ込むと、その生腕を、ヒョイと摑み上げた。

摑み上げて、二、三度、目の前でクルクルと廻していたが、やがて我慢が出来ないというように、突拍子もない笑い声が爆発した。

「オイオイ、お前、これをなんだと思っているんだ。こんなもので青くなってどうするんだ。よく見ろ。蠟細工じゃないか。人形の腕だよ、ばかばかしい」

如何にもそれは人騒がせな人形の腕に過ぎなかった。だが、さすがの水上署員も、一と目見た時には、本物の若い女の片腕だと思い込んでしまったほど実によく出来た蠟細工であった。色と云い、形と云い、切り口のグジャグジャになったところと云い、さわって見てコツコツ音がするまでは、誰の目にも本物の生腕としか見えなかった。

それとほとんど時を同じうして、陸上では、木挽町《こびきちょう》の裏通りに、似たような騒ぎが起っていた。

ある料理店の勝手口に、黒く塗った大型の塵芥箱《ごみばこ》が据えてある。一人の老ルンペンが、犬のようにその箱の中へ首を突っ込んで、屑問屋《くずどんや》へ持ち込めそうな代物《しろもの》をあさっていたが、ジメジメしたごもく(注3)の中から、ニョッキリと現われたのが、やっぱり蠟細工の一本の腕であった。

ルンペンは、船頭の場合とは違って、目に見るよりも先に、指でさわったものだから、その手ざわりで蠟細工だということがすぐわかった。

「だが、なんてマアよく出来た蠟細工だろう」

彼はそれを摑み出して、と見こう見して感にたえているうちに、見れば見るほど、今死骸の二の腕から切り離されたとしか思えない余りの生々しさに、だんだん不気味になって、ポイと道端へ放り出してしまった。

すると、なぜそんな突拍子もない事が起こったのか、通り魔のように異様な出来事であったが、その辺を嗅ぎまわっていた一匹の野良犬が、いきなり蠟細工の女の生腕をくわえると、往来のまん中をま一文字に走り出したのだ。

道行く人々も、怪奇小説の銅版挿絵《どうはんさしえ》にでもあるような、この異様な光景に思わずハッと立ち止まって、野犬の姿を見送らないではいられなかった。

御用聞きの小僧さんたちは、見送ったばかりでは済まさぬ。何かその辺に落ちていた棒切れを拾って、わめきながら追っかける。

「やア、人間の腕だ。人間の腕をくわえてやがる」

そんな叫び声が口々に繰り返されるものだから、両側の商家から、主人も、おかみさんも、小僧さんも飛び出して来て見送る。中には追手に加わって走り出すのもいる。大げさに云うと、町じゅうの人が、一隊をなして、まるで暴動でもあるように、黒く折り重なって走り出した。てんでに手や棒切れを振りながら。訳のわからぬ事をわめきながら。そして、その先頭に立って、彼ら一隊の司令官のように、とりすまして、スタコラ走っているのは一匹の野良犬。その口には、今切り離したばかりのように生々しい人間の腕。実になんとも形容の出来ない変てこな光景であった。

この騒ぎがお巡りさんの耳にはいらないわけはない。やがて、制服いかめしいお巡りさんの野犬追跡の一場面があって、結局問題の蠟人形の腕は、附近の交番の土間の片隅に落ちつくことになった。

あとでわかったのだが、大川で水上署員が目撃したのは女の右腕、木挽町で犬がくわえたのは同じ様な女の左腕であった。

それから少したって、今度は銀座裏のとある横町に、いつとはなく黒山の人だかりが出来ていた。狭い町を通行止めにして、ギッシリ詰まった群集が、一様に仰向《あおむ》けになってドンヨリと曇った空を見上げていた。

「いったいなんですかい。飛行機ですかい」

新しく加わった一人が前の男に訊ねている。

「いや、そうじゃねえんで。飛行機なんかで、今時こんな人だかりが出来るもんですか。ごらんなさい。ほら、もっと下だ。あの煙突のてっぺんだ」

云われて見ると、そこには、旭湯《あさひゆ》と書いた銭湯の煙突が聳えているのだが、なるほど、そのてっぺんに、なんだか変なものが引っかかっている。

「しばらく見つめていないとわからない。じっと見ててごらんなさい」

白いものが二本、斜めに煙突の口から、空に向かって突き出している、おや、変だぞ。あの先で折れ曲がっている恰好は、確かに、確かに、

「ワア、足だ。人間の足だ。しかも裸体《はだか》のまっ白な足が二本……」

その人は思わず大きな声を立てないではいられなかった。

「どうしたんでしょう。まさかああして煙突掃除をしているわけでもありますまい。煙突掃除屋の足にしちゃ、あんまり綺麗《きれい》すぎらあ」

「そうですよ。それに、さっきから見ているのに、ちっとも動かないのが変ですよ。あんなことをして、煙突の中へ首を突っ込んでいちゃ、下では火を焚いているんだから、さぞ熱いでしょうね」

「いや、熱かないんですよ。あれは死骸ですよ。ああして自殺をしたんですよ」

別の一人が口をはさむ。なんてまあ変てこな会話であろう。

「自殺ですって。フフ、奇抜《きばつ》な自殺もあったもんだなあ。しかし、なぜ裸体《はだか》でいるんでしょう。いやにムチムチした綺麗な足じゃありませんか。あれは女ですぜ、しかもきっと若い女ですぜ」

「いや、自殺じゃありませんよ」群集のまんなかから一人の青年が反駁《はんばく》した。「これはきっと他殺ですよ。あの女はあすこで殺されたんですよ。僕は最初から見ていたんですが、誰もまだ気がつかない時分に、あの煙突の鉄梯子を、猿のように駈け降りて行ったやつがある。黒い服を着た男でした。今考えるとあいつが下手人ですよ。煙突の上で殺人罪が行われたんです」

「ハハハハハ、そんなばかな話ってあるもんじゃねえ。わざわざ煙突の上まで昇って、人殺しをするやつもねえもんだ」

誰かが笑い出す。

「ア、誰か梯子を昇って行く。お巡りさんだ。お巡りさんだ。今に正体がわかりますよ。あれがどこの娘だか」

如何にもその時、報告に接して駈けつけた一人の警官が靴を脱いで、慣れぬ煙突昇りをやっていた。彼もまた、何かしら突飛な犯罪事件に相違ないと考えたからだ。

警官がやっと頂上に昇りつくと、びっくりするほど美しい女の足が、大空を背景にして、実に不作法な恰好で、すぐ目の前にニュッと突き出していた。

その裸体《はだか》の足をかすめて、薄い煙がモヤモヤと立ち昇っていた。ムッと鼻をつく火気が感じられた。

「俺一人じゃとてもおろせないぞ。町内の仕事師でも頼まなくちゃ。だが、ともかく様子を見て見よう。まだ助かるかも知れない」

彼は用心深く、熱い煙突の縁《ふち》につかまって、煙をよけながら、ソッと中を覗いて見た。

そこには、二本の脚に続いて、娘の胴体が、多分まっ裸体《ぱだか》の胴体が、あるはずであった。ところが、実に不思議なことには、いくら見なおしても、煙突の内部は、まっ黒な煤《すす》ばかりで、あるべきはずの娘の胴体は、何かの幻術でかき消しでもしたように、まったく見えないのであった。

胴体はもちろん、顔も、手も、なんにもなくて、ただ太腿《ふともも》からの両足だけが、煙突の縁を支えにして、斜めに突っ込んであるばかりであった。ちょん切られた二本の、ムチムチとよく太った女の脚、――煙の立ち昇っている煙突のてっぺん、――見る限り何もない白い空。

日常生活から余りにかけ離れた、この一種異様の光景に若い警官は眩暈《めまい》を感じて、フラフラと足場を失いそうになった。だが、このまま手足を離してしまっても、彼の身体は普通の落体の早い落ち方をしないで、フワリフワリと、ちょうど夢の中でのように、空中を漂って行くのかも知れない。ふと、そんな変てこな事さえ考えられた。

地上の群集は、中には双眼鏡などを持ち出して、熱心にこの有様を眺めていた。あの勇敢なお巡りさんは、今にも裸体《はだか》の娘の死骸を肩に担いで、鉄梯子を降りて来るに違いないと、激情的な光景をまざまざと眼底に描きながら。

しかし、群集の期待は、実に突拍子もないやり方で裏切られてしまった。見ていると、お巡《まわ》りさんは、一本の脚に手をかけたかと思うと、それを、スポンと抜き取ってしまった。そして、なんだかゲラゲラ笑っている様子で、その脚をヒョイと空中に投げ出したのだ。次には、残りの一本の脚も、同じようにして、空中へ。

白い二本の太腿が、相前後して、異様な降《ふ》りものとなって、スーッと屋根の向こうへ消えて行った。群策のあいだから、まるで花火をでも褒めるような「ワーッ」という歓声《かんせい》があがった。

読者がとっくに想像された通り、その二本の足が、やっぱり蠟細工であった。さすがに今度は笑って済ますわけにはいかなかった。警察はこのご念の入った悪戯者《いたずらもの》をきびしく捜索することになった。

群集の中の一青年の主張するところによると、昼日中人形の足を持って、煙突を昇ったやつがあると云うのだ。煙突の昇り口には、別に番人がついているわけではないから、そういうこともまったく不可能ではないが、何者の仕業にもせよ、余りに大胆不敵、ほとんど信じがたいことである。

それよりも、見物の中のある老人が、分別らしく主張した次の説の方が、なんとなくほんとうらしく思われる。

「あの足は、今朝っから煙突の上に生えていたんですよ。それを誰も気づかなんだ。いや気づいても、人間の足とまで見定めるものがなかったのでしょう。こんな騒ぎになったのは、つい先程、誰かが足だ足だと叫び出してからですよ」

つまり、それは昨夜のうちに、何者かが煙突の上へ運んでおいたというのである。

だが運んだ時が夜であれ昼であれ、この出来事の不思議さには、少しも変わりがなかった。いったい全体何を目的にこんな途方もないいたずらが行われたのであろう。ただ人騒がせの悪戯にしては、余りにご念が入り過ぎているではないか。

それはともかく、椿事はこれで終わったのではない、「煙突に生えた足」にも劣らぬ奇怪事が、ほとんど時を同じうして、やはり銀座通りの、新橋《しんばし》に近いとある横町に起こっていた。

一人の工夫《こうふ》が、下水の故障を調べるために、そこの道路のまん中に開いているマン・ホールの鉄の蓋を取りのけて、四つん這いになって、暗い地下道を覗いていたかと思うと、なぜかまっ青になって、ヨロヨロと立ち上がり、近くにいた同僚の工夫をさし招いた。

「オイ、ちょっと見てくんな。俺の目がどうかしているのかも知れない。変なものがいるんだ、こん中に」

「なにがよ」

「なにがって、まあ覗いて見な、とてもシャンだからよ」

「シャンだって？　お前夢でも見ているんじゃないか。下水だぜ、ここは」

あとから来た工夫は、こいつ気でも違ったのかと、変な顔をして、そのマン・ホールを覗いて見た。

小さい穴から射し入る空の光が、底を流れる黒い水を、薄ぼんやりと照らしている。その水の上に、覗いている工夫自身の顔が写っているのかと疑われる、一つの顔が、美しい女の顔が、流れもせずに浮かんでいた。

四つん這いになってマン・ホールを覗き込んでいる男の顔と、黒い水に浮かぶ夢のような女の顔とが、上下でじっと目を見合わせていた。

白昼の銀座近くの人通りだ。覗き込む工夫の眼の隅には忙しそうに歩いて行く人影がチラチラと映っている。地上の世界は、なんの変わりもなく、昨日も今日も同じように運転しているのだ。そのあわただしい現実世界から、ヒョイと頭《こうべ》をめぐらして、この暗い地底の流れを覗いて見ると、そこには、地上とはまったく縁のない、青白く美しい別世界が開けていた。

その薄ぎたない闇の中からじっと見上げている女の顔のこの世のものとも見えぬ美しさ。もう一人の工夫がシャンだと云ったのは嘘ではなかった。夢にもせよ、幻にもせよ、よくもまあ、これほど美しい女がと、彼は首をマン・ホールに突っ込んだまま、飽かず眺め入るのであった。

だが、ふと夢見心地から醒めて見ると、いたずらに地底の美女を観賞している場合でないことがわかった。これはただ事ではない。まさか生きた女が下水道にもぐり込んでいるはずはない。いくら美しくても、生々としていても、この女は死骸にきまっている。ああ、ひょっとしたら……

「オイ、こりゃ人殺しかも知れないぜ。殺した死骸を、こうしてマン・ホールから投げ込んでおいたのかも知れないぜ」

「ウン、何しろお巡りにそう云って来よう」

一人が駈け出して、附近の交番から警官を引っぱって来る。たちまち人だかりだ。

それから、二人の工夫はかかり合いで、警官に頼まれるまま、さんざん不気味な思いをしながら、下水の中から問題の死骸を引っぱり上げたのだが、読者もおおかたお察しの通り、その死骸には胴体も手足もついていなかった。つまり、それは一個の実によく出来た蠟人形の首に過ぎなかったのだ。人形の首に重りをつけて、流れぬように浮かせてあったのだ。

銀座の案山子《かかし》

そういう一連の出来事が、銀座街を中心に継起《けいき》してしばらくの後、やっぱり銀座通りのRという大洋服店のショウ・ウインドウの前に、妙な男が立ち止まっていた。

型のくずれた黒ソフト帽、画家のように長く伸ばした髪、青ざめた顔、ひどい近眼と見えて厚いレンズの二重眼鏡、ピンとはね上がった口髭、三角型の顎髯、羊羹《ようかん》色の丈の短いインバネス、その下から二十年も昔流行した、荒い柄の薄よごれた縞ズボン、破れゆがんだパテント・レザーの礼装靴が見えているという、怪奇映画の主人公みたいな人物だ。

その人物が、さいぜんから、R洋服店のショウ・ウインドウの大ガラスの前に、じっと立ち尽くしたまま、まるで案山子のように身動きもしないのだ。

ドンヨリと薄曇りの天候であったし、日の短い頃なので、附近の時計店の屋根の大時計は、まだ四時少し過ぎたばかりだけれど、道行く人の顔もおぼろに、灯《ひ》ともし前の、最も陰気なひと時であった。

インバネスの男は、ショウ・ウインドウから三尺ほど離れた道路のまん中に立って、ガラスの向う側の何かを、凝然《ぎょうぜん》と見つめている。五分、十分、二十分、彼の姿勢は生人形のように不動であったし、彼の視線は見えぬ糸で結びつけたように微動だにしなかった。

初めのほどは、道行く人も、邪魔っけなやつだと、よけて通るばかりで、さして怪しみもしなかったが、時がたつにつれて、彼の凝視のただならぬ熱心さに、ふと好奇心を起こして立ち止まる人があると、それからは、二人立ち、三人立ち、またたくひまに、恐ろしい黒山の人だかりとなった。

そのくせ、そのおびただしい人立ちの中に、インバネスの男が見つめている品物を、ハッキリ知っている人は、一人もいなかった。人々はこの古風な服装をした怪人物の、ただならぬ様子を、烈しい好奇心で、ただ眺めているに過ぎなかった。

もしこの男が香具師《やし》であったら、彼の人寄せの手段は、実に見事に成功したと云わねばならぬ。又もし彼が、R洋服店に雇われた一種の宣伝係りであったとすれば、通行者の注意を、かくもショウ・ウインドウに集め得たことによって、これ亦《また》非常の成功であったと云わねばならぬ。だがこの男は、香具師でも宣伝係りでもなかったのだ。

「ちょっとお尋ねしますが、さっきから何を見つめていらっしゃるのですか。何か面白いものがあるんですか」

一人の洋服紳士が、たまりかねたのか、慇懃《いんぎん》に言葉をかけた。

「ああ、何をとおっしゃるのですか」

インバネスの怪人物は、びっくりしたように振り返って、紳士の顔を見、それから彼の背後のおびただしい群集を眺めた。

「僕は一種の銀座人種でしてね。銀座の事には可なり詳しいつもりですが、今このショウ・ウインドウの前を通りかかって、ふと気がつくと、いつもの蠟人形がいなくなっているのです。見知り越しの蠟人形がですよ。美しいやつでした。まだ若い娘でね」

インバネスが妙なことを云い始めた。彼の声は異様に甲高くて、隣に立っている紳士に話しかけているのが、群集のうしろの方まで聞きとれた。

「この洋服店のものが飾り替えたのではありませんか、そこに立っている女人形と」

如何にも、ショウ・ウインドウの正面には、一人の美人人形が、派手な洋装をして、長椅子に腰かけているのだ。

「ですからね、僕はここの番頭に聞いて見たんですよ。人形を取り替えたかって。すると番頭は、一週間ほど前に飾り替えたばかりで、まだ二、三日はこのままだと答えました。先生、人形がいなくなったことを知らないのですよ。ハハハハハ、おかしいじゃありませんか」

彼の笑い声は、気違いのように不気味であった。

「じゃ、君の思い違いだ。あすこに腰かけているのが、その人形ですよ、君の好きだっていう……君の目がどうかしているのだよ」

紳士が少し軽蔑した口調で云った。うしろから圧し殺したような笑い声が聞こえた。

「ああ、あなたは僕を気違いかなんかだと思って、ばかにしていますね。フフフフフ、それもいいでしょう。だが、今に後悔しますよ。まあ、僕の云う事をおしまいまでお聞きなさい」

そこで、怪人物の不思議な演説が始まった。表面は紳士に話しかけているのだが、その実、背後のおびただしい群集を意識しての演説であった。誰も立ち去るものはなかった。それどころか、奇妙な男の一《ひ》と言《こと》ずつに好奇心をまして、まるで大道芸人をでも見物するように、耳を澄まして聞き入っていた。

矢面に立った紳士は、少なからず迷惑そうであったが、つい立ち去るしおを失って、そのまま、聞き役を勤めた。

「僕がなぜあんなに熱心にこの人形を見ていたか。その理由がわかりますか。僕の顔をごらんなさい。ひどく青ざめてやしませんか。実を云うとね、僕は今、ブルブル震え出すほど怖いのですよ。われながら余り恐ろしい空想にゾッと総毛立っているのですよ」

怪人物は、怪談でも始めるように、話し出した。夕闇に眼鏡ばかりが、白っぽく光って見える。

「僕はね、このショウ・ウインドウの知り合いの人形が、消えてなくなったことと、今日この附近に起こった妙な事件とを結びつけて考えて見たのですよ。わかりますか、僕がどんなに怖がっているか。あなたは平気ですね。今に平気でいられなくなりますよ」

「今日この附近に起こった事件というのは？」

紳士がてれ隠しのように口をはさむ。

「きっと旭湯の煙突の事件だぜ」

「それからマン・ホールの事件も」

銀座ボーイの囁きかわすのが聞こえた。

「そうです。その事件です。皆さんはあの事件の全体を知っていますか。恐らくご存じありますまい。

「僕は目撃したわけではありませんが、噂を尋ねまわって、すっかり知っています。マン・ホールから蠟人形の首が出た。湯屋の煙突に女の足が生えていた。それから、浜町河岸で女の右腕がすくい上げられたのです。木挽町では、犬が女の左腕をくわえて走ったのです。

「ネ、わかりましょう。首、二本の足、二本の腕、これを組み合わせると、ちゃんと一人の美人人形が出来上がるじゃありませんか。このウインドウのマネキンには、胴体というものがなかったのですからね。

「これは非常に明らかなことです。僕は断言してもいいのです。このショウ・ウインドウの、僕の大好きな人形が、何者かのために惨殺されました。憎むべき下手人は、人形の死骸を幾つにも切り離して、方々へ捨てて歩いたのです。隠すためにではなくて、見せびらかすために……見せびらかすためにですよ」

蠍の胸飾り

「だがね、君、ここのマネキンがそんな目に遭ったとすれば、番頭が気づかないはずはないじゃないか。それとも、その人形殺しの犯人は、換玉《かえだま》の人形を用意していて、ここへ据えつけておいたとでも云うのかね」

紳士が、からかい顔に訊ねた。

すると、インバネスの怪人物は、待ってましたと云わぬばかりに、ポンと膝を叩いて、

「ああ、実に、あなたはうまい質問をしてくれましたよ。図星《ずぼし》です、図星です。僕もそ

れを考えたのです。でなければ、ここに、いつもの通りの服装をした別の人形が飾ってある道理がありませんからね。

「そうです。ここに坐っている人形は換玉です。しかしね、あなた、一つよく考えて見ようではありませんか」

彼はここで、さも一大事らしく声を落とした。

「犯人のやつは、なぜそんな、いろいろ面倒な手数をかけて、人形の死骸を見せびらかさなければならなかったか。この点が実に重大なのですよ。わかりますか。いたずらには違いないのです。だが、ただ単純ないたずらじゃありませんよ。これには深い深い、ゾッとするほど残忍な企らみが隠されていたのです。

「犯人はね、東京じゅうの人を、このショウ・ウインドウの前へ集めたかったのです。ああして蠟人形の顔や手足を方々へばらまいておけば、誰かしら、それがここに飾ってあった人形だと気づくに違いない。気づけばきっとここへ来て、ショウ・ウインドウを覗き込んで、この謎の研究を始めるであろう。一人立ち止まればもうしめたものだ。二人、三人と加勢が加わって、やがて黒山の人だかりになるだろう。そして、犯人が企らんでおいた、恐ろしい秘密を看破《かんぱ》してくれるだろう。というのが、彼奴《あいつ》の気違いめいた論理なのです。

「僕は、さいぜんから、三十分ほど、このショウ・ウインドウを見つめて、それを考えていたのです。どうしても、そうとしか思えないのです」

「いったい君は何を云おうとしているんだね。僕は少し用事もあるのだが」

紳士が逃げ腰になると、怪人物はそれを引きとめるようにして、

「いや、用事なんかいいです。この事件の方がどれほど重大か知れません。さア、これをごらんなさい。僕がさいぜんから、云おう云おうとしていたのは、これなんです」

と云いながら、インバネスのポケットから細く折った新聞紙を取り出して、バリバリと拡げて見せた。

「さア、これです。ここに大きく出ている写真は誰だかご存知ですか。さっき買ったばかりの夕刊です。もう読んでいる方もあるでしょう。昨夜夜更けに恐ろしい事件が起こりました。『赤蠍』です。『赤蠍』を知らん人はありますまい。あの妖虫が、又ゴソゴソと這い出して来たのです。

「三河島の見世物小屋で、映画みたいな活劇が演じられたのです。そして相川珠子という美しいお嬢さんが、妖虫のためにさらわれてしまったのです。ごらんなさい。これがそのお嬢さんの写真ですよ」

赤蠍と聞くと、今までざわめいていた群集が、ピッタリと静まり返った。それほど

彼らは妖虫専件の新聞記事に脅えていたのだ。

この男はまんざら気違いではなかった。喋る事に筋道が立っている。しかし、ああ、しかし、蠟人形の殺人事件と、赤蠍とのあいだに、いったい全体どんなつながりがあるというのだろう。

「これはすべて赤蠍の仕業です。僕にはそうとしか考えられないのです。蠟人形の惨殺は、単なる遊びごとではありません。その裏に恐るべき寓意《ぐうい》がひそんでいました。悪魔の人形芝居は、人形ではないほんとうの人間の運命を、実に無残な運命を、巧みに象徴していたのです。

「僕はもう、それを信じて疑いません。しかし、事が余りに異様なので、僕は自分の目を疑います。さア、あなた、あなたのよい目で、比べて見て下さい。この新聞の写真と、あのショウ・ウインドウの中の人形の顔とを」

群集のあいだに、ドッとどよめきが起った。

ああ、これが怪人物の云おうとしていた事であったのか。それにしても、まあなんという恐ろしい幻想なのだろう。もしも、もしも、あのマネキン人形の顔が、この新聞の誘拐された令嬢の顔とそっくりだったら、いったいそれは何を意味するのだろう。

紳士はこの結論に、異様のショックを感じないではいられなかった。彼はほとんど反射的に、その夕刊を掴み取ると、ツカツカとショウ・ウインドウに近づいて、ガラスに鼻の頭をすりつけんばかりにして、新聞の写真と、長椅子の上の人形とを見比べ始めた。

群集も、今はたまりかねて、ドッと津浪《つなみ》のようにガラス板の前に押しよせた。するとちょうどその時、歌舞伎芝居の月が出るように、パッとショウ・ウインドウの照明が点じられた。店内の人たちも、この騒ぎを知って、マネキン人形の正体を確かめて見ようとしたのだ。

ショウ・ウインドウの前面には、数も知れず群がる顔、背後からは、ガラス戸をあけて、二人の店員が飾り場へはいって行く。

明々《あかあか》と照らし出されたショウ・ウインドウの中央、赤い紋織《もんおり》のソファに寄りかかって、襞《ひだ》の多い毒々しく派手な洋装に包まれたマネキン人形。

お、似ている。いや、そっくりだ。瓜二つだ。

皆が皆、心の中でそう思った。しかし、誰も物云う者はなかった。水を打ったようにシーンと鎮まり返っている。

マネキンの顔には、壁のような厚化粧《あつげしょう》がほどこしてある。恐らくは、死顔《しにがお》を隠すための、犯人のさかしらであろう。だが、似ている。こんなにも実在の人物によく似た人形のあろう道理がない。

二人の店員は、しばらくのあいだ、まるで、彼自身が男のマネキン人形でもあるように、立ちすくんでいたが、やがて、おずおずと人形のそばに近づき、洋装の上から、ソッと手足にさわって見た。

外部からも、その一瞬間、彼らの表情がサッと変わるのが眺められた。

一人の店員は、何を発見したのか、大きく口をあいて叫びながら、マネキンの――相川珠子《たまこ》の死体の――胸を指さしている。

群集の視線が、その一点に集中された。

ああ、蠍だ。まっ赤な蠍だ。

もう一点の疑うところもない。殺人鬼はここにも、彼らの紋章を残して行くことを忘れなかったのだ。

二人の店員は、そそくさと店内に姿を消した。そして、しばらくすると、パッと照明が消えて、ショウ・ウインドウの前面の重い鎧戸《よろいど》が、ガラガラとおり始めた。

今まで鎮まり返っていた群集が、俄かにざわめき出した。あらゆる驚きの形容詞が、百千の口をついてほとばしった。そして、群集は刻一刻その数を増して行った。電車線路を横ぎって、殺到する人々が、しばらくはあとを絶たなかった。

だが、奇怪なのは、この騒ぎの発頭人であるインバネスの男であった。彼は洋服紳士に夕刊を渡すと、コソコソと群集のあいだをすり抜けて、いつか人垣の外へ出ていた。そして、ショウ・ウインドウの鎧戸が閉まる頃には、何かニヤニヤと薄笑いを浮かべたかと思うと、小走りに暗い横町へ、逃げるように消えて行った。インバネスの袖をヒラヒラと、夕闇の蝙蝠《こうもり》みたいに、不気味にひらめかせながら。

第三の犠牲者

銀座街頭ショウ・ウインドウ死体陳列事件が犯罪者の虚栄心からであったとすれば、彼は完全に成功したと云っていい。なぜと云うのに、その事があってから、妖虫殺人団の名は、一躍して全国的になったからだ。その翌日は、九州や北海道の地方新聞さえ、社会面のほとんど全面を、この銀座の怪事件についやした。人々はこの怪談めいた出来事に、賊の所業《しわざ》を憎むことも忘れて、あきれ返ってしまった。これがいったい人間の仕業であろうか。鬼ではないか、魔ではないかと、心の底から震え上がらないではいられなかった。当の相川家の驚愕と悲歎は云うまでもなかった。殊に、不思議な因縁《いんねん》で妖虫事件に結びつけられている相川守青年は、愛する妹を失った悲しみ以上に、戦いに敗れたものの、名状しがたい悲憤《ひふん》を感じた。悪魔を八つ裂きにして、その肉を啖《くら》ってもあきたりない憤《いきどお》りを感じた。

だが、敵は眼にも見えぬ幽霊のようなやつだ。警視庁の全能力を以《もっ》てしても、どうにも出来ない相手だ。二日三日は、珠子の葬儀などにとりまぎれて、知らぬ間に過ぎ去ったが、五日十日と日がたつにつれて、守青年はどうにも出来ない焦躁《しょうそう》を感じ始めた。

警察はいったい何をしているのだ。あの完備した大組織の力でも、たった一人のかぼそい青眼鏡の怪物を探し出すことが出来ないのか。

ああ、三笠探偵が丈夫でさえいてくれたら、今頃はもう、賊が捉《つか》まっていたかも知れないのに。その頼みに思う三笠竜介氏は、三河島の見世物小屋で、張り子の岩の中に潜んでいた賊の一味のために傷つけられ、まだ病院生活を続けているのだ。

守青年は、ただイライラするばかりで、なんの考えも浮かばなかった。こうしてはいられないと思いながらも、自宅にとじ籠っている日が多かった。

その日も、彼は書斎の机によりかかって、両手の指で頭の毛を掻き乱しながら、徒《いたず》らに思い悩んでいたのだが、そこへ、ひょっこりと、珠子の元家庭教師殿村京子がはいって来た。

この醜いけれど上品な未亡人は、わが子のようにいつくしんでいた珠子の死に遭《あ》って、病気になるのではないかと案じられるほど、歎き悲しんでくれたのだが、やがて初七日《しょなのか》も済んだとき、彼女の方から解職を申し出でたので、相川操一氏は、ちょうど珠子の学校友だちの、あるお嬢さんの家《うち》から話があったのを幸い、殿村未亡人を、その家庭教師に世話をして、今日はそのお目見えの日であった。

「ああ、殿村さん」

守青年はドアの音に振り返って、元気のない声で云った。

「まだ考え事をしていらっしゃるの？　いけませんね、そんなにくすぶっていらしっちゃあ」

殿村さんは、気がかりらしく眉を寄せて守の顔を覗き込む。

「どうでした。桜井《さくらい》の家は、お気に入りましたか」

青年は、てれかくしのように、別の事を訊ねた。桜井というのは、今度殿村未亡人が勤めることになった家の名なのだ。

「ええ、大変結構ですわ。それに、お嬢さんがすなおな、それはそれはお美しい方で……あら、こんなことあたしが云わなくても、守さんはよくご存知でしたわね。ホホホホ、お嬢さんから、よろしくとおっしゃいました」

からかわれて、守青年はドギマギと目のやり場に困った様子であった。少しばかり赤面さえした。すると、彼は桜井のお嬢さんに、ただ妹の学友としての知り合いである以上に、何かの感情を抱いていたのであろうか。

「でも、あたし、桜井さんへ上がることは止そうかしらと思いますの。実はそれについて、守さんのご意見を伺いに参りましたのよ」

突然、殿村未亡人が妙なことを云い出した。

「どうしたんです。やっぱり気に入らないことがあるのですか」

「いいえ、そうじゃないのですけれど……守さん、あたし、いやなものに魅入《みい》られているのではないかと思いますの」

そして、彼女は俄かに非常に真剣な表情になって、じっと守の眼を見つめながら、聞こえるか聞こえないかの囁き声になって云うのだ。

「あいつが、また現われ始めたのですよ。あたしが桜井さんのお嬢さんと二人きりで、さし向かいでお話ししていました時、ヒョイと気がつくと、まあ、ゾッとするじゃありませんか。お嬢さんの着物の肩のところに……アレが、エエ、アレよ。赤い蠍！　いつかの珠子さんの時とおんなじやつが、お嬢さんの肩にとまっていたじゃありませんか……」

「殿村さん、それほんとうですか」

守青年は、ギョッとして、彼も妙に低い声になって、思わず聞き返した。

「お嬢さんをビックリさせてはいけないと思って、黙っていたのですけれど、あたしの怖がっている目つきで、お嬢さんにもそれが通じたと見えて、サッと青くおなりなすって、思わず立ち上がって身震いなさると、あの赤い虫の死骸が、ポトリと床へ落ちたのです」

「ウン、それで？」

「お嬢さんは、よほど怖かったのでしょう、叫び声を立てて、いきなりあたしにすがりついてお出でなさる。あたしもつい年甲斐《としがい》もなく、大きな声を出してしまったものですから、それからお邸じゅうの大騒ぎになったのです」

「で、何時《いつ》その蠍が、品子《しなこ》さんの肩にくッついたのか、わかりましたか」

品子さんというのは桜井令嬢の名だ。

「それがわかりませんの。気味がわるいではありませんか。お嬢さんは、着換えをしてから、一度も外出もなさらず、又外からのお客さまに会ってもいないとおっしゃるのです。ああ、又目に見えない幽霊がうろつき始めました。その蠍が何所をどうしてお嬢さんのそばへ近づいたのか、いくら考えて見ても、まるで見当もつきませんの」

「じゃ、あなたが品子さんに最初会った時はどうでした」

「むろん最初からあの虫はくッついていたのですわ。それを迂闊にも、あたししばらく気づかないでいたのです。そうとしか考えられません。でなければ、あたしが見ている前で、誰かがお嬢さんのそばへ近づいたことになりますが、いくらなんでも、それを見逃すはずはありませんもの」

「じゃ、あの畜生め、今度は品子さんを餌食にしようっていうのだな。ああ、どうすればいいんだ。で、警察へは届けましたか」

「ええ、あちらのご主人がお電話をかけていらしったようでした。あたし、それからじきお暇したものですから……ねえ、守さん、あの悪魔は、あたしに魅入っているとしか思えませんわ。あたしの行く先々へつきまとって、そこのお嬢さんを恐ろしい目に遭わせるのだとしか思えませんわ」

「では、あなたは、品子さんが、あいつのために殺されると思うのですね」

「ええ、恐ろしいことだけれど、そうとしか……」

そして、二人はうそ寒い曇り日の窓の光の中で、黙ったまま、異様に目と目を見合わせた。お互いの瞳の中に、何かゾッとする魔性のものが潜んででもいるように、恐怖にわななきながら、

「三笠さんはご容態《ようだい》どうなんでしょう」

やっとしてから、殿村さんが、ふと気を変えて、別の事を訊ねた。

「まだ急に退院出来そうもないということです。実は今日あたり、一度訪ねて見ようと思っていたところですよ。なんでしたら、あなたも一緒にいらっしゃいませんか」

「ええ、でも、今日は少し差し支えがありますから……あなたから、よく今度のことをお話し下さいませんか。あたし、三笠さんには、いずれゆっくりお目にかかって、よくお礼申し上げたいと思っているのですけれど……」

殿村さんはそう云って、なぜかニッコリ笑った。守は彼女のこういう笑い顔を今まで一度も見たことがなかったので、このおばさんにも、こんな表情があったのかしらと、何か発見でもしたような感じであった。それに、言葉と笑い顔とのあいだに、まったくなんの連絡もないのが、一そう変な感じを与えた。殿村さんはいったい何がおかしくて、あんな盗み笑いをしたのであろう。

だが、一瞬間「おやッ」と思ったばかりで、殿村さんの笑い顔がすばやく消え失せると同時に、彼もその事を、つい忘れてしまったのだけれど。

病探偵

その晩、夕食後に、守青年は、父相川氏にも話をした上、病床の三笠老探偵を訪ねた。三笠氏は、そこの院長と懇意な関係から自宅に近い麴町外科医院という小さい病院へ入院していた。

あまり立派でない西洋館の玄関をはいると、消毒剤の、どっか身内のうずくような匂いが鼻をついた。そして、ベルの音に、その不快な匂いの中から、四角な顔の事務員が現われた。

「三笠さんにご面会ですか。あなたは……」

彼は、守をジロジロ見ながら、何か警戒するようなうさんな口振りで訊ねた。

「相川守というものです。三笠さんにお伝え下さればわかります」

守は少しムッとして答える。

「よほどご懇意な方ですか。でないと、実は面会は禁じられているのですが」

事務員は奥歯に物のはさまったような、妙な云い方をする。

「じゃ、ひどく悪いのですか」

「ええ、今朝から病勢が悪化しているのです。それに、少し事情がありますので……」

「いずれにしても、一度取り次いでくれませんか。どうしても面会出来ないようなら帰りますから」

事務員は、又しても、守の姿を、頭のてっぺんから足の先までジロジロと眺めてから、不承不承《ふしょうぶしょう》に奥へ消えて行った。

なんだか変だ。もうよほどよくなっていなければならない時分なのに、突然悪くなったようなことを云う、そして、あの警戒ぶりはどうしたというのだろう。何かあったのではないかしら。

異様な不安を感じながら、たたずんでいると、しばらくして引き返して来た事務員が、今度は俄かに愛想よくなって、

「ご面会なさるそうです。どうかこちらへ」

と先に立った。

「病勢が悪化したと云うのは、どんなふうなのですか。傷口が化膿《かのう》したとでもいうような……」

守が彼のあとについて歩きながら訊ねると、事務員は、少し声を低くして妙なことを云った。

「いいえ、傷の方は、もうほとんど治っていたのですが、実は思いがけないことがあ

りましてね。三笠さんはひどい目に遭わされたのです。ご商売がら敵の多い方ですからね」

敵という言葉に、守はすぐ「赤蠍」を思い浮かべた。もしやあいつが、探偵の病床へまで魔手を伸ばしたのではないだろうか。

だが、それを確かめる間もなく、もう病室であった。事務員はそのドアをソッとあけて、おはいりなさいという目くばせをした。

病室というのは、病院の裏手に当たる、階下の十畳ほどの洋間であったが、わざと薄暗くした電燈の下に、白いベッドの中から、さも苦しげなうめき声が、不気味に漏れていた。

守がはいって行くと、附添いの看護婦が、病人にそれを告げて、ソッと頭の向きを変えてやった。まっ白なシーツの中から、年取った探偵の白髪白髯の顔が、物憂げにこちらを見た。

その顔を一《ひ》目《め》見ると、守青年はギョッとしないではいられなかった。ああ、なんという変わり方であろう、三笠氏はもともと痩せてはいたのだけれど、それが一そうひどく頬骨が出て、顔の皮膚は青いのを通り越してまるで藍色に見え、眼鏡をはずした両眼は、日頃の突き通すような光がまったく消え失せて、トロンと力なく濁り、口は、死人のように顎が落ちて、下歯がむき出しになり、そこから覗いている黒い舌が、ひからびたようになって、ゼイゼイと喉にからんだ唸り声が漏れているのだ。

「三笠さん、相川です。ひどく元気がないようじゃありませんか。いったいどうなすったのです」

守は痛々しく病人の顔を覗き込みながら云った。

老人は、見舞人を認めた様子で、少し眼を動かしたが、物を云うのが一と通りならぬ骨折りらしく、

「ああ、ま、もる、君か。わしは、ひどい目に遭った」

と、もつれる舌でやっとそれだけ云うと、ガッカリと疲れたように、目をふさいで、又かすかに唸り始めた。

「どうしたのです。何かあったのですか」

守は看護婦をそばへ呼んで、小声で訊ねて見た。

「ええ、わたくし詳しいことは存じませんが、なんでも、誰かから送って来た品物に毒薬が仕掛けてあって、それが三笠先生の身内にはいったのだそうでございます。早く手当てをしましたので、やっとお命だけは取り止めましたけれど、でも……」

と看護婦は不安らしく云う。

「いつの事です、それは」

「今朝ほどでございます」

「その品物っていうのは、郵便で来たのですか。そして、差出人は誰だか見当はつかないのですか」

「ええ、それが、なんですか……」

彼女は口留めされているのか、知っているけれど答えられないという様子だ。

「もしや、例の『赤い蠍』じゃありませんか。それなら僕も少しかかり合いの者なんだが」

「ええ、実は、三笠先生もそうおっしゃるのでございます」

彼女は「赤い蠍」という言葉に、サッと顔色を変えて、さも恐ろしそうに身をすくめた。

そうして彼らが、隅の方でボソボソと囁き合っていた時、突然、ゾッとするような恐ろしい叫び声が聞こえた。

叫び声というよりは、むしろ野獣の咆哮《ほうこう》であった。

「あら、いけませんわ、そんなにお動きなすっては」

看護婦がベッドへ飛んで行って、もがく病人を押し鎮めようとしたが、瀕死《ひんし》の老探偵は、まるで気違いのように身もだえをして、苦しさに耐えぬものの如く、わめき続けるのだ。一匹の痩せさらぼうた狂犬のように、吠えつづけるのだ。

ああ、その形相のすさまじさ。額には静脈《じょうみゃく》がムクムクとふくれ上がって、昂奮のあまり顔色は紫に変じ、両眼は飛び出すばかりに見開かれ、口は真夏の日中の犬のようにだらしなく開いて、涎《よだれ》をたらしながら、悲鳴とも怒号ともつかぬ、一種異様な唸り声がほとばしる。そして、身もだえをする度に、骨ばかりのように痩せた両手の指が、断末魔《だんまつま》の形で空《くう》をつかむのだ。

「君、ここは僕がいるから、早く院長を呼んで来てくれたまえ」

守もしがみつくようにして、病人の起き上がろうともがくのを押さえながら、看護婦に叫んだ。

「では、ちょっとお願いいたします」

彼女は室の外へ駈け出して行った。

三笠探偵の恐ろしい苦悶は、二、三分間ほど続いたが、その間じゅう、彼の目は、裏庭に面している窓のガラス戸へ釘着《くぎづ》けになっていた。

守はふとそれに気づいて、思わずその方を見ると、まっ暗な窓の外に、何かしらチラと動いたものがあるように感じられた。ほんの一刹那ではあったけれど、彼の網膜《もうまく》はそれを捉えた。二つの目がガラス戸の外から覗いていたのだ。姿は闇に隠れて、ただ二つの目だけが、室内の光にキラキラと光って見えた。だが、ハッと思って見なおした時には、もうそこには闇があるばかりであった。

幻影かしら。いや、幻影なれば、病人が同じように窓のその箇所を見つめているはずがない。何者かは知らぬが、窓の外から、ジッと室内を覗き込んでいたやつがあったのだ。そして、妖星《ようせい》のように光るあの二つの目が、奇怪な呪いの力を持っていて、三笠探偵をかくも狂わせているのだとしか考えられなかった。

そう思うと、四角に区切られた、窓の外のうそ寒い闇が、異様にも恐ろしく、押さえても押さえてもはね返す病人の狂乱が、ただごとならず不気味であった。彼は何かしら目に見えぬ理外《りがい》の力と争っているような、一種異様の恐怖を禁じ得なかった。

老人の解しがたい発作は、守青年には非常に長く感じられたが、実は二、三分ほどで、ケロリと納まった。突然、瘧《おこり》がおちたという感じで、あれほどうめき苦しんでいた三笠老人が、グッタリと死人のように動かなくなってしまった。

そこへ、やっと院長の医学博士と看護婦とがやって来た。守は病人を二人に任せておいて、急いで窓のところへ行って、ソッとガラス戸を上げ、闇の中を覗いて見た。だが、別に人の隠れている気配もない。やっぱり幻影だったのかしら。それとも、魔性《ましょう》のやつは、すばやくも逃げ去ってしまったのだろうか。

やがて、窓をしめて、ベッドのところへ戻って来ると、院長は別に詳しく診察した様子もないのに、もう病室を引き上げそうにしていた。

「心配した事はないのでしょうか。素人にはひどく悪いように見えるのですが」

守は簡単に挨拶したあとで、訊《たず》ねて見た。

「いや、悪いと云えばひどく悪いのだが、しかし、ご心配なさる事はありませんよ。まあ、ゆっくり話して行って下さい」

あから顔の快活らしい院長は、消毒衣の太った腹の前で、両手を柳のように、シナシナと二、三度振って見せて、ニコニコ笑いながら病室を出て行ってしまった。看護婦もそのあとについて、ドアの外に姿を消した。

なんだか変なぐあいだ。この重態の病人をほうっておいて、冗談らしく笑いながら出て行くとは、この医者はどうかしているのではないかしら。

ベッドの病人を見ると、やっぱり瀕死の形相物凄く、今にも絶え入りそうにうめいている。

「三笠さん、苦しいですか。もう少し先生にいていただく方がよくありませんか」

三笠探偵のしなびた顔を覗き込んで訊ねると、老人はかすかに首を振って、

「いや、き、きみに、すこし、話したい、ことがあるので、あの、ひとたちに、座を、はずしてもらったのだ」

と、息切れしながら、やっと云った。

それから、骨ばっかりのような手を挙げて、例の窓の方を指さしながら、

「カーテンを……」

と云う。

「カーテンをしめるのですか」

ああ、やっぱりあの人影に気づいていたのだ。あの二つの目が怖いので、カーテンをしめよという意味に違いない。

守は立って行って、二つの窓のブラインドをおろし、その上にカーテンを注意深く引き合わせて、元の椅子へ戻った。

「隙間のないように、だれも覗かないように」

病人が念を押すので、もう一度立って、どこにも隙間のないことを確かめて帰った。

そして、病人に話しかけようとした時である。

「ウフフフフ」

実に突然、ベッドに埋まった瀕死の病人が笑い出した、痩せた頭部をガクガクさせ

て、おかしくてたまらないように、声を殺して笑い出した。

なんということだ。可哀そうな老探偵は、とうとう気が狂ってしまったのかしら。

秘密函

「三笠さん、三笠さん、しっかりして下さい。どうしたのです」

守は思わず、老人の上に顔を寄せて、叫ぶように云った。

「ウフフフフ」

病人はなおも笑い続けながら、実に驚いたことには、まるでたっしゃな人のように、ムックリ起き上がると、いきなりベッドをおりて、守の前に立ちはだかった。

白いダブダブの寝間着を着た骸骨《がいこつ》が、今墓場の中からよみがえって来たという恰好で、そこにヒョッコリ立っているのだ。守青年は、ギョッとして、思わずタジタジとあとじさりしながら、

「いけません、いけません、そんな無茶をしては……」

と叫ぶ。

「シッ、大きな声をしちゃいけない。壁に耳ありじゃからね。だが、安心したまえ、わ

しはこの通り、なんともないのだよ。ハハハハ、わしのお芝居はなかなか上手じゃろうが」

云いながら、老人はラジオ体操のように、手を動かして見せた。

だが、いくら活溌《かっぱつ》に動いて見せたところで、これが健康な人と云えるだろうか。あの顔色はどうだ。目のまわりを薄黒く隈取《くまど》っている死相《しそう》はどうだ。

「フフフフ、これかね」老人は自分の顔を指さして、「これは絵の具だよ。ここの院長さん絵心があってね。わしの顔をメーク・アップしてくれた。これは院長とわしと二人だけのお芝居でね、看護婦も事務員も、誰も知らないのだよ。でないと、どこに敵のまわし者がいないとも限らんのでね」

非常に痩せて見えたのは、負傷のためにほんとうに痩せてもいたのだし、それに、目をドロンとさせたり、口をだらしなく開いたり、上手なお芝居が、一そう老人の形相を物凄く見せたのであった。

やっと仮病のわけがわかったので、守青年は俄かに安堵を感じながら、彼の口辺にも、思わず笑いが浮かんだ。

「そうでしたか、僕はどうなることかと、実に心配しましたよ」

「いや、失敬失敬、敵をあざむくには、先《ま》ず味方からというわけでね、つい驚かせて済まんかった。君には、もう大体わかったじゃろうが、赤蠍のやつ、今度はわしを狙い始めたのでね。危なくて仕方がない。傷の方もすっかり治っているのだけれど、敵をあざむくために、懇意な院長に頼んで、いつまでもここに置いてもらっているわけさ。フフフフ……」

探偵は注意深く、決して大きな声を出さなかった。

「では、さいぜん、あんなに苦悶されたのも……」

「ウン、ウン、あれが実は今晩のお芝居のクライマックスでね。君はちょうどよいところへ来合わせたというものじゃ。いや、失敬失敬。ところで、君はさっき、わしが大騒ぎをやっている最中、あの窓の外を見なかったかね」

ああ、やっぱりそうであったのか。

「ええ、見ました。誰かが覗いていたのでしょう。あいつの正体をご存知なのですか」

「ウン。知っている」

「もしや……」

「その通り、赤蠍じゃ。恐らく青眼鏡の部下のやつじゃ」

「どうしてこの庭へはいって来たのでしょう」

「そんなこと、あいつらには朝めし前の仕事じゃろう。塀をのり越すなり、図々しく表門からはいり込んで、裏手へ潜入するなり」

「そうまでわかっていたら、なぜあいつを捉えなかったのです。僕もお手伝いしましたのに」

「肝腎《かんじん》の張本《ちょうほん》を逃がしてしまうからさ。やッつける時には、一網打尽《いちもうだじん》じゃ。今はまず、奴らの罠にはまったと見せかけ、油断をさせておけばいいのじゃ。あいつ、このわしがよほど邪魔になると見えて、毒殺しようとしおった。わしはその毒にやられた体《てい》に見せかけて、瀕死の病人を装っているのだよ。あいつ、今晩あたりきっとわしの様子を見に来ると思ったので、それを待ちかまえて、さっきの大げさなお芝居を演じて見せたというわけなのじゃ」

「じゃ、何か毒のある品物を送って来たというのはほんとうなのですね」

「ウン、ほんとうだ。わしはすんでのことに、やられるところじゃった」

「ああ、それで思い出しましたが、僕も実は、新しく起こった事件をお知らせに来たのですよ」

守は騒ぎにまぎれて、つい忘れていた桜井家の出来事を想い出した。

「第三の犠牲者のことかね」

探偵は、待ちかまえてでもいたように、図星を指すのだ。

「そうです、しかし、あなたはどうしてそれを……」

「桜井のお嬢さんじゃろうが」

余りのことに、守はこの名探偵の藍色の顔を見つめたまま、二の句がつげなかった。

「ハハハハハ、それを知らんようでは、探偵とは云われん。驚くことはないよ。四、五日前から、わしは毎晩この病院を抜け出して、東京じゅうをうろつき廻っていたんだからね。赤蠍のやつが次に何を企らむかぐらいは、ちゃんと目星がついているのさ」

「今度は未然に防げましょうか」

「ハハハハハ、気掛かりと見えるね。君はあのお嬢さんとは仲よしだったね。大丈夫、今度こそわしが引き受けた。この白髪首を賭けてもいいよ。わしは生まれてからこのかた、同じ失敗を二度繰り返さないという、固い信念を持っているのじゃ。妹さんのことは、なんとも申し訳がないと、肝に銘じている。それなればこそ、こんな偽病人の苦労までしているのじゃ。今度しくじるようなことがあったら、むろん、この白髪首、胴にはつけておかん決心じゃよ」

「それを伺って、僕も気持が軽くなりました。ですが、探偵という仕事もつらいですね。賊に傷つけられて入院なすったそのことを、すぐに又探偵の手に逆用しなければならないなんて」

「ハハハハ、君はつらいように見えるかね。わしは愉快なんじゃよ。軍人以外の職業で、探偵ほど戦闘的なものはありやしない。命がけの戦いだ。智恵という智恵を絞りつくし、力という力を出しつくしての闘争じゃ。世の中にこんな面白い仕事があるもんか」

「ワー、おじさんの元気には、僕顔まけしますよ。ハハハハハ」

とうとう冗談が出た。守青年はそれほど気が軽くなっていたのだ。この老いぼれ探偵のたのもしさはどうだ。すばらしさはどうだ。

話はだんだん陽気になっていったけれど、彼らは非常に用心深く、声の加減をしていたので、たとい万一、賊が窓の外に潜んでいても、そこまで聞こえる心配はなかった。実はそんな心遣いをしなくとも、守がさいぜん窓の外を見た時、もうその辺に人影さえなかったほどだから、賊はとっくに逃げ去ってしまったに違いないのだけれど。

気持がほがらかになると、今まで目にもつかなかった品物が、ふと守の注意を惹《ひ》いた。

「これなんです？」

枕元の小卓の上に、美しい寄木細工《よせぎざいく》の小函が置いてあった。彼は何気なく、それを手に取って訊ねた。

「秘密函さ。あけられるかね」

老探偵の口辺に、ちょっと悪戯子《いたずらっこ》のような表情が浮かんだ。

例の「探偵さん」の守青年のことだから、秘密函と聞くと、ついあけて見ないでは気が済まなかった。彼はその函をあちこちと向きを変えながら、指先でひねくり廻していたが、しばらくすると、パチンとかすかな音がして、函の蓋がパッとあいた。と同時に、

「アッ」

という守の叫び声。

何かしら、函の中から赤いものが飛び出して来て、彼の顎にぶッつかり、そこの皮をチクリと刺《つ》いた。それはおもちゃのビックリ函と同じ仕掛けになっていたのだ。思わず函をほうり出して、よく見ると、長く伸びたゼンマイの先に震えている赤く塗った金属製のものは、なんと驚いたことには、例の悪魔の紋章「赤い蠍」ではなかったか。守はそれと気づくと、刺された顎を押さえながら、青くならないではいられなかった。賊が探偵に送った品物というのは、この小函であったのだ。すると、今チクリと刺した蠍のとげには、立ちどころに人命を奪う猛毒が塗られていたのではないか。

「失敬失敬、ちょっと実験をして見たのだよ。なるほど、この奇抜な注射法は百発百中だわい。秘密函をあけようと熱中すると、自然に顔が函の上へのしかかる。そこへパッと蓋があくものだから蠍のとげは必ずその人の顔面へ命中するっていうわけじゃ、うまく考えよったわい」

「じゃ、このとげには、毒が……」

「ハハハハ、そんな危ないものを、大切な君になぶらすものかね。安心したまえ、毒は院長が完全に洗い取ってくれたのだよ」

「おじさん、人が悪いや。すっかり驚かされちゃった」

「だがね守君、よく考えて見ると、この小函は、ただ毒薬注射器という以外に、何かしら犯人の思想を象徴しているような気がして仕方がないのだよ。ほら、君が最初谷中で隙見したという、あの変な木箱ね。その中にはどうやら人間がはいっていたらしく、そいつが妙な流行歌《はやりうた》を歌ったのだね。それから、このあいだの三河島だ。あれは張りぼての岩だったけれど、何かを包み隠している点で、やっぱり一種の箱と云ってもいい。その箱の中から、短剣が飛び出したのじゃ。ちょうど今この秘密函から蠍が飛び出したようにね。どうだね、こう考えて来ると、今度の犯人には、箱というものが、不思議につきまとっているのじゃないか。これはいったい何を暗示していると思うね」

探偵は、非常に真面目な表情になって、じっと守青年を見つめた。

「なるほど、おっしゃれば、そうですね。そう聞くと、なんだかひどく不気味な気がしますけれど、僕にはその意味がよくわかりません」

「いや、わしにもハッキリわかっているわけではない。じゃが、その箱に包み隠されているものが、どうやら、この犯罪の根本原因をなしているように思われてならぬのじゃ。もし、わしの想像が当たっているとすると、これは実に容易ならぬ事件だよ。前代未聞と云ってもいい。だが、それほどの邪悪の魂《たましい》が、果たしてこの世に存在するものだろうか。想像も出来ない。ああ、なんという気違いだ。なんという悪魔だ」

白髪白髯の名探偵は、われとわが言葉に、だんだん昂奮しながら、つい知らず声高《こわだか》になって行くのであった。

螯《はさみ》が！　螯が！

妖虫殺人団が第三の餌食と狙う桜井品子さんは、富豪代議士桜井栄之丞《えいのじょう》氏の一人娘で、死んだ珠子と同じ女学校の卒業生、珠子よりは二年上級のお姉さんであった。在学中は、双方の父親が親しい間柄であったというばかりではなく、なんとなくお互いに引きつけられる感じで、級は違ったけれど、学校でも評判の仲好し、品子も珠子に劣らぬ美しい娘さんであったところから、この二人は「美貌の友」という、女学生らしい渾名《あだな》で呼ばれていたほどであった。

桜井品子は、そのように美しさでズバ抜けていたけれど、その上彼女は美貌以上の才能に恵まれていた。品子は楽壇《がくだん》にも聞こえたヴァイオリンの名手であった。少女時代すでに天才をうたわれ、さる独逸《ドイツ》人音楽教授の愛弟子《まなでし》となって、年と共にその技は進み、今では懇望《こんもう》されてステージに立つ事もしばしばであった。洋楽を解するほどの人にして、ヴァイオリニスト桜井品子の名を知らぬ者はなかった。

品子が愛友相川珠子の惨死を歎き悲しんだことは云うまでもないが、悲しみはたちまちにして恐れと変わらなければならなかった。赤蠍襲来の不吉な予報が、すでに彼女を襲い始めたからである。ある日、彼女の新しい家庭教師殿村夫人が、まっ蒼になって、品子の肩のあたりを見つめた。ゾッとして振るい落とすと、彼女の肩から、例の悪魔の象徴赤い蠍の死骸が、ポトリと床に落ちたのであった。

品子はこの奇妙な出来事が何を意味するかを、よく知っていた「赤い蠍」は殺人鬼の白羽の矢であった。世にも恐ろしい死の宣告であった。

彼女の繊細《せんさい》な神経は、恐怖の余り、変調を来たさないではいられなかった。品子はその夜から、えたいの知れぬ悪夢にせめさいなまれた。

見る限り灰色の大空に、何かしら途方もなく巨大な生きものが、朦朧《もうろう》と覆いかぶさって、不気味なスロー・モーションでうごめいていた。

そいつの身体は、大空の果てから果てまで伸びて、天日をさえぎりながら、黒雲の如く横たわり、八本の曲がりくねった巨大な脚が、モゾモゾとうごめきながら、豆粒のように小さい品子の上に、摑みかかって来るかと思われた。

そいつの胴体は、沢山の関節から出来ていて、その関節の一つ一つが、大戦闘艦ほどの大きさを持っていた。

海底の生きもののようにボンヤリとしか見えなかったけれど、そいつには、ばかばかしく大きな顔があった。顕微鏡で拡大した毒蜘蛛の頭部のような、醜怪きわまりなき顔があった。そして、その頭部から、平家蟹《へいけがに》の螯が二本、ニョッキリと、遙かの地平線へ伸びて、呼吸をするように閉じたり開いたりしていた。

そいつには又、太古の生物恐竜そっくりの、見るも恐ろしい尻尾があって、それがいまわしい黒い虹のように醜く彎曲《わんきょく》し、その先端に、実物を千倍に拡大したほどの槍の穂先が、ドキドキと鋭く光って見えた。

蠍だ。空一ぱいの黒雲のような蠍だ。歯ぎしりの出るほどいやらしい蠍の腹部だ。

それが、今にも品子をおしつぶさんばかりに、目を圧して迫って来るのだ。

なんとも形容の出来ない、恐ろしい悲鳴を発して、彼女は目覚めた。見廻すと、そこは白い寝室であった。ベッドの枕下の小さい卓上電燈が、天井に丸い光を投げていた。

品子は、全身脂汗にまみれて、恐る恐る寝返りをした。そして、庭に面したガラス窓を見た。

カーテンが半ば開いて、その向こうにまっ暗な夜があった。

品子の寝室は洋館の階上にあったので、梯子でもかけなければ、その窓へ忍び寄ることは出来なかった。その上ガラス戸には、内部から厳重な締りがしてあった。

「大丈夫、大丈夫、窓の外には人間のよじ登る足場なんてありやしないのだから」

彼女は、高鳴る心臓をおし静めるように、自分自身に云い聞かせた。

だが人間はよじ登れなくても、虫なれば、蠍なれば、苦もなく這い上がって来るかも知れない。

ふと、そんなことを考えて、彼女は思わず身震いした。

窓の外を、非常に大きな虫類がゴソゴソと這い上がっている幻想が、今の悪夢の続きのように、彼女を戦慄させた。

「どうかしているんだわ、あたし。そんなばかばかしい事があっていいものですか」

品子はわれとわが幻想を笑い消そうとした。

しかし、あれはなんだろう。木の枝かしら、木の枝が、あんな窓の近くにあったのかしら。

黒いガラス窓の下隅に、何かしら目ざわりな一物があった。

「木の枝に違いない。なんでもありやしない」

ほんとうに木の枝かしら。それが夜風に揺れているのかしら。でも、風があんなふうに動くものかしら。それは、何か生き物の意志で動いているように見えるではないか。

その物は、徐々に大きくなって行くように見えた。窓の下端から、スルスルと伸びて、ガラスの外を這い上がって行くように見えた。

赤黒い棍棒《こんぼう》のようなものであった。その棍棒の尖端《せんたん》がパックリ二つに割れて、内側にギザギザした鋸の歯みたいなものがついていた。

品子は金縛りにあったように、もう身動きする力もなかった。心臓だけが、まったく別の活《い》きものみたいに、彼女の胸の中で跳り狂っていた。

「きっと気のせいだわ。あたしは幻を見ているのに違いない」

気安めを云って見ても、彼女の直覚が承知しなかった。こんなハッキリした幻なんてあるものか。何かしら窓の外を這い上がっているのだ。現にあの棍棒のようなものが、ガラスの面《おもて》をこすって、キーキーとかすかな物音さえ聞こえて来るではないか。

やがて、そのものは、それとわかるほどの姿を現わした。二つに折れ曲がった関節、ゾッとするほど巨大な平家蟹の螯、ガラス板にぴったり吸いついた赤黒い螯、それがワクワクと物を嚙む形で開閉しているのだ。

赤い蠍！

ああ、夢ではない。夢がそのまま現実となって現われたのだ。悪夢の谺のように、突如として、信じがたき怪物が、人間ほどの大蠍が、闇の窓の外に這い寄って来たのだ。

夢ならば醒めることもあろう。だが、現実にはまったく救いがない。螯の次には、あいつの醜怪な顔が、ソッとこちらを覗き込むに違いない。それから、針のような毛のはえた全身が、目まぐろしく動く沢山の脚が、醜くひん曲がった尻尾が……。

余りの恐怖に、品子の五体のあらゆる機関が活動を停止して、全身が底知れぬ深海へ落ち込んで行くように感じられた。青黒い水の層の中を、スーッと沈んで行く。沈むに従って水の層はますます暗くなって行く。そして、ついには文目《あやめ》も分かぬ真の闇にとじこめられてしまった……彼女は極度の恐怖に気を失ってしまったのだ。

怪しの物

だが、その翌朝、朝の物音と太陽の光とが、彼女の意識を呼び戻した。ふと目を覚ますと、品子は別段の異状もなく、昨夜のままベッドの中に横たわっていた。不気味な怪物のうごめいていた同じ窓から、昨夜とはうって変わって、晴れやかな朝の太陽が覗いていた。

彼女は、ベッドを降りて、ソッと窓を開いて見たが、外には何時に変わらぬ庭園の常緑木《ときわぎ》が、青々と茂っているばかり、なんの異常も認められなかった。

やっぱり、あれは夢の続きだったのに違いない。でなくては、あんな大きな蠍なぞが、現実に棲息《せいそく》するはずはないのだから。

「まあ、よかった」

太陽の光が、悪夢の魑魅魍魎をすっかり払い落としてくれた感じで、彼女はすがすがしい気持になれた。ひどく疲れて、頭がフラフラしていたけれど、気を引き立てて身じまいをして、いつもの通り朝の食堂へ出て行った。

「まあ、品さん、どうなすったの、あなたの顔色は？　どっか身体のぐあいが悪いのじゃありませんか」

母夫人が、驚いて訊ねたほど、彼女は蒼ざめていた。

「いいえ、別に。きっと、ゆうべよく眠らなかったせいよ」

品子は何気なく答えた。昨夜の怪物の事など、明るい太陽の下では、ばかばかしくて話し出せなかった。話せばきっと笑われるにきまっていた。

「品子はあの虫のことを気に病んでいるんだよ。だが、心配しなくてもいい。お前のことは警視庁の捜査係長が、すっかり引き受けて、警戒していてくれるんだから。家には腕っぷしの強い書生どもがゴロゴロしているんだし、門長屋《もんながや》にはお巡《まわ》りさんががんばっている。外出さえしないようにしていれば、ちっとも恐れることはないんだよ」

父桜井氏が、政治家らしく磊落《らいらく》に笑いながら、娘を力づけた。

品子はそれを聞くと、ますます昨夜の事が話し出せなくなってしまった。

警視庁の蓑浦《みのうら》捜査係長が父と親しい間柄で、例の蠍の死骸の出来事を通知すると、さっそく出向いてくれて、いろいろ取り調べもし、警戒の手配も講じてくれたのは事実であった。普通の犯罪なれば、これで充分安心出来たに違いない。だが、魔法使いのような妖虫殺人鬼が、こんなことに恐れをなして、手を束《つか》ねているであろうか。

その午後、相川守青年が訪ねて来た。そして、彼もまた品子の蒼ざめた顔色に驚かされ、何かあったのではないかとくどく訊ねた。悪魔の犠牲となった珠子の兄だけに、妖虫の恐ろしさを知り尽くしている彼だけに、その質問は急所に触れていた。

品子はとうとう、それを打ち明けないではいられなかった。

「たぶん、あたし夢を見たんですわ。でも、あんまりばかばかしい事ですもの」

そう照れ隠しの前置きをして、彼女は前章の出来事を詳しく物語った。

「夢ですよ。君がその事ばかり気にしているものだから」

守青年は品子の兄と同じような意見を述べたが、それは相手を安心させる口先ばかりであって、内心ではある恐ろしい疑いを抱いていた。桁《けた》はずれの悪魔を、常規で律することは出来ない。それが信じがたい出来事であればあるほど、かえって用心しなければならないのだ。

彼は帰りがけに、品子に気づかれぬように注意しながら、ソッと庭に降りて、彼女の寝室の窓の下へ行って見た。

「探偵さん」の彼は、そこの地面に何かの痕跡《こんせき》を予想していたようだが、行って見ると、果して果して、そこには余りに明白な悪魔の足跡が残っていた。

ちょうど問題の窓の下のあたりに、棒の先でつけたような穴が二つ、一尺五寸ほどの間隔をおいて、ハッキリと地面に残っていた。

梯子を立てかけた跡だ。

蠍が梯子を使用したのだろうか。あの巨大な妖虫は、まるで人間のように、梯子を登って寝室の窓を覗いたのであろうか。

守青年はいつか、その庭園の一隅の物置小屋の中に、梯子が入れてあるのを見たことがあった。ふと「あの梯子かも知れない」と気づいたので、その物置にはいって調べて見ると、案《あん》の定《じょう》、梯子の脚に、まだ生々しい土が附着していた。

品子は決して夢を見たのではなかった。彼女を襲った怪物は実在のものであった。それは悪魔の殺人遊戯の前奏曲であったかも知れない。犠牲者を思う存分怖がらせ、脅えさせて楽しもうとする、殺人鬼の途方もない稚気であったかも知れない。

守青年は、悪魔のからくりがわかったように思った。お化けの正体を見たように思った。

大胆不敵の賊は、このすばらしい遊戯を、たった一夜で中止するはずはない。怪物は今夜もまた、品子の寝室に這い上がって、彼女の恐怖を楽しむつもりかも知れない。絶好の機会だ。図に乗りすぎた悪魔を捕える絶好の機会だ。この機会を逃がしてなるものか。

だが、この事を家人に告げてはいけない。警察にも知らせない方がいい。下手に騒ぎ立てて、機敏な賊に悟られては、もうおしまいだ。怪物は再び姿を現わさないであろう。

味方は三笠探偵一人で沢山だ。早くこの発見を老探偵に知らせなければならない。そして、今夜こそ、恨み重なる赤蠍を手捕《てど》りにしなければならない。

彼は桜井家を辞するとその足で、三笠探偵が入院している麴町外科医院を訪れた。

だが、探偵は不在であった。表向きは重態でベッドに呻吟《しんぎん》しているように見せかけ、病室の窓のカーテンをとざし、ドアには鍵を掛け、病院の召使さえも近寄らせない用心深さで、この秘密は院長自身のほかは誰も知らなかったけれど、その実病室はもぬけの空であった。老探偵は、敵を油断させておいて、その虚《きょ》に乗じて、妖虫事件の探偵に従事しているのに違いなかった。

守青年はガッカリした。三笠探偵の助力もなく、独りぼっちで怪物と戦うのは、なんとなく不安であった、けれど、今更《いまさら》警察の加勢を頼む気にはなれなかった。騒ぎ立ててぶち毀《こわ》しになることも虞《おそ》れたし、それに、彼にはこのすばらしい発見を独占したいという素人探偵気質《しろうとたんていかたぎ》があった。独力で、恨み重なる悪魔の正体をあばいてやりたいという、稚気のようなものがあった。

その夜更け、守青年はまっ黒な背広に身を包み、父の書斎からソッと持ち出したピストルをポケットに忍ばせ、桜井家へ出かけて行った。

誰にも知らせず裏庭へ忍び込まねばならない。それには塀を乗り越すほかに手段はなかった。彼はまるで泥棒のように、裏の板塀をよじ登って、庭内の木立の闇に身を潜めた。

木立を通して、洋館の二階の品子の寝室が眺められた。問題の窓には今夜は用心深くカーテンが引いてあったが、室内の電燈に、そのカーテンが赤黄色く透《す》いて見えた。召使たちももう就寝したのであろう、邸内は森《しん》と静まり返っていた。空には一面の星明かり、少しも風のない、異様に物静かな夜であった。

闇の中にじっとしゃがんでいると、靴の底から寒さが這い上がって来る。寒さのためにか、恐ろしさにか、身体がガクガクと震えてくるのを、彼は歯を嚙みしめて、じっと堪《こら》えながら、実に長い長い時間を、一つの黒い石ころのように、身動きもしないで待ちかまえていた。

やがて、彼が庭内に忍び込んでから二時間ほどもたった時分、彼の予想は恐ろしくも的中して、さいぜん彼が乗り越した板塀の上の星空に、なんともえたいの知れぬ物の姿が、ニュッと現われた。

星の光と、闇に慣れた視力で、その物の姿を、やや明瞭に見て取ることが出来たが、如何にもそれは驚くべく巨大な一匹の蠍に相違なかった。

そいつは、実に不器用な恰好で塀を乗り越すと、転がるように地上に飛び降りて、そこの闇にじっと横たわったまま、邸内の気配を窺うのか、しばらくは身動きもしなかった。

守は今、その全身を朧《おぼろ》に眺めることが出来たが、毒蜘蛛を千倍に拡大したような、醜怪兇悪な妖虫の姿に、思わずゾッと総毛立たないではいられなかった。

むろんこんな怪物が東京のまん中に棲息しているはずはない。子供だましの作り物にきまっている。だが、それとは承知しながらも、闇の中にうごめく、余りに突飛な物の形に、脅えないではいられなかった。

それに、妖虫の姿はたとい縫いぐるみであっても、その中に隠れている人間こそは蠍にもまして恐ろしい悪魔なのだ。

見つめていると、巨大な虫は、ソロソロと地上を這い始めていた。ニョッキリと聳えた二本の螯《はさみ》は、案の定庭の隅の物置小屋に向かっている。彼は先《ま》ずそこの梯子を取り出すつもりであろう。

守は少なからず躊躇を感じた、いっそ手捕りにすることは諦めて、こいつのあとを、気長に追跡してやろうかとも考えた。だが、敵は縫いぐるみに包まれた不自由な身体だ、力では引けを取らない自信がある。それに、万一の場合には大声にわめきさえすれば、邸内の書生などが助けに来てくれるであろう。この絶好の機会を見す見す逃がすのは如何にも残念だ。

「ええ、やッつけろ！」

彼は咄嗟に決心すると、スックと立ち上がり、黒い風のように駈け出して、物をも云わず怪物目がけて飛びかかって行った。

幸い、相手は腹這いになっている。彼はその上に馬乗りになって、グイグイと圧えつけさえすればよかったのだ。

彼の計画は見事に成功した。巨大な蠍は、彼の下敷きになって、奇妙なうめき声を発しながら、もがいた。もがきにもがいて、怪物はやっと身体の向きを仰向《あおむ》きに変え、例の螯を振って抵抗した。

だが、守は怪物を圧えつけたまま、ふと妙な不安に襲われないではいられなかった。なんとなく変なぐあいであった。

こいつはいったい何者だろう。なんて力のないやつだ。

それに骨格と云い、身体の恰好と云い、まるで子供みたいにちっぽけなやつじゃないか。こいつは首領の青眼鏡ではないのだ。だが、賊の仲間にこんな子供がいたのかしら。

蠍の縫いぐるみの中でうごめいているやつは、疑いもなく子供であった。彼はみじめな泣き声になって、さも苦しそうにうめいていた。

なんというぃやな声だ。おやッ、この声はどっかで一度聞いたことがあるぞ……ああ、そうだ。谷中の化物屋敷で、映画女優が惨殺された時、箱の中で歌を歌ったやつの声だ。異様にしわがれた浪花節語りのようなあの声だ。

守はそこまで考えると、思わずゾッとして、圧えていた手を離してしまった。なんともえたいの知れぬ、水母《くらげ》のように無力な怪物が、彼を怖がらせたのだ。

ふと、昨夜の三笠探偵の言葉が思い出された。谷中の殺人事件では、小さな木箱の中に潜んでいたやつ、三河島の八幡の藪知らずでは、張りぼての岩に潜んでいて、老探偵を傷つけたやつ、そして、今は又、蠍の縫いぐるみの中に隠れて、品子さんをおびやかそうとしているやつ、こいつこそ、妖虫殺人事件の底に潜む不気味な秘密ではないか。もしかしたら、今まで首領とばかり信じていた青眼鏡は首領でなくて、このちっぽけなやつが、恐るべき殺人団の張本人なのではあるまいか。

気がつくと、手を離していたあいだに、怪物は力を回復して、やっぱり不気味な泣き声を立てながら、手足をもがいて、一生懸命に起き上がろうとしていた。

「畜生！　逃がすものか」

守は俄かに燃え立つ憎悪に、もう無我夢中になって、怪物の喉のあたりを締めつけた。拇指《おやゆび》に力を入れて、グイグイと締めつけるにつれて、しわがれた泣き声が苦しそうに衰えて行った。

怪物は、守の手の下で、窒息《ちっそく》しそうになっているのだ。もう一分間、この圧迫を続けたら、彼は死んでしまったかも知れない。

だが、ちょうどその時、どこからともなく庭の樹立《こだち》をくぐって、物の怪のような黒い人影が、守青年の背後にソッと忍び寄って来た。

その黒い影の手には、白布を丸めたようなものが握られていた。それが矢のようなすばやさで、青年の顔の前に飛びついて行った。

守は突如として、異様な臭気を発する柔らかい物体が、口と鼻を覆うのを感じた。振り払おうとすればするほど、その物体は、ますます固く密着して来た。

叫ぶこともどうすることも出来なかった。グラグラと眩暈を感じたかと思うと、目の前の暗闇が、たちまち灰色にぼやけて行って、何もかもわからなくなってしまった。彼は麻酔剤のために意識を失ったのだ。

守は薄れて行く意識の中で、かすかに彼の身体が宙に持ち上げられるのを感じた。持ち上げられたまま、フワフワと漂って行くように感じた。

事実、意識を失った彼の身体は、黒い人影によって、どこかへ運ばれて行ったのだ。この人影が何者であったかは、読者の容易に推察されるところであろう。守青年は功を急いだばっかりに、ついに悪魔の手中におちいってしまった。彼はどのような場所で再び目醒めることであろう。そして、どのような恐ろしい光景を目撃しなければならなかったことであろう。

いつも何かに包み隠されている、ちっぽけな、不気味な怪物とは、そもそも何者であったか。そいつは果たして殺人団の真の首領であったのか。もしそうだとすれば、この力のない子供みたいなやつが、残虐極まりなき数々の殺人を思い立った動機は、いったい何にあったのであろう。

ビルディングと蠍

その翌日、帝都の二カ所に、常識では判断も出来ない奇怪事が突発した。一カ所は丸の内のオフィス街のまん中に、一カ所は桜井邸の二階大広間に。

われわれは順序として、先《ま》ず丸の内の椿事について語らなければならぬ。

初春の午前八時、丸の内オフィス街はまだ夜明けのヒッソリとした感じであった。

片側には八階のSビルディング、片側には六階のYビルディング、空を圧してそそり立つ白堊《はくあ》の断崖にはさまれた深い谷底に、電車線路のない坦々《たんたん》たるアスファルト道路が、白々と続いていた。

その妙にうそ淋しい、ガランとしたアスファルト道を、恐らく当日第一の出勤者であろう、一人の勤勉らしい事務員がSビルディングを目ざして、コツコツと靴音を谺させながら歩いていた。

時たま、眠そうな顔をした運転手の空《から》自動車が、スーッと通り過ぎて行くほかには、ほとんど人通りはなかった。

起きているのは、ビルディングの地階に住んでいる管理人や小使の家族だけで、彼らは入口の扉を開き、朝の掃除を済ませて、朝食の膳に向かっている頃であった。

事務員は半丁ほど先から、Sビルディングの入口の前に横たわっている、一種異様の物体に気づいていた。

酔っぱらいが寝ているのかしら。それとも行路病者《こうろびょうしゃ》(注4)かしら。だが、変だな。あいつまっ赤な着物を着ているぜ。

堂々空を圧する白堊の建築物と、美しく掃き清められたペーヴメントと、すべて直線的な均整の中に、これは又ひどく大時代な、赤い着物を着た酔っぱらいなんて、なんとなく気違いめいた対照であった。

やがて、歩一歩、近づくにしたがって、そのものの形態がハッキリとわかって来た。それは人間ではなかった。何かゾッとするような、いやらしい一種の生物であった。一《ひ》と口《くち》に云えば、茹でた海老を千倍に拡大したような、かつて見た事もない怪動物であった。

事務員は立ちすくんでしまった。昨夜の夢がまだ醒めきらないのかしらんと、われとわが目を疑わないではいられなかった。

その怪物は生きているのか死んでいるのか、じっと横たわったまま、少しも動かなかった。巨大な螯がニューッと頭の上に突き出し、光沢のない、べら棒に大きな両眼が、こちらを見つめているけれど、別に飛びかかって来る様子はなかった。

事務員は立ちすくんだまま、いつまでも、そいつと睨めっこをしていた。じっと見つめていると、眼界が夢のようにぼやけて、八階の大ビルディングが、箱庭のおもちゃの家のように小さくなって行った。

それは、建物の前に横たわっている怪物と、寸法を合わせようとする、心理的錯覚であった。ビルディングがおもちゃみたいに縮小された時、それに比例して怪物を一匹の虫のように小さく考えた時、初めてそのものの正体が明瞭になったのだ。

事務員は今度こそ、心底からびっくりしないではいられなかった。

「蠍だ！　赤い蠍だ！」

しかも、並々の蠍ではない。千倍万倍に膨脹して、人間ほどの大きさを持った、化け蠍であった。
タ、タ、タ、タ……ちょうどその時、一人の足袋はだしの新聞配達夫が、うしろから走って来て、なんの気もつかず、彼を追い抜いて行こうとした。
「オイ、君、ちょっと待ちたまえ」

事務員は配達夫を呼びとめて、さも恐ろしそうに、怪物の方を指さして見せた。

「ワーッ、なんだい、あれゃ？」

若い配達夫は、ギョッと立ち止まって、臆病を隠すように、頓狂な声を揚げた。

「よく見たまえ。あれは蠍という毒虫の形をしているじゃないか」

「エッ、蠍ですって？　ああ、そうだ。まっ赤な蠍だ」

二人はおびえた目を見合わせて黙ってしまった。彼らはこの頃世間を騒がせている、恐ろしい殺人鬼の紋章について、知りすぎるほど知っていたからである。

ふと見ると、Sビルディングの小使《こづかい》の爺さんが、何気なく入口に現われて、そこの石段を降りようとしている。

「いけない、おじさん、そこをごらん。変なものがいるぜ」

配達夫が大声に叫んだ。

小使は注意されて、ヒョイと目の前を見ると、びっくりして、いきなり入口の中へ二、三歩逃げ込んで行ったが、やっと踏み止《とど》まって、遠くから及び腰に、怪物の姿をじっと眺めた。

つい先程、その辺を掃除した時には、何もなかったのに、忽然《こつぜん》として天から降ってでも来たように、出現した怪物に、小使さんはあっけに取られているのだ。

やがて、二人三人とやって来る早い出勤者や、その辺の地階に住んでいる人たちが、怪物を遠巻きにして、円陣を作ってしまった。

いくら騒いでも、怪物が微動さえしないので、人々はだんだん大胆になって、一歩一歩円陣が狭められて行った。

「なあンだ、拵《こしら》えもんですぜ。こいつあ」

威勢のいい若者が、いきなり怪物に近寄って、その頭部をコツコツ叩きながら叫んだ。

「科学博物館の動物標本室にこんなのがあったっけ。あいつを盗み出して捨てて行ったんじゃないか」

誰かが、うまい想像説を持ち出した。

「ともかく、どっかへかたづけてしまう方がいい。邪魔っけで仕様がない」

事務員の一人が命令するように云うと、二人の小使が、オズオズと巨大な虫のそばへ寄って行ったが、まだ手をつける勇気はなく、足を使って、道路の隅の方へ転がそうとした。

「なんだか、べら棒に重うがすぜ」

ウンと力を入れて、一と蹴りすると、今まで俯伏せになっていた怪物が、グニャリと仰向きになって、なんとも云えぬいやらしい形の腹部を見せたが、それと同時に、実に驚くべき事が起こった。

怪物の二本の巨大な螯は、転がされた反動でブルブル震えていたが、その震えがいつまでたってもやまなかった。やまないばかりではない。螯は明らかに怪物の意志によって動き始めたのだ。

やがて、二本の螯が、頭の上で、大きく半円を描いたかと思うと、今度は、巨大な虫の全身がモゾモゾと動き出して、まともに起き返ろうと身もだえするかに見えた。あの怪物のような大蠍は、やっぱり生きていたのだろうか。

たちまち「ワーッ」という叫び声と共に円陣がくずれた。気の弱い連中は、顔色を変えて、向こう側の建物の中へ逃げ込んでしまった。

「生きている！　生きている！」

人々のあいだに、驚愕の呟《つぶや》きが拡がって行った。

熱帯国にはさまざまの巨大な生物が棲息するということだ。雀を取って餌食にする大蜘蛛さえ棲んでいる。だが、ここは熱帯国ではない。東京のまん中のビルディング街だ。

ラッシュ・アワーには何十万という群集が往来する雑沓《ざっとう》の地だ。そこに人間大の蠍がうごめいているなんて、余りに荒唐無稽《こうとうむけい》、余りに信じがたいことではないか。

「ああ、わかった。あれは人間だぜ。人間があんな変てこな虫の衣裳を着ているんだぜ」

誰かがやっとそこへ気がついて叫んだ。

云われて見ると、外側は確かに拵えものの衣裳に相違ない。動いているのは中の人間なのだ。巨虫の殻を被《かぶ》った人間なのだ。

「T劇場でこんな芝居をやっているんじゃないのかい」

一人の若い事務員が、そんなことを云った。

近くにあるT劇場の楽屋《がくや》から、扮装《ふんそう》のまま這い出して来たというのは、面白い想像であった。だが、T劇場にはそんな昆虫劇など演じられてはいなかったのだ。

人間とわかって安心した小使さんたちが、再び怪物に近づいて行った。よく調べて見ると、蠍の胸のところが割れるようになっている。そこを押し開いてみると、黒い背広服が現われて来た。

「やっぱり人間だ。若い男だ」

やっとの事で虫の衣裳を脱がせると、病人のように元気のない一人の洋服青年が、ページヴメントの上にグッタリとなった。いくら呼びかけても、まだ返事をする気力がなかった。

「病人だぜ。早く医者へつれて行かなきゃ」

「それよりもお巡りさんに引き渡した方がいいぜ」

呼びに行くまでもなく、騒ぎを聞きつけてお巡りさんがやって来た。

「オイッ、しっかりしたまえ。どこが悪いんだ。君はいったいどこからやって来たんだ」

警官に背中をぶちのめされると、若者はやっと目を見開いて不安らしくあたりを眺めた。

「君はどこのもんだ」

再び訊ねると、若者はモグモグと口を動かして、かすかに答えた。

「相川守っていうんです……赤蠍にやられたんです」

「エッ？　じゃあんたは、あの相川操一さんの……」

「そうです……珠子の兄です」

立ち並ぶ人々は、それを聞くと、ハッとして思わず目と目を見合わさないではいられなかった。

相川珠子と云えば、殺人鬼「赤い蠍」の第二の犠牲者として、無残にもその死骸を銀座街頭に曝された娘さんではなかったか。

今日又、その兄さんが、怪犯人の紋章と云われる、赤い蠍の衣裳を着せられて、丸の内のまん中に行き倒れていようとは。

「詳しいことはあとで聞きます。ともかく、あなたのお宅へ電話をかけて、この事をお知らせしましょう」

警官はひどく緊張した面持で、小使を案内に立てて、電話を借りるために、Sビルディングの中へ駈け込んで行った。

もぬけの殻

同じ日の午前十時頃、四谷《よつや》の桜井品子の家には、又別の椿事が突発していた。品子を初め桜井家の人たちは、その朝丸の内の怪事件をまだ耳にしていなかった。又前夜同家の庭園内で行われた相川青年と曲者との格闘のことも、少しも気づかないでいた。

品子は、昨夜少しばかりいやな夢に悩まされはしたけれど、一昨夜のように、窓から覗く恐ろしいものの姿を見ないで済んだことを喜んでいた。

やっぱりあれは気のせいだったに違いない。皆に話をしなくっていいことをしたと、ホッと胸なでおろす気持だった。

午前九時半には、新しい家庭教師の殿村夫人がやって来た。

「今日は大変お顔色がよござんすわね」

殿村夫人は昨日に変わる品子の顔色を見て云った。

「ええ、昨夜はよく眠れましたのよ」

品子もほがらかに答えた。たった半時間あとに、どのような恐ろしい運命が、待ちかまえているかも知らないで。

しばらく話しているうちに、女中が朝のお風呂が沸いたことを知らせて来た。

「先生、ちょっと失礼しますわ」

「ええ、どうかごゆっくり。わたくし階下《した》でお母さまとお話ししていますから」

そうして、品子は湯殿へおりて行ったが、風呂をすませて、手早くお化粧をすると、元の二階の居間へ帰るために、裏階段を上がって、そこにある大広間の前の廊下を歩いていた時、彼女はふと障子の嵌《は》め込みガラスの向こうに、異様な物の姿を認めて、思わず立ち止まった。

そこは二十畳ほどの大広間なのだが、めったに使わない座敷だものだから、北側の窓などは両方をしめたままになっていて、部屋の中は陰気に薄暗かった。その薄暗い床の間の前に、何かしら見なれぬ大きなものが置いてあるのだ。

「まあ、あんなもの、いつの間に、誰が持ち込んだのでしょう」

品子さんは、いぶかしさの余り、障子をあけて、二た足三足、その床の間の方へ近づいて行った。

近づいて行ったかと思うと、彼女は電気にでも打たれたように、ハッと立ちすくんでしまった。飛び出すばかり見開かれた両眼が、釘づけになったように、その物体に注がれたまま動かなかった。

突如として、絹を裂くような悲鳴が、彼女の口をほとばしった。そして、身体は水母のように力なく、クナクナとくずれて行った。

悪夢とばかりきめていたものが、まざまざとした現実となって、彼女の前に現われたのだ。そこの床の間の前には、あの人間ほどのまっ赤な大蠍が、品子さんを睨みつけるようにして、今にも飛びかからん姿勢でうずくまっていたのだ。

悲鳴を聞きつけてまっ先に駈けつけたのは、殿村夫人であった。

「みなさん、お嬢さまが大変です。早くいらしって下さい」

夫人の金切声《かなきりごえ》が、家じゅうの人々を大広間に呼び集めた。折よく居合わせた父栄之丞氏をはじめ、母夫人、書生たちから女中までが、先を争うようにして、集まって来た。

人々はそこに、世にも異様なすさまじい光景を目撃しなければならなかった。

床の間の前には、かつて見たこともない怪しいものが、醜怪きわまる姿勢でうずくまっていた。そして、その畳二枚ほど手前には、品子さんが歯を喰いしばって気絶していたのだ。

ここにもまた、今朝の丸の内の場合と同じような事が繰り返された。最初のうちは、生けるが如き怪物の形相に、誰一人そこへ近づくものはなかったが、やがて、それが恐るるに足らぬ拵えものに過ぎないことがわかって来た。

手に取って検《しら》べて見ると、大蠍の正体は、薄い金属を芯にして、布を張り絵の具を塗った、鎧のような感じのものであった。

頭と尻尾とを持って押さえつけると、小さく折り畳むことも出来るようになっていた。

この大蠍は皮ばかりで中は空っぽであった。おもうに賊はこの異様な衣裳を二つ以上用意して、一つは相川青年に被せて丸の内へ、一つは空っぽのまま桜井家の広間へ運んでおいたものに相違ない。

「おや、蠍の螯のあいだから、こんなものが出て来ました」

書生の一人が、白い一物を発見して、桜井氏に差し出した。それは小さく畳んだ一枚の紙片《かみきれ》であったが、開いて見ると左のような恐ろしい文言が認《したた》めてあった。

> われわれは本日中に品子さんを頂戴に上がる予定だ。ずいぶん用心なさるがよろしい。だが、貴下はやがて、如何なる警戒もわれわれの前には全く無力であることを悟られるであろう。われわれは一度思い立った事は必ず為しとげる習慣《ならわし》である。

文の末に例の赤い蠍の紋章が鮮やかに描かれていた。

品子さんは直ちに寝室に運ばれたが、殿村夫人の事に慣れた甲斐甲斐しい介抱で、やがて彼女は正気づいた。ただ驚きの余り気を失ったまでの事、安静にさえしていれば、別に心配するほどの容態ではない。

云うまでもなく、この出来事は、直ちに警視庁に報告された。桜井氏自身電話口に出て、知り合いの蓑浦捜査係長を呼び出し、不気味な予告文のことも詳しく伝えて、至急適当の処置を執っていただきたいと依頼した。

蓑浦警部はこの電話を聞くと、非常に驚いているようであったが、すぐさま捜査課のものを四人ほどさし向ける、蓑浦氏自身も少しおくれてお伺いするという返事であった。

待つ間程なく、門前にけたたましい警笛の音がして、自動車を駆ってかけつけた二人の制服警官と二人の私服刑事とが、ドカドカとはいって来た。

彼らは主人から委細を聞き取ると、大蠍の衣裳を綿密に取り調べた上、目ざましい邸内捜索を開始した。たちまちにして、庭園の足跡、格闘の痕跡、品子さんの寝室の下の梯子の跡などが発見された。だが、それらの痕跡が何を語るものであるかは、さすがの警官たちにも、明瞭な判断を下すことが出来なかった。

次に家じゅうの人々の個別訊問が行われた。主人から召使の末まで、階下の応接室に呼び集められ、一人一人質問を受けた。

「これでお宅の方は全部ですか。ここへ来ていない人はありませんか」

警部補の肩章をつけた制服の一人が訊ねると、主人の桜井氏が答えた。

「いや、このほかに娘の家庭教師と女中がいるのですが、二人は今娘の寝室に附き添っていますので」

「ああ、そうですか。よろしい、こちらから出向いて訊ねる事にしましょう。どうせお嬢さんからも伺いたいことがあるのですから」

警部補はそういって、二人の刑事に目くばせすると、刑事たちは急いで二階へ上がって行った。

間もなく取り調べは終わったが、これという発見もないらしく見えた。

「女中さんが、今朝大広間を掃除した時には何もなかったというのですから、その掃除の終わった七時半頃から、お嬢さんがあれを発見なさる十時頃までの二時間半のあいだに何者かがあれを広間へ運び込んだということになります。

恐らくそいつは、庭から梯子をかけて忍び込んだのでしょう。その頃お嬢さんの寝室には誰もいなかった上に、窓は明けはなしてあったのだから、たぶん賊はそこからはいって、廊下伝いに広間へ行ったものと思われます。庭にちゃんと梯子を立てた跡があるんですから、この推定は間違いありますまい」

警部補はそんなふうに判断した。だが、それ以上の事は何もわからなかった。

そうしているところへ、品子さんの寝室へ取り調べに行った二人の刑事が、広間に残してあった例の大蠍を抱きかかえて降りて来た。

「お嬢さんの話では、一昨日《おととい》の夜更けに、寝室の窓から、この蠍が覗いたって云うんです。夢を見たんだと思って、誰にも云わなかったのだそうです。そういう事があったあとだものだから、今日こいつを見られた時、一そう驚きがひどかったのだろうと思います」

刑事が報告した。

「ホウそんなことがあったのですか。わたしはちっとも知らなかった」

桜井氏も初耳であった。

「いずれにしても、相手が並々のやつじゃないのだから、よほど用心しないといけません……これでお宅の調べは終わりました。われわれは今度はお庭の塀の外や隣近所の人たちを調べてみたいと思います。なお僕の方も警戒は厳重にするつもりですが、あなたの方でも、充分注意して下さい。何よりもお嬢さんを絶対に一人ぼっちにしないことが肝要ですね」

警部補は注意を与えておいて、

「では外を調べますから」

と三人の部下を従えて、邸内を立ち去って行った。例の作り物の大蠍は、賊の予告状と共に、証拠物件として警察に保管するために、そのまま二人の刑事が抱きかかえて、門前に待っていた自動車へ運び込んだ。

「あなた大丈夫でしょうか。相川さんのお嬢さんのことを考えると、あたしもう、生きた心地が致しませんわ。それに、あなた、あの賊の予告はいつも間違いなく実行されると申すじゃございませんか」

夫人は泣き出さんばかりのオロオロ声であった。

「なあに、そんな取越苦労《とりこしぐろう》をして見たって始まらんよ。用心さえすればいいのだ。これからは三人の書生を夜昼絶え間なく品子のそばへつけておくことにしよう」

「あたしたちも、あの子のそばで寝ることに致しましょう」

「ウン、それもいいだろう。……じゃ、一つ品子を見に行ってやろうじゃないか。警察のお蔭で、肝腎《かんじん》の病人の方がお留守になってしまった」

そこで、桜井氏夫妻は、可哀そうな品子さんを慰めるために、階段を上がって、その寝室へはいって行ったのだが……。

ドアを開《あ》けるや否や、さすがの桜井氏も、「アッ」と、のけぞらんばかりに驚かないではいられなかった。

女中が気を失って倒れている。殿村夫人は猿ぐつわをはめられ、手足を縛られて転がっている。ベッドはと見ると、これはまあどうしたことだ。品子さんの姿は煙のように消えてなくなっていたではないか。

夫人は、余りの事にそこの椅子にヨロヨロと腰かけたまま、茫然《ぼうぜん》として物を云う力もない。

「オーイ、誰か来てくれ。早く早く」

桜井氏は廊下に飛び出して大声に怒鳴った。

バタバタと書生どもが階段を上って来る。

「今の警官たちがまだその辺にいるはずだ。早く呼び戻してくれ。お嬢さんが見えなくなりましたといって」

書生たちが駈け出すあとについて、桜井氏も階段を降り、電話室に飛び込むと、受話器をガチャガチャ云わせて、性急に交換手を呼んだ。

だが、いくら待っても交換手は出て来なかった。どうも変だ。受話器の中は死んだように静まり返って、電流が遮断されているとしか思えなかった。時も時、電話に支障が起こるとは。

電話を諦めて玄関へ飛び出して行くと、外から帰って来た書生たちとぶッつかった。

「どうだ。さっきの人たちはまだいたか」

「どこを探してもいないんです。第一、あの自動車が見えません。警視庁へ帰ったのじゃありませんか」

「そうか。仕方がない。君、お隣の電話を借りてね（家《うち》の電話は故障らしいんだ）、この事を警視庁へそう云ってくれたまえ。早くしたまえ」

一人の書生がお隣の門内へ駈け込んで行く。桜井氏はそれを待つのももどかしく、「いや、俺がかけよう」と口走りながら、書生のあとを追って行った。

大魔術師

「ああ、もしもし、蓑浦捜査係長は居られませんか。僕は桜井というもんです。桜井と云えばわかります」

　そこの家の電話室へ飛び込んで、警視庁を呼び出すと、彼は送話口にしがみつくようにして呶鳴った。

「ああ、蓑浦君ですか。僕桜井、大変なことが起こったんだ。君がよこしてくれた人たちが取り調べを済ませて帰ったすぐあとでね、娘が見えなくなったんだ。ベッドに寝させてあったのだがね。そのベッドが空っぽになっちまったんだ」

　すると先方は妙なことを云い出した。

「ああ、もしもし、あなた桜井栄之丞さんですね。なんだか話が喰い違っているようですが。私からだと云って誰かがそちらへ行ったんですか」

「何を云ってるんだ。今から三十分ほど前に、君に電話をかけたじゃないか。それで君が四人の警官をよこしてくれたんじゃないか」

「待って下さい。そりゃ変ですね。私はあなたから電話を頂いた覚えはありませんよ。ちょっと待って下さい。尋ねて見ますから……ああ、もしもし、今尋ねて見ましたがね、捜査課からは誰もあなたの方へ出張したものはありませんよ。確かに警察のものだったのですか」

「そうですよ、制服が二人に私服が二人だった。中に警部補がいてね、斎藤《さいとう》という名刺をくれましたよ」

「エ、斎藤？　斎藤ですか。桜井さん、こりゃ困ったことになりましたね。僕の方には斎藤なんて警部補は一人もいないんですよ。その警官というのが賊の変装だったかも知れません。ともかく大急ぎでお邪魔します。詳しいことはそちらで伺いましょう」

そして、ガチャンと受話器をかける音がして電話が切れた。

桜井氏は、この途方もない錯誤《さくご》の意味をどう解いていいのか、まったく昏迷《こんめい》におちいってしまった。

さっきの電話は確かに警視庁へ通じたのだ。そして蓑浦氏らしい声が電話口へ出たことも間違いない。いかな赤蠍の怪腕でも、電話局のつなぐ相手を、外部からどうすることが出来よう。まったく不可能な話だ。

それが第一の不思議。第二の不思議はいつの間に品子を誘拐したかという点だ。四人の者は、衆人環視の中を、堂々と退出したではないか。そこには何らトリックを弄する余地はなかった。とすると、彼らのほかに別働隊があって、裏庭から例の梯子を利用して、品子の寝室の窓によじ登ったとしか考えられない。そして殿村夫人と女中とをやッつけておいて、同じ梯子によって、品子をかつぎ出したとしか考えられない。

だが果たしてそんな余裕があっただろうか。刑事たちが寝室の取り調べを終わって降りて来てから、桜井夫妻が上がって行くまで、せいぜい長く見て十分しかなかった。たった十分のあいだに、梯子をかけ、それを登り、窓から闖入《ちんにゅう》して、女中を殴打昏倒せしめ、殿村夫人を縛り上げて猿ぐつわをはめ、それから品子を無抵抗にしておいて窓からかつぎ出し、梯子をどこかへ隠した上、裏の塀を越えて逃げる。それが品子という重い荷物をかつぎながらだ。たとい二人三人力を合わせたとしても、十分《じゅっぷん》で出来る仕事ではない。殊に塀の外には、往来の人もあり、その目をさけるためには更に一そうの時間を要するわけだ。これもまた全然不可能な話ではないか。

だが、いかに不可能ばかり重なっていようとも、品子を奪い去られたという事実は、厳として存するのだ。

魔術師だ！　赤蠍の怪賊が魔術師とは聞いていたが、これほどの大魔術師とは知らなかった。

桜井氏はもうガッカリしてしまって、トボトボと自宅に帰ったが、帰ると怪我人をその儘《まま》にしておくわけにもゆかないので、それぞれ指図を与えて殿村夫人と女中とを、階下の一室の床に就かせ、医者を呼びむかえたのであるが、女中の方は可なりの重態で昏睡《こんすい》を続けているし、殿村夫人も別段傷はうけていなかったけれど、恐怖のあまり熱病やみのようになって、囈言《うわごと》など口走る有様で、なんのたよりにもならなかった。

やがて間もなく蓑浦氏が二人の刑事を伴って来着した。桜井氏はさっそく応接室に請《しょう》じ入れて、挨拶もそこそこに、今朝からの出来事、品子さん消失の不審の数々を、かいつまんで物語った。

無髯《むぜん》の浅黒い顔、豹《ひょう》のように精悍《せいかん》な体軀《たいく》、テキパキと無駄のない会話、見るからに頼もしげな蓑浦係長は、委細を聞き終わると、管々《くだくだ》しい事は何も云わず、

「第一に電話を検べて見ましょう」

と、もう立ち上がっていた。

検べて見ると、電話は依然として不通である。

「何か細工がしてあるかも知れん。君たちこの電話線を外へたどって見てくれたまえ」

彼は二人の刑事に命じた上、自分もすばやく庭に出て、空中線をアチコチと見廻っていたが、たちまち裏庭の隅から、彼の叫び声が聞こえて来た。

「桜井さん、ちょっと来てごらんなさい。これですよ。この中に私設交換局が出来ていたのですよ」

呼ばれるままに行って見ると、係長は庭の隅の小さな物置小屋の戸を開いて、しき

りとその中を指さしている。

見ればなるほど、小屋の屋根から二本の電話線らしいものが、床の上まで垂れている。

「どうしたわけです。これが交換局というのは？」

桜井氏にはまだよく呑み込めない。

「ほら、この二本の線を逆にたどってごらんなさい。向こうの母屋《おもや》の屋根のところから、ここへ引き込んであるでしょう。本来は、この二本の端がそこに立っている電柱に繋《つな》がっていなければならないのです。事実昨日までは繋がっていたのです。ごらんなさい。ちゃんと切断したあとが見えている。

「つまりですね。犯人は昨夜のうちに、この線を切って、小屋の中へ引き込み、そこへ電話器を持って来て接続しておいたのです。そしてたぶん一人のやつが、この小屋につい今しがたまで潜んでいて、あなたが警視庁へ電話をかけるのを待ちかまえておったのです。

「おわかりでしょう。あなたが聞いた交換手の声も、警視庁の交換台の声も、それから、この僕の声もすべてここにいたやつが、この電話器によって、女になったり男になったり、一人三役を勤めたってわけですよ。

「そして、目的を果たしてしまうと、奴《やっこ》さん電話器だけを取りはずし、それを担いで裏木戸かなんかから、スタコラ逃げ出したっていう順序です。だが、敵ながらあっぱれですね。実に簡単なうまいトリックを考えたものですよ」

「フーン」桜井氏は思わずうめき声を発した。「そいつの合図で、あの四人のやつがやって来たんだな。だが、蓑浦君、まだ一つ肝腎な点が、僕にはどうしてもわからないのだが……」

「お嬢さんがいつ、どうして誘拐されたかという点でしょう」

係長は落ちつき払っている。彼はシガレット・ケースをパチンと云わせて、煙草をくわえると、火をつけて、煙を吐きながら、庭をブラブラと歩き出した。桜井氏も自然そのあとに従うほかはない。

「そうだよ。僕にはまったく不可能にしか見えんのだが」

「この電話のトリックを思いついたやつと、同じ程度の頭になって、考えて見なければなりません。僕もさいぜんからそれをいろいろやって見たのですが、やっとわかったような気がするんですよ」

「ヘエ、わかったって？　じゃ一つ説明してもらいたいもんだね」

「やっぱりごくごく簡単なことです。手品の種というやつは簡単なほど成功するもんですよ。ただ一つの事を思い出しさえすればいいのです。その偽刑事のやつらは蠍の衣裳を姿のままの形で、小脇に抱きかかえて行ったと云いますね。なぜそんな無駄骨を折ったのでしょう。

「さいぜんのお話では、その大蠍は関節と関節のあいだに可なりの隙間があって、押さえつけるとずいぶん小さくなりそうだという事でしたね。むろんそうあるべきです。犯人があれをここへ運んで来る時も、原形のままじゃかさばって、人目について仕様がなかったでしょう。その縮めれば持ち易くなる品を、わざと原形のまま抱えて行ったという、この矛盾が何を意味するか……」

「わかった、わかった。僕はどうしてそこへ気がつかなんだろう。ああ、残念なことをした」

桜井氏は突如としてすべてを理解した。

「あの二人のやつは、娘を取り調べると云って、寝室へ上がって行った。そこにはか弱い女ばかりだった。二人の力で、女中をなぐり倒し、殿村夫人を縛るくらいのことは訳はなかったろう。そしておいて、品子も、ああ可哀そうに、娘も縛ったのだ。猿ぐつわをかませたのだ。そして、大蠍の殼の中へ無抵抗の品子を封じ込め、実は重い品物を、さも軽々と抱きかかえて、表の自動車まで運んで見せた、というわけだね。畜生め！　なんという悪がしこいやつだ。なんという悪魔だ」

桜井氏は地だんだを踏むようにして、くやしがった。

一見まことに子供らしい大蠍の道化《どうけ》衣裳《いしょう》にも、かくして三重の意味がこもっていた。第一は餌食の品子さんを脅え怖がらせ、責めさいなむため、第二は邪魔者の探偵青年相川守をして丸の内のまん中で赤恥をかかせるため、第三は品子さんをその中に隠して、少しも怪しまれることなく、邸内から持ち出すため。それを助けるに、私設交換局のトリックと、変装警官のトリックとをもってして、殺人鬼のお芝居気たっぷりな計画は、実に見事に成就されたのであった。

さて、桜井品子さんは、あらゆる警戒の甲斐もなく、賊の大奇術によって、ついに誘拐されてしまった。ただ誘拐したばかりで満足する賊ではない。彼は次には、如何なるお芝居と、如何なる残虐とを用意しているのであろうか。

それにしても、麴町外科医院を抜け出した三笠竜介探偵は、いったいどこで何をしているのだろう。彼のことだ、いずれは常人の思いも及ばぬ神算鬼謀《しんさんきぼう》をもって、一挙にして怪賊の正体をあばき、その連類を一網打尽し、相川青年に今度こそはと誓った、品子さん保護の任を果たすべく、どこかしら意表外の場所に身を潜めて、機会の来るのを、今や遅しと待ちかまえているのかも知れないのではあるが。

怪老人とトランク

慌てるだけ慌て、騒ぐだけ騒いだあとの桜井邸は、その午後になって、俄かにシーンと静まり返ってしまった。怒鳴ったとて仕方がない。泣いたとて仕方がない。一ばんいいのは、一同が冷静になって、ある限りの智恵を絞って、善後の処置を考究する事だ。そこへ気のついた桜井栄之丞氏は、関係者一同を階下の洋風客間に集めて、異様な協議会を開いたのだ。

閉め切った西洋館の電気ストーヴを囲んで、桜井氏夫妻や書生たち、その頃になってやっと気力を回復した家庭教師の殿村夫人、桜井家出入りの重だった人々などが、令嬢取り戻しの手段方法について、議論を闘わしていた。

或《あ》る者は、身代金《みのしろきん》によって品子さんを買い戻すことを提案した。或る者は、犯人捜索に多額の懸賞金をつけることを発表せよと説いた。或る者は警察の無能を罵り、東京じゅうの私立探偵を総動員せよと論じた。

そうしているところへ、数日前同じ妖虫殺人団のために無残の最期をとげた、珠子の父相川操一氏と、彼女の兄守青年とが連れ立ってやって来た。

前回に記した通り、相川守青年は、彼の愛人である桜井品子さんの危難を救おうとして、かえって賊の術中におちいり、麻酔薬に身の自由を奪われた上、恐ろしい赤蠍の衣裳に包まれて、早朝のオフィス街に捨てられていたのであるが、巡回警官の急報によって駈けつけた父相川氏に連れられて自宅に帰り、医師の介抱にやや元気を回復したところへ、桜井家から、品子さんが誘拐されたとの電話を受けたのであった。

「畜生！　とうとうやりやがったな……お父さん、僕はもう大丈夫です。すぐに桜井さんへお見舞いに行こうじゃありませんか」

守は非常に昂奮して、床からはね起きると、いらだたしく父相川氏をせき立てた。

相川氏は桜井栄之丞氏とは私交上でも事業関係でも、此の上もない親密な間柄であったから、守に云われるまでもなく、見舞いに駈けつけなければならなかった。そこで、相川父子は直ちに車を命じて、桜井家を訪ねたという次第であった。

同じように最愛の一人娘を奪われた中老の父親、相川氏と桜井氏とが、どのような感情を抱き、どのように目と目を見合わせ、どんな挨拶を取りかわしたか、ここにその一々を記すまでもないことである。

相川父子に踵《くびす》を接して、警視庁の蓑浦捜査係長が再び訪れて来た。異様な会議室の人数はだんだんふえて行くばかりであった。

「蓑浦君、待ちかねていた。手掛かりは？　賊の手掛かりは？」

桜井氏が、警部の顔を見るなり叫ぶように訊ねた。

「賊の自動車が発見されたのです」

係長は、いっこう浮かぬ顔つきで、そこの長椅子に腰かけながら答えた。

「で、品子は、娘は生きていましたか？」

「いや、そうではないのです。賊の乗り捨てた空っぽの自動車が見つかったばかりです。奴らはこの区内のKというガレージから、タクシーを借り出して使用していたのです。運転手も賊の仲間で、ちゃんと免許証を用意していて、それをガレージの主人に見せて、車を借り出したと云うことです」

「その空車は、どこにありました」

「渋谷《しぶや》の向こうのS町の淋しい傍道《わきみち》に乗り捨ててあったのです。ただ自動車だけなればこんなに早く知れるはずはないのですが、赤蠍のやつ、又例のいたずらをやっているのです。その空自動車の客席には、あのまっ赤な大蠍が、螯を振り立てて、傲然《ごうぜん》と腰かけていたっていうんですからね」

「品子を隠して連れ出したあの鎧みたいな大蠍が？」

「そうです。だもんだから、たちまち附近のいたずら小僧どもに見つかってしまったのです。自動車の中にえたいの知れないまっ赤な動物がいるというんで、大変な騒ぎになったのだそうです。間もなく警察にもその事が知れて、われわれの方へも電話の通知があったものだから、課の者が行って見ると、やっぱりあの大蠍だったのです」

「で、その中には、大蠍の中には？」

「空っぽでした。そして、ほかにはまったく手掛かりがないのです。むろん捜査は引き続いて行われています。捜査課の全員が、東京じゅうを走り廻っていると云ってもいいくらいです。僕はこの事をご報告かたがた、もう一度お宅の人たちに、いろいろお尋ねして見たいと思って、やって来たのですが」

「しかしもう手遅れではあるまいか。品子は今まで安全でいるだろうか」

桜井氏は非難の調子を含めて、強く云った。蓑浦氏は渋い顔をして沈黙するほかはなかった。

「しかし、ここに一縷《いちる》の望みがあります。それはご承知の三笠竜介氏です。今も家を出る時電話で確かめて見たのですが、あの老探偵は昨日入院中の病院を抜け出したまま、今もって行方不明なのです。もしかしたら、賊の本拠を襲っているのではないでしょうか」

突然、部屋の隅から相川守青年が口をはさんだ。

「ああ、あの評判の奇人ですね。しかし、いくら老人が頑張っても、個人の力では、この大敵をどうする事も出来ないでしょう。東京じゅうの何千という警察官が、血眼になって探していても見つからないやつですからね」

蓑浦氏は一笑に附した。

すると、相川操一氏がそれを受けて、

「こいつは、三笠氏の心酔者でしてね。一にも二にも、三笠竜介なんだが、珠子の場合でもわかる通り、さすがの老探偵も、赤蠍には参っているようです。僕なども最初はあの老人を信頼して万事を任せていたのですが、今となって考えると、少し買い被っていたのですね。何か奇人らしい珍妙な手段を考えては、賊の裏をかこうとするのだが、その度ごとに賊のために又その裏をかかれて、失敗を繰り返しているといった調子でね」

「でも、今度こそは、白髪首をかけても、賊を捕えて見せると、大変な意気込みでしたが……」

守青年は諦め切れないのだ。

「当てにはならないよ。珠子の折もその調子だった。そして、まんまとしくじったではないか」

「わたくしも、あの方はお恨みに思って居ります」

殿村夫人もその尾について、三笠探偵非難の声を揚げた。

「私立探偵など手頼《たよ》らないで、警察にお任せしておいた方が、どれほどよかったかと思います。あの方がいろいろと活動なすったので、賊を刺戟して、かえってお嬢さんのご最期を早めたのではありますまいか」

一座の人々は大部分この意見に賛成して、口々に私立探偵の頼むべからざる事を云い立てるのであった。

気の毒な三笠老探偵は、今や悪罵《あくば》嘲笑《ちょうしょう》の的であった。

ちょうどその時、桜井家の門前に一台の自動車が停まって、その中から二人の異様な人物が降りて来た。

前に立つのは、印半纏に、鼠羅紗《らしゃ》の半ズボン、深ゴム靴、土木請負師《どぼくうけおいし》といった風体。だが、こんな老いぼれ請負師ってあるものだろうか。その爺さんは、皺くちゃの顔を白髪白髯に埋め、曲がった腰でよぼよぼと歩いて来るのだ。

そのあとから、やっぱり同じ印半纏を着た屈強の大男が、鉄板《てついた》張りの大トランクを背中にのせて、従っている。なんとも珍妙なお客様だ。

二人は門内の砂利道を玄関につくと、その呼鈴を押して案内を乞うた。すると、一人の女中がドアを開いて顔を出したが、時も時、この異様の訪問者に、不気味らしく

顔をしかめて、

「どなたでしょうか。只今少しとりこんで居りますので……」

と門前払いの気勢を示した。

白髯の老請負師は、女中の渋面《じゅうめん》には取り合わず、落ちつきはらって、一枚の名刺をさし出しながら、

「いや、君ではわからん。主人の桜井さんに、こういうものが訪ねて来たと取次いで下さい。相川操一さんもここへ来ておられるはずじゃ。また、わしの親友の相川守君もいるはずじゃ。みなさんに、わしが来たと伝えて下さい」

と横柄《おうへい》な口をきく。

女中は老人の勢いに圧倒されて、しぶしぶ名刺を受け取って、奥へはいって行ったが、間もあらせず、守青年が、その玄関へ飛び出して来て、怪老人を歓迎した。

「やア、先生ですか。どうかお上がり下さい。たぶんもうご承知でしょうが、ここのお嬢さんが、又あいつに誘拐されてしまったのです。それについて今みんなが集まって相談していたところです」

老人は三笠竜介氏であった。なんのための変装かはわからぬが、半纏姿の老探偵に相違なかった。トランクを担いでいる大男にも見覚えがある。いつか守青年を竜介氏

の書斎に案内してくれた、三笠探偵事務所の豪傑書生だ。

この部屋に犯人が

「ウン、わしもそのことを小耳にはさんだので、急いでやって来たのじゃ、今ちょうど善後策の相談会が開かれていることも承知している。一つわしをその席へ案内して下さらんか」

守《まもる》青年はそれを聞くと、ガッカリした。老探偵は賊の本拠をつくどころか、今頃になって、やっと品子さんの誘拐を聞き知り、慌てて駈けつけて来たのだ。やっぱり皆の云う通り、この老いぼれは、見かけ倒しのボンクラ探偵だったのかしら。

「承知しました。桜井さんも是非お通ししてくれということでしたから」

彼はガッカリしながらも、一縷のよもやに引かされて、洋室へと先に立った。

「ああ、お前はこちらへ来ちゃいけない。そこの書生部屋を拝借して、わしが呼ぶまで待っていなさい。さっき云いつけた事を忘れないように、抜かりなくやるんだぞ」

老探偵は、一緒について来そうにする豪傑書生を制して、例のトランクごと玄関わきの書生部屋へ入れておいて、守のあとに従った。

二人が洋室にはいると、そこには又、新しい奇怪事が突発していた。老探偵は、人々の挨拶をかわす隙もなく、あわただしい会話にまき込まれていた。

「守さん、あんたがさっき立って行った椅子の上に、こんなものが乗っかっていたんだ。まさか君が落としたのじゃあるまいね」

桜井氏が、一枚の紙片をさしつけて訊ねた。見ると、それには鉛筆の走り書きで左のような一文が認めてある。


今日午後三時諸君の目の前に一つの惨劇が起こるであろう。品子の赤い血が流れるであろう。


文句の終わりには、例によって赤蠍の紋章だ。

むろん守に覚えがあろうはずはなかった。

「ちっとも知りません。僕が最初腰かける時には、確かにそんなものは落ちて居なかったのですが」

「例によって賊の魔術じゃ。今まで何もなかった椅子の上に、忽然《こつぜん》として一枚の紙片を現わしてお目にかけまアす。ウフフフフ、けちな手品使いだて」

新来の土木請負師、実は三笠老探偵が、ジロジロと一座を見廻しながら、傍若無人に笑った。

「だが、笑いごとじゃありませんよ。今迄の例によると、賊の予告は必ず実行されるのです。この紙切れがどういう径路を取って舞い込んで来たにもせよ、書かれてある文句は恐らく信用していいでしょう。われわれは、余事はさておき、この惨劇を防がなければなりません。三笠さん、あなたには何かうまい手段でもおありですか」

相川操一氏が、珠子を失った恨みをもこめて、三笠探偵を叱責《しっせき》するように云った。

「手段にもなにも、わしはまだ桜井令嬢の誘拐されなすった事情を、詳しく聞いていませんせん。誰か話して下さらんか。うまい手段はその上のことですよ」

守青年は又してもガッカリしないではいられなかった。何というノロマ探偵であろう。このあわただしい際に、悠長な質問を始めるとは。

「しかし、午後三時と云えば、あと一時間半ほどしかありませんが……」

彼は思わず口走った。

「一時間半、少し長過ぎるくらいじゃ。まだ慌てることはない。さア、どなたか、当時の模様をお話し下さらんか」

老人はますますノロマ振りを発揮する。

「それじゃ、守さん、三笠さんを別室にご案内して、あんたから詳しく話して上げて下さらんか。僕たちは今それどころではないのだから」

桜井氏が、イライラして、うまい敬遠策《けいえんさく》を持ち出した。

「ウン、それはわしも望むところです。ではちょっと守君を拝借しますよ」

老探偵はこの侮辱《ぶじょく》を別に怒る様子もなく、むしろそれを幸いのように、相川青年を促して会議室を立ち出《い》でるのであった。

守は渋々ながら、老探偵を伴って、案内知った洋館わきの小部屋にはいると、彼自身の危難の次第から、品子さん誘拐の顚末《てんまつ》を、かいつまんで物語った。

老探偵は聞き終わると、両眼をとじて、ほとんど五分間ほども、身動きさえせず黙り込んでいたが、守青年がしびれを切らせて、その部屋を立ち去ろうとした時、突然パッチリ目を開いて、又しても悠長なことを云い出した。

「わしは一度娘さんの誘拐された部屋を見たいのだが、誰にも知らさず、こっそりそこへ案内してくれまいか」

相川青年は、今更になって、そんな部屋を検べたとて手遅れだとは思ったが、その老人にはなんとなく威圧される感じで、ついその申し出を承諾してしまった。

「よござんす。女中たちもみんな会議室のお客さんに気を取られているので、誰に見つかる心配もありません。ではご案内しましょう」

だが、階段を上がって品子さんの部屋にたどりつくと、老探偵は、又変なことを云い出した。

「しばらくわし一人で検べて見たいから、君は先に下へ降りてくれたまえ」

いったいこの老人は、こんな所に一人残って、何をしようというのだろう。品子さんはとっくに誘拐されてしまったのだ。そして、もう一時間余りもすれば、どこかで惨殺されようとしているのだ。それを、今頃になって、こんな所をウロウロ検べて見て、なんになるのだろう。まったく無意味ではないか。三笠老人、頭がどうかしているのではあるまいか。

だが、守はさいぜんから、洋間の会議がどのように進行しているかと、そればかり気がかりになっていた際なので、老探偵の奇妙な申し出をこれ幸いと、云われるままに、元の会議室へと取って返した。

会議は別段の進捗《しんちょく》を示さず、これという名案も浮かばぬ様子であった。人々はだんだん口数が少なくなっていた。

三時には余すところ一時間少しだ。誰も彼も不安と焦慮に青ざめて、目ばかりギラギラ光らせていた。

蓑浦捜査係長の姿が消えていた。訊ねて見ると、賊の予告状を摑んで、あわただしく警視庁へ引き返して行ったとのことであった。

こうしているうちに、時は刻々経過して行く。やがて間もなく殺人が行われようとしているのだ。しかも、その殺人者も、被害者も、人々からまったく手の届かない、どこかの隅に姿をくらましたまま、全市の警察力をもってしても、ついに探し出すことが出来ないのだ。桜井氏夫妻は、手をつかねて愛嬢の死を待つほかに、いかんともせん術がないのだ。

人々は、瀕死の病人の枕頭《ちんとう》に坐して、刻一刻呼吸の絶えて行くのを、どうすることも出来ないでただ眺めていなければならない時の、あの名状しがたい悲痛な残酷な感じにうちのめされていた。

やがて、室内に悲しみに耐えぬ嗚咽《おえつ》の声が起こった。桜井夫人が、両手に顔をうずめて、声を殺して泣いているのだ。殿村夫人も、泣き声こそ立てなかったけれど、ハンカチを丸めて、しきりと目をこすっていた。

「相川君、警察なんて、あってもなくても同じようなもんだね。一人の人間が、今殺されようとしているんだ。それをハッキリ知っていながら、われわれはどうすることも出来ないのだ」

桜井氏が泣きそうな顔になるのを、堪《こら》え堪え、棄《す》て鉢《ばち》な調子になって云った。

相川氏は答えることが出来なかった。彼もまた、ついこのあいだ同じ悲痛を味わったばかりなのだ。二人の不幸な父親は、声を揃えて、神様を呪《のろ》いでもするほかはないのであった。

幾度となく警視庁へ電話がかけられた。しかし、その度ごとに何の吉報がもたらされるでもなく、失望を新たにするばかりであった。

「守さん、さっきの私立探偵はどこにいるんです。あの爺さんは、いったいここへ何をしに来たんだ。お悔《くや》みでも云いに来たんですか」

絶望の極、桜井氏の八ツ当たりであった。

「僕にもそれがよくわからないのです。なにしろ有名な奇人ですから……」

守さえも、老探偵を弁護する勇気はないように見えた。

ちょうどその時、入口のドアが開いて、印半纏の三笠探偵がヒョッコリはいって来た。見ると、パンツの膝のところが、泥にまみれたように汚れている。右手の甲に掻き傷が出来て、ひどく血が流れている。

「あれは品子さんの飼猫《かいねこ》ですかい。ひどくやられましたわい。捕まえようとすると、いきなりここを引っ掻きおった。じゃが、まんまと虜《とりこ》にしてしまいましたがね。ハハハハハ」

いよいよ気違いの沙汰である。この危急の場合、この悲歎のさ中に、老探偵は猫をからかって遊んでいたのであろうか。

「三笠さん、まあお掛けなさい。一つあなたのご意見を伺いたいものですね。猫のことではなく、娘を救う手段についてですよ」

桜井氏が激怒をおさえて、皮肉たっぷりに云った。

「承《うけたま》われば、あなたさまは、白髪首をかけても、賊を捕えて見せるとおっしゃいましたそうですね。そのお約束はいったいどうなったのでございましょうか」

殿村夫人も、堪えかねて、老人を睨みつけながら、つめ寄った。

白髪白髯の土木請負師は、これらの攻撃に答えようともせず、そこに空いていた一脚の椅子に腰をおろしたが、ふと妙な顔をして、身体をモジモジさせながら、お尻の下から、一枚の紙片を引っぱり出した。

「ホホウ、なんだか書いてある。又赤蠍奴《め》の下手な手品が始まったのかな。いや、そうでもなさそうじゃ。ごらんなさい。こんなことが書いてある」

人々は又しても出現した奇怪の紙片を無視するわけにはいかなかった。十いくつの顔が、テーブルの上に集まって、そこに投げ出された紙片の文字を読んだ。

午後二時三十分、憎むべき賊は逮捕されるであろう。そして、桜井品子は無事救い出されるであろう。三笠竜介

なんと、その紙切れには、当の老探偵三笠竜介の署名があったではないか。

「冗談をしている場合ではない。三笠さん、少し、お慎み下さらんと困る」

相川氏が苦《にが》りきって、頓狂な老人を叱りつけた。

「いや、御免《ごめん》御免、つい賊の真似をして、手品を使って見たまでじゃ。しかし、そこに書いておいた事は間違いありません。そういうことになるのです」

老人は落ちつき払っている。

「八卦見《はっけみ》じゃあるまいし、こんなことがどうしてわかるのです。それとも、あんた自身が、ちょうどこの時間に、賊を逮捕して見せるとでもおっしゃるのですか」

「そうですよ。つまり、そういう結果になるのですわい」

なんだか変なぐあいであった。まるで誇大妄想狂《こだいもうそうきょう》を相手に物を云っている感じだ。

この親爺《おやじ》まったくの気違いか、それともズバ抜けたえら物《ぶつ》か、どちらかに相違ない。

「でも、二時三十分と云えば、ちょうど今ですが、まさか、今すぐに犯人を捕まえることは……」

殿村夫人が腕時計を見て、嘲《あざけ》るようにさしで口をする。

「今すぐに捕まえるのです……なにしろ、わしはこの大切な白髪首をかけていますのでな」

老人の言葉はますます気違いめいて来る。

「まあ、今すぐにでございますって？　ホホホホホ、では、あの赤蠍の賊が、この部屋にいるとでもおっしゃいますの？」

「そうです。憎むべき怪物は、今、この部屋におるのです」

老探偵はズバリと云ってのけた。彼の好々爺《こうこうや》の表情がたちまち緊張して、その鋭い両眼は、刺すように輝き始めた。

冗談ではなかったのだ。この妙な老人には、何かしら成算があるらしい。それにしても、あの恐るべき兇賊がこの一座の中に隠れているとは、なんという突拍子もない断言であろう。

一同顔を見合わすばかりで、誰も急に物を云うものはなかった。一瞬間死のような静寂が一座を占領した。

怪しの者

「三笠さん、まさか冗談ではありますまいね。今あんたのおっしゃった言葉は、実に容易ならん事柄ですよ。何か確たる証拠でもあって、そういう事をおっしゃるのですか」

やっとしてから、相川操一氏が詰問するように云った。

「証拠ですかい……その証拠を摑むために、わしは昨日から一睡もせず苦労しておりましたのじゃ。なに、証拠などなくっても、わしの推理に間違いはないのだが、犯人が一と通りや二た通りの奴ではありませんのでね。大事をとって、動きのとれぬ確証を手に入れたというわけです……守君、すまんが、書生部屋に待っているわしの家来を呼んで下さらんか。ここへトランクを持ち込むようにね」

なんとなく老人の旗色《はたいろ》がよくなって来たので、守青年はいそいそと指図に従った。

やがて、例の黒い大トランクを背負った豪傑書生が、ノコノコと部屋にはいって来た。

「それを、ここへ卸《おろ》すのじゃ」

命令に従って、トランクはドッシリと床の上に据えられた。何がはいっているのか、ひどく重そうである。

「妖虫事件がどんなに恐ろしいものであったか、今更わしが云うまでもない事じゃが、しかし、諸君はまだ事の表面しか見ておられんのじゃ。この犯罪の裏面には、世間が知っているよりも、更に一そう恐ろしく、不気味なものが潜んでおるのです」

老探偵は今や一座の立役者《たてやくしゃ》であった。非難、攻撃のまなざしは、いつの間にか、驚異、讃嘆のそれに変わりつつあった。もう誰も物を云うものはなかった。人々は云い知れぬ不安と焦躁のうちに、怪老人の口元を見つめるばかりであった。

老探偵は一種奇妙な雄弁をもって、彼の推理を語りつづけた。

「この犯罪には最初から、なんとも云えん変てこな、薄気味のわるい事柄がつきまとっておった。谷中の空家で女優春川月子が惨殺された折、空家の床の間に、大型トランクほどの木箱が安置してあって、血みどろな殺人遊戯が行われている最中に、その木箱の中から、しわがれた声で下手な安来節を歌うのが聞こえて来た。これは相川守君が見聞《けんぶん》されたところであって、むろん皆さんもご承知の事と思います。

「ところで、それと同じような事が、二度目も起こっていますのじゃ。相川珠子さんが誘拐されて、三河島の見世物小屋へ連れ込まれた。あの時わしと守君とは、うまく敵の自動車の運転手に化けて、珠子さんを取り戻す予定で、九分通りまで成功したのじゃが、見世物小屋の中に置いてあった張り子の岩が、知らぬ間に這い出していた。いや這い出したどころではない。その岩の中からニュッと短刀を持った人間の手が出て、わしの腰に斬りつけた。この岩さえ這い出さなければ、珠子さんは殺されずとも済んだのじゃ。

「申すまでもなく、張り子の岩の中に何者かが潜んでおったのです。だが、あの岩は高さ三尺ほどで、周《まわ》りもごく狭かった。あんな小さな岩の中へ、一人の人間が隠れられるとは思えんのじゃ。それにもかかわらず、そこには確かに人間がはいっている。

「わしは、こいつこそ、今度の殺人事件の原動力《げんどうりょく》となっているのではないかと考えた。そのやつは、トランクほどの箱の中へも、三尺の張り子の岩の中へも、ゆっくり隠れられるほど小っぽけな人間に違いない。しかも、その性質たるや残虐無類なのじゃ。わしは、そこまで考えた時、背中に水をあびせられたように、ゾーッとしましたよ。

「ところで、今聞くと、昨夜ここの庭で、守君が大蠍の怪物と組み討ちをやった時、その蠍の衣裳の中にはいっているやつの手応えが、実に異様であった。まるで子供みたいに小《ち》っぽけなやつであったというが、考えて見ると、こいつがやっぱり、あの岩の中からわしを傷つけたやつと同じ怪物に違いないのですじゃ。

「こやつは、いつの場合も、必ず何かに包まれておる。そして、包まれたままで、いろいろな業《わざ》をやりおる。実にえたいの知れん、薄気味のわるい化物ではありませんか。だが、この曲者は、なぜ何時もきまったように、何かに包まれておるのか。むろん正体を見られまいためじゃ。しかし、こういう場合に、犯罪者というものは、顔にメーク・アップをほどこすとか、覆面《ふくめん》をするとか、衣裳をかえるとかして、変装をするのが普通になっておる。何も窮屈な箱の中なぞへはいる必要はないのじゃ。それがこの犯人に限って、必ず全身を何かの中へ隠しているというのは、なぜであるか。

「こんなふうに考えて来ると、それに対する答えはたった一つしかない事に気づきますのじゃ。ほかでもない、この曲者は、顔面を隠しただけではその目的を達し得ないようなやつなのです。つまり、全身の形に普通の人間と違ったいちじるしい特徴を持っておる。その姿を見ただけで、何奴《なにやつ》かと直《ただ》ちにわかるような人間なのじゃ。つまり不具者《ふぐしゃ》なのじゃ。

「さて、そういう小っぽけな不具者と云えば、たちまち連想されるのは、例の豆蔵じゃ。いわゆる一寸法師じゃ。よいかな。そこで、一寸法師というものは、普通どんな所におる。むろん家庭にもおるに違いない。しかし、奴らは家庭から、いつとはなく、見世物小屋に集まって来るのじゃ。因果物師《いんがものし》に高い金で買われるのじゃ。

「皆さん、ここまで云えば、何か思い当たる節がありはしませんかね。見世物じゃ。考えて見ると、今度の犯罪と見世物とは、妙に縁があったではありませんか。珠子さんが誘拐されたのが三河島の八幡の藪不知じゃった。それから、谷中の事件のあとで、守君が青眼鏡の怪物と出くわしたのが、やっぱり見世物の、曲芸団の前じゃった。青眼鏡はその見世物小屋の中から出て来たというではありませんか。

「ところで、守君の話によると、その曲芸団の前に、一寸法師の娘が手踊りをしている大看板が出ていたという。わしはハタとそれを思い出したのです。岩の中に隠れて、わしを刺したやつは、その一寸法師の娘ではなかったかと、ふと考えついたのです。

「わしはそのことを、麹町外科医院のベッドの上で考えついた。その頃もう傷の方はほとんどよくなっていたが、わしはいつまでも重態の体《てい》を装って、入院を続け、夜な夜な病院を抜け出しては、守君の見たという曲芸団の所在をつきとめるために、奔走しておりましたのじゃ。間もなくその所在がわかった。だが、一寸法師娘が果たしてあの曲者かどうかを確かめなければならない。わしはそのためにひどい苦労をしましたのじゃ。

「結局わしの想像は的中しておった。今朝になって、やっとそれがわかったのじゃが、わかるが否や、わしはその曲芸娘を虜にした。今そやつを、みなさんにお目にかけようというわけなのじゃ。

「こうして、わしはとうとう敵を討った。わしを傷つけた怪物を捕まえることが出来た。こいつこそ、妖虫殺人事件の謂《い》わば原動力であったのじゃ。しかし、その片輪者が、賊の首魁《しゅかい》というわけではない。すべてを画策《かくさく》し、すべてを実行したところの張本人はほかにある。わしがそんな苦労をして、片輪娘を虜にしたというのも、実はその主犯を一撃のもとに打ち砕く、一つの手段に過ぎなかったのじゃ」

老探偵の雄弁がやっと一段落を告げた。人々は彼の委曲《いきょく》を尽くした説明によって、妖虫殺人事件の真相の一部を理解することが出来た。だが、それはただ一部に過ぎなかった。まだ明かされぬ疑問が山のように残っているのだ。

これらの残虐きわまる殺人の動機は、そもそもなんであったか。あの突飛千万な死骸の陳列には如何なる意味があったのか。まったく不可能としか思われぬさまざまの出来事、妖虫団の魔術と云われたそれらの奇怪事を、どう解釈すればよいのか。いやいや、そんな事よりも、肝腎の悪魔の首魁というのはいったい全体何者であったか。いや三笠探偵は、その主犯者がこの桜井家の洋室に隠れていると断言した。そいつはどこにいるのだ。世にも憎むべき残虐の毒虫は、今どんな顔をして、どの辺に腰かけているのだ。

彼らはお互いに、隣席の人たちの横顔を、ソッと盗み見ないではいられなかった。残らず知り合いの間柄だ。その中にたった一人だけ、恐ろしいやつが隠れているという。果たしてそんなことがあり得るのだろうか。

人々があれこれと考えめぐらしているあいだに、老探偵はズボンのポケットから鍵を取り出すと、かたわらのトランクに近づいて、その錠前をガチャガチャ云わせていたが、やがて、重い蓋がおもむろに開かれて行く。

人々の目は一齊《いっせい》に暗いトランクの内部に注がれた。

何者かがうごめいている。蓋が開くにつれて、その者が、せり出しのように、だんだん頭をもたげて来る。そして、ついにその全形が暴露された。

お化けみたいなやつが、トランクの中に、チョコンと立ち上がっていた。身の丈三尺に足らぬ小人島だ。その五、六歳の幼児の胴体に、これは又べら棒に大きな顔がのっかっている。髪は銀杏返《いちょうがえ》しに結って、赤い手絡《てがら》(注5)をかけて、その下に、鉢《はち》の開いた静脈の透いて見える広い額、飛び出した大きな両眼、平べったい鼻、口には猿ぐつわがはめられ、派手なメリンスの着物の上から、グルグル縄を巻いて、うしろ手に縛られている。

三笠探偵は手早く、その縛《いまし》めと猿ぐつわを解いてやった。

猿ぐつわの下からは、まっ赤な厚ぼったい唇の、大きな口が現われた。その口が、ギャッと開いたかと思うと、なんとも形容の出来ない、異様なしわがれ声が響き渡った。

あわれな片輪者は子供みたいに泣きわめきながら、一座の人々を見廻していたが、やがて、何を発見したのか、恐ろしい叫び声を立てながら、やにわにトランクを躍り出すと、室の一方に向かって走って行った。短い足で、チョコチョコと走って行った。

彼は何を発見したのか。ほかでもない、一座のうちにその仲間の顔を見つけ出したのだ。そして、低能者の悲しさに、何を顧慮《こりょ》する暇もなく、懐かしきその者の膝へと飛びついて行ったのだ。

悪魔の正体

一寸法師の小娘が、駈けて行って抱きついたのは……おやこれはどうしたのだ。何かの間違いではないのか……謹厳そのものの如き家庭教師殿村夫人の膝であった。

「まあ、この子は何をするんです。私お前なんか見たこともありませんよ」

殿村夫人が狼狽して叫び声を立てた。

「オッ母《か》ちゃん！　早くお逃げよ。さア、早く逃げようよ」

一寸法師が、相川青年には聞き覚えのある、例の浪花節語りみたいな、不気味なしわがれ声で泣き叫びながら、殿村夫人の袂《たもと》を引っぱって離そうともせぬ。

「まあ、いやだ。この人は何を感違いしているんでしょう。お離しなさいったら」

殿村夫人がなおも白《しら》を切ろうとするのを見ると、三笠老探偵は、憤然として立ち上がるや、ニューッと腕を伸ばして、夫人の顔のまっ正面を指さしながら、力強い声で云い放った。

「お前さんが犯人じゃ……殿村夫人、もう観念したらよかろう。いくら低能児の片輪者でも、自分の母親を間違えるやつはない。その可哀そうな子供は、お前さんの娘じゃろう」

すると、殿村夫人は、妙に顔をゆがめて笑い出した。

「ホホホホホ、まあ、何をおっしゃっているんです。こんなものの云う事が当てになるものですか。きっと気でも違っているのでしょう。それに、この私が、赤い蠍の首領でございますって？　ホホホホホ、いくらなんでも、そんなことが、第一、相川珠子さんにせよ、桜井品子さんにせよ、私にとっては大切なご主人なり、可愛い生徒さんじゃございませんか。それをどうして私が……」

「お黙りなさい。お前さんがその二人の家庭教師であったという事が、とりも直さず犯人である証拠じゃ。上べは行いすました教師となって、餌食の身辺を離れず、ありとあらゆる手段を弄していたのじゃ。よいか。先《ま》ず第一に、春川月子の殺人を予告したのは誰じゃった。お前さんが読唇術で誰かの話を聞き取ったのではなかったか。そして、守君を現場へやって、恐ろしい場面を覗かせたのではないか。あの時レストランで話し合っていた二人連れの男は、犯人でもなんでもなかったのかも知れん。それからじゃ、谷中の事件があってから五日目に、相川珠子さんが、湯殿のガラス窓に青眼鏡の犯人の顔を見た。あれはお前さんじゃない。お前さんは、その時相川さんの邸内に居って、湯殿へかけつけたのだからね。その時の窓の外の顔は、このお前さんの娘の変装だったに違いない。悪事を悪事とも思わぬ低能児じゃから、母親の云いつけとあればなんでもする。それに、あの時の不思議は、窓の外の塀が非常に高いので、どうして曲者がはいって来たかということじゃった。だが、曲者がこのちっぽけな娘とわかれば、なんでもない。あの塀の裾には、子供なれば潜れるほどの隙間があったのだからね。

「あの時、誰もはいったはずのない、窓を閉めきった湯殿の中に、蠍の死骸が落ちていて、大騒ぎをやったのじゃが、これなどは、殿村夫人、お前さんが犯人でないとすると解釈がつかんではないか。そうじゃろう。あの時お前さんがまっ先に駈けつけて来て、倒れている珠子さんのそばへ、用意していた蠍をソッと投げ出しておいたのじゃ……どうです。相川さんも守君もよく思い出してごらんなさい。こういうふうに考えたら、妖虫団の魔術なんて、たわいもないものじゃありませんか。

「それから、わしの宅で、わしと守君とを地下室へ落とした、あの偽探偵じゃ。あいつがどうして、守君の訪問をあらかじめ知っていたか。ほかでもない、殿村夫人がちゃんと手配をしておいたからじゃ。守君がわしの留守へ電話をかけて、それから夜の十時にやって来るまでにはたっぷり時間があった。そのあいだに殿村夫人が外部の手下と打ち合わせをするのはわけもない事じゃからね。

「同じ晩に相川さんのお宅では、珠子さんのベッドの下に赤蠍を描いた紙切れが落ちている、新聞の夕刊に赤鉛筆で蠍の絵が描いてある、女中部屋に同じような絵が貼りつけてあるという騒ぎじゃった。あれなども、殿村夫人が、先へ先へと廻って赤鉛筆であんなものを描いておいたとすれば、なんの変てつもないことじゃ。第一、珠子さんのベッドの下の紙切れを発見したのが殿村夫人その人じゃなかったかね。ハハハハハ。なんというあざやかな手品じゃ。種も仕掛けもない。いつも犯人自身が、ちゃんと現場におったのじゃ。そして、さもしとやかに、お嬢さんの守護をしているような顔をしておったのじゃ。

「まだあるぜ。偽探偵のやつが、珠子さんを三河島へ誘拐した時じゃね、あれは珠子さんを自宅へ置いては危険だから親戚へ送って行くという口実じゃった。そして、お父さんの相川さんが珠子さんに附添って行かれた。それに、家庭教師ともあろうものが、その場に居合わせながら、どうして珠子さんをお送りしなかったのじゃ。解《げ》せぬ話ではないか。ほかでもない。お前さんはその間に、例の青眼鏡の男に変装して、三河島へ先廻りをしなければならなかったからじゃ。

「わしはあの時、三河島の見世物小屋の中で、初めて青眼鏡の首領という男に面会した。その声も聞いた。わしは思ったことじゃ。なんてほっそりした小男じゃろうとね。変装無理はない、あの青眼鏡は、実はお前さんという女の変装だったのじゃからね。変装の証拠には、第一に目の特徴を隠す色眼鏡じゃ。第二にお前さんのその欠唇を隠す濃いつけ髭じゃ。それから第三に、あの地の底からでも湧いて来るような陰気な作り声じゃ。地声で話したんじゃあ一ぺんに女と知れてしまうからね。その苦しまぎれの作り声が、陰々《いんいん》たる妖気を漂わして、思いがけない効果を上げておったのじゃよ。

「今度は桜井さんでの出来事だが、先ず最初、お前さんがお目見えに来て、品子さんとたった二人でいた時に、突然品子さんの肩へ蠍の死骸がからみついた。そんな魔法みたいな事が起こってたまるものではない。これも種を割って見れば、至極つまらんお笑い草じゃ。つまりお前さんが話をしながら、ソッと品子さんの肩へ手を廻して、あの虫をくッつけておいたというわけさ。ハハハハハ。

「さて、今朝の出来事じゃが、品子さんが誘拐された時、なぜ女中だけが殴打されて、殿村夫人が手数のかかる猿ぐつわなぞはめられていたか。この点に誰も気づいていない様子じゃが、ここにトリックがあった。殿村夫人は賊のためにひどい目に遭ったと見せかけなければならぬ。と云って、部下のものが、首領をなぐるわけにはいかない。そこで、手数のかかる猿ぐつわという事になったのじゃ。もっとも少しも手向かいなんぞしない。かえってお手伝いをして縛られたに違いないから、手数と云っても大したことはなかったがね。賊の首領が被害者になって見せるなんて、実にうまく考えたものじゃ。こうしておけば万一にも疑いをかけられる気遣いはないからね。

「殿村夫人、お前さんは、昨夜から今朝にかけて、まだいろいろと仕事をしておる、守君が一寸法師のはいった蠍のお化けと取っ組みあっていた時、後ろから現われて麻酔剤を嗅がせたのもお前さんじゃ。それから電話線を切って物置の中へ臨時の交換局をこしらえておいたのもお前さんじゃ。又、今朝品子さんを気絶させた二階の広間の大蠍も、やっぱりお前さんが、小さく畳んでソッと持ち込んだものじゃ、

「こうして邸の中に、被害者のすぐそばに、賊の一味が——いや一味どころか首領その人がいて、いろいろと細工をしたんだから、どんなきわどい芸当だって、自由自在に演じて見せることが出来ようじゃないか。

「つい今しがた、魔法のようにこの席へ現われた。午後三時云々の紙切れだって、その通りじゃ。お前さんでなくて、誰があんないたずらをするものがある。わしはそのお前さんのやり方を、ソックリ真似て見せたというわけじゃよ。ハハハハハ、どうじゃ、これだけ詳しく説明しても、お前さんにはまだ腑に落ちないというのかね」

三笠探偵は一語は一語と語気を強めて、ジリジリと殿村夫人に詰め寄って行った。夫人は色蒼《いろあお》ざめ、欠唇の唇が異様に開いて、聞こえるほどの烈しい息遣《いきづか》いをしていた。が、強情我慢にも、まだ白状しようとはしない。黙ったまま、血走った目で、探偵をじっと見返している。

「お前さんはまだ云いのがれが出来るとでも思っているのかね。そんな事はみんな情況証拠で取るに足らんとでも云うのかね。それじゃ、これを見るがいい。それはお前さんが頼みに思う手下どもが、首領に自白を勧める勧告書じゃ。この筆蹟には見覚えがあろう。お前さんは因果物師の中の悪党どもを手なずけて手下にしていたのじゃ。その手下どもがもうすっかり白状してしまったのだよ。それでなくて、この片輪娘をここまで連れて来られるものかね。そして、この娘がお前さんの実の子だなんて、わしにわかるものかね。ハハハハハ、どうじゃ、お前さんは一人ぼっちになってしまった。もう誰も助けてくれるものはない。袋の鼠なのじゃ。いさぎよくわしの前に降伏してはどうじゃ」

それでもまだ、殿村夫人は黙っていた。黙ったまま立ち上がって、憎悪に燃える目で、白髪の老探偵を睨みつけていた。やがて、実に不思議なことには、その蒼ざめた顔が、異様にゆがんだかと思うと、突如として甲高い笑い声が、室内に響き渡った。おかしくておかしくて堪《たま》らないように、いつまでも笑いやまなかった。

滴《したた》る血潮

ああ、この女はとうとう気が違ったのではないかと、一座の人々がギョッと目を見はるのを、殿村夫人は小気味よげに眺め廻しながら、左手首の腕時計を、一同に見せびらかすようにして、恐ろしいことを云い始めた。

「三笠さん、あなた一度時計をごらんなすっては如何《いかが》ですの。犯人のことばかりやっきとなってて、いったいお嬢さんの方はどうなるのでしょう。ほら、もう三時じゃありませんか。犯人は予告を実行しないとでも考えていらっしゃいますの？　ホホホホ」

彼女は人も無げに笑うのだ。ああ、なんという不敵の曲者であろう。最後の土壇場に追いつめられても、ひるむどころか、無援孤立《むえんこりつ》の身で、強敵三笠探偵に逆襲しようとしているのだ。しかし、その彼女自身も相棒の一寸法師も捕まってしまった。因果物師の手下たちも巣窟《そうくつ》をあばかれてしまった。それでいて、予告の殺人をどうして実行しようというのだろう。そこに何か、さすがの老探偵さえ気づき得ない深い企らみが隠されているのではあるまいか。

「ウン、如何にもちょうど三時だ。三時がどうかしたのかね」

三笠老人は落ちつき払っている。

「三時には品子さんが殺されるのです。それも皆さんの目の前でですよ」

殿村夫人は、血走った目を悪念《あくねん》に燃え立たせ、果たし合いをするような調子であった。

「目の前？　ハハハハハ、何を云ってるんだ。ここには品子なんぞいやしないじゃないか。そんなばかなことが起こってたまるものか」

桜井氏が、蒼ざめた顔で虚勢を張った。その実、彼は殿村夫人が犯人であったという意外千万な事実にうちのめされ、品子さん殺害の予告も、何か奇想天外なやり方で、実現されるのではないかと、内心はビクビクものでいたのだけれど。

「ホホホホホ、あなたはそれがごらんになりたいのでございますか。お嬢さまの無残に殺される有様が……では、お目にかけましょう。三笠さんも、皆さんも、私のあとへついてお出でなさいませ、いいえ、決して逃げたりなんかしやしません。私だって、それが見たいのですもの……むろんこのお邸の中ですのよ」

殿村夫人は、あっけにとられている人々を尻目にかけて、ツカツカと応接室を出て行った。三笠探偵は飛びつくように、夫人の左の手首を摑んで、逃げ出さぬ用心をしながらついて行く。一座の人たちも、じっとしているわけにはいかない。これからどんな恐ろしい事が起こるのかと、胸をしめつけられるような気持で、オズオズとそのあとに従った。

殿村夫人は階段を上がって、二階の広間へ――今朝大蠍が横たわっていたあの広間へはいって行った。

「みなさん、赤蠍は決して約束を忘れませんでした。ごらんなさい、あれ、あれ、あの天井の赤いものをごらんなさい」

殿村夫人は三笠探偵に摑まれていない方の手で、広間の格天井《ごうてんじょう》のまん中を指さしながら、さも嬉しそうな、気違いみたいな笑顔で、一同を見廻すのであった。

人々はそれを見た。その音を聞いた。

豪奢な白木の格天井のまん中に、方二尺程のいびつな円形を作って、まっ赤な液体がベットリとにじみ渡り、その中ほどと一方の隅との二カ所から、雨垂れのように、赤い雫《しずく》が、ポトリ、ポトリ、ポトリと、青畳の上に滴って、畳の上にも小さな赤い池が出来ていた。ポトリ、ポトリ……云うまでもなく血だ。天井裏で何者かが殺害されて、その血潮が滴っているのだ。

誰も物を云うものがなかった。余りの恐怖、余りの悲痛が、人々を異様に押し黙らせてしまったのだ。桜井夫人がこの場に居合わせなくて仕合わせであった。彼女は気味がわるいからというので、女中たちと一緒に階下に残っていたのだ。

「ホホホホホ、赤蠍はちゃんと約束を守りましたわね」

殿村夫人の気違いめいた上《うわ》ずった声だけが、甲高く響いた。

「みなさん、あの血を誰の血だと思《おぼ》し召《め》す。云うまでもありませんわね。で、如何でございますの。時間が一秒でも違いましたでしょうか。三笠さんはお偉い探偵でいらっしゃいますけど、これだけは防げませんでしたわね。赤蠍はやっぱり勝ちましたわね。ホホホホホ」

言葉だけはいやに鄭重《ていちょう》であったけれど、その言葉の内容は悪鬼の呪いそのものであった。そればかりでなく、殿村夫人の容貌は、僅《わず》かのあいだに、まるで別人のように変わっていた。彼女は今や正体を暴露した妖魔そのものであった。顔じゅうになんとも云えぬ醜悪な皺が刻まれ、殊にその欠唇は異状なけだもののように醜く見えた。

それにしても、なんという奇妙な殺人手段であったろう。大蠍の鎧に包んで、品子さんを誘拐したと見せかけた、その又裏があって、実はあの蠍の中は空っぽであったのだ。そして、縛り上げ、恐らくは猿ぐつわをはませた品子さんを、ご丁寧にも天井裏へ運んだのは、あの二人の偽刑事の仕業にきまっているが、今品子さんを惨殺して血を流した曲者は、いったい何奴であろう。又、どこから忍び込んだのであろう。いや、そんな事はあり得ないはずだ。三笠探偵は赤蠍の部下の者どもをすっかり捕えてしまったと云うではないか。その網の目を逃れて、何奴がこの天井裏へ忍び込んで来たのであろう。

人々は臆病な耳をすますようにして、じっと天井の血痕を見つめていた。その血痕のある板を通して、屋根裏の暗闇を見つめていた。そこに何かしら黒い怪物がうごめいているに違いないのだ。そいつの呼吸の音が、かすかに聞こえて来るようにさえ幻想された。

「ホホホホホ、みなさんは、あの天井裏に誰かが潜んでいて、品子さんを殺したのだと思い込んでいらっしゃるのでしょう。そして、三笠さんは、そのもう一人の曲者を捕えてやろうと、目を光らせていらっしゃるのでしょう。ホホホホホ、それは無駄ですわ。あすこにはだあれもいやしないんですもの」

そんなべら棒な話があるものか。誰もいないのに、人間一人殺されて、あのおびただしい血潮が流れるなんて、いくら魔法使いの赤蠍でも、そんな真似が出来そうなはずはない。

「みなさんは、人間が人間を殺したんだと思っていらっしゃるのでしょう。ところが、殺されたのは確かに品子さんですけれど、殺した方は人間じゃないのですよ、ホホホ、一挺の大きな大きな肉斬り庖丁なんです。手品使いが使う支那のダンビラ、あれのよく切れる業《わざ》ものが、身動き出来ないお嬢さんの首の上に、紐で吊るしてあったのです。その紐の先が、梁《はり》に打った釘を通して、特別の仕掛けのある目ざまし時計に繋いであって、カッキリ三時になると、紐が断ち切られる仕掛けだったのですよ。これならば、予告の時間と一秒だって違うはずはありませんわね。ホホホホホ」

憎むべき悪魔は、さも心地よげに高らかに笑った。

あとで調べてわかったのだが、そのダンビラは柄《え》の先を木製の台に固定して、上下にだけ動く仕掛けとなっていた。そして、ダンビラの背には重い石がしっかりと括りつけてあった。

その時、「アッ」と云う悲鳴が聞こえたかと思うと、殿村夫人が三笠探偵の手を離れて、そこに尻餅をついていた。激昂した桜井氏が、お嬢さんの敵を突き飛ばしたのだ。突き飛ばしておいて、倒れた上から、拳骨《げんこつ》の雨を降らせようとしていたのだ。

「お待ちなさい。慌てることはない。わしたちは、こいつの云うことがほんとうかどうか、もっとよく吟味《ぎんみ》して見る必要がありますのじゃ」

三笠老探偵は相変わらず落ちつきはらっている。

「オイ、殿村、お前は今、品子さんが殺されたと云ったようだね。ウハハハハ、こいつはおかしい。ほんとうにそう信じているのかね」

老人が頓狂な声で笑ったので、当の殿村夫人はもちろん、一座の人々はハッとしたように、その顔を眺めた。

「ではお前に見せるものがある」

探偵は、何か訳のわからぬ事を云いながら、次の間とのあいだの襖に近づき、それをサッと開いた。

「どうじゃ、殿村、これでもわしは赤蠍に負けたかね。白髪首を賭けても助けるといった約束を守らなんだかね」

老探偵の勝利

実に意外なことが起こったのだ。開かれた襖の向こうには、天井裏で殺されたはずの桜井品子さんが、いくらか蒼ざめてはいたけれど、それでもニッコリ笑いながら立っていたではないか。

一目《ひとめ》それを見ると、さすがの妖魔殿村夫人も、アッとのけぞらんばかりに驚いて、物を云う力もなく、ヘタヘタと坐り込んでしまった。

驚いたのは殿村夫人ばかりではない。一座の人々はアッと驚喜の叫びを立てないではいられなかった。中にも父桜井氏は、夢中に駈け出していた。駈け出して品子さんにすがりついた。いやすがりつかんばかりにしてその手を握った。品子さんが堪《こら》え堪えていた感動を一時に現わして、父親に手を取られたままそこに泣き伏したのも無理ではなかった。

ああ、よかった。第三の被害者は命拾いをしたのだ。品子さんはかすり傷一つ受けないで、ちゃんと生きていたのだ。だが、それではどうもおかしいではないか。あのおびただしい天井の血潮はいったいどこから流れたのだ。もしかしたら、品子さんではない別の人物が、屋根裏で惨殺されているのではないだろうか。それについて、第一ばんに不審を抱いたのは、赤蠍の殿村夫人であった。彼女は夢でも見ているのではないかと疑うように、キョロキョロとあたりを見廻していたが、やがて、堪《たま》りかねたのか?

「信じられない。私にはわからない。いったい何が起こったのだろう」

とうつけのように呟くのであった。

「信じられんかね」

三笠探偵は、赤蠍の狼狽を小気味よげに眺めながら揶揄《やゆ》した。

「ハハハハハ、魔術師が魔術にかかったというわけじゃね。さすがの手品使いも、他人の手品の種はわからんと見えるね。お前は気づかなんだのかね。さいぜんわしが、品子さんの飼猫に引っ掻かれたと云って、手首から血を流していたのを。あれが手品の種なんじゃよ。わしはその猫をとっ捕まえたのだ。そして紐で縛りつけた上、可哀そうじゃが、ちょっと息の根を止めておいたのだよ。これはあの時猫めが死にもの狂いで引っ掻きよった傷じゃ、それから、その猫をどこへやったと思うね。ハハハハハ、やっと気がついたか。その通りじゃ。品子さんを天井裏から助けおろしたあとへ身代わりとして転がしておいたのじゃよ。だから、この血は人間の血じゃない。猫の血じゃ。猫めダンビラでもってスッポリと首を斬られていることじゃろうて。可哀そうではあったが、人の命には換えられん。猫めもご主人の品子さんの身代わりに立って、満足に思っとるかも知れんからなあ」

ああ、そうだったのか。三笠探偵が最初相川守と別室で話をした時、誰にも知らせず二階へ上がって、品子さんの部屋を見に行ったが、その時すでに、広間の天井裏の秘密を感づいていて、品子さんを助けおろし、身代わりの猫を置いて来たのに違いない。探偵のパンツの膝がひどく汚れていたのは、そのためであったのだ。

「さいぜん、午後三時云々の予告状を見た時に、わしは品子さんが、この邸内のどこかに隠されているに違いないと睨んだ。でなければ『諸君の目の前で』という文句が意味を為さないではないか。では、どこに隠されているか。下なはずはない。偽刑事たちが人目にかからぬように仕事が出来たのは二階だけじゃからね。そこでわしは二階じゅうを見廻った。すると廊下の隅の天井板に隙間があるのを発見した。調べて見ると、その天井板の上のほこりが乱れている。てっきり屋根裏だと見当がついた。そうして、わしは品子さんと妙な仕掛けのダンビラとを見つけ出したのじゃよ」

三笠探偵が説明した。

ちょうどその時、階段にバタバタと足音がして、ちっぽけなお化けみたいなものが、部屋の中に駈け込んで来た。一寸法師が探偵の書生の監視の目をかすめて上がって来たのだ。彼女は例のしわがれ声で、

「おッ母ちゃん」

と叫びながら、母の殿村夫人の膝にしがみついて行った。

だが母の方は、そこどころではなかった。苦心に苦心を重ねて手に入れた獲物が、罠を抜け出して目の前に笑っているのだ。悪魔の正体はあばかれるし、獲物は取り逃がすし、殿村夫人はもう半狂乱《はんきょうらん》の体《てい》であった。

彼女は縋《すが》る娘を振り離して、スックと立ち上がると、憤怒《ふんぬ》の形相物凄く、いきなり次の間の品子さん目がけて飛びかかろうとした。だが、いくら魔術師だと云って、女の力で何が出来るものではない。たちまち相川守青年に抱きすくめられてしまった。

「ああ、くやしい、くやしい。離して、離して」

殿村夫人は髪ふり乱し、目は赤く、顔は青く、唇は紫色となって、空《くう》をつかみながら身もだえした。地獄の底から今這い出して来た妖婆《ようば》の形相である。

「品子さんは危ないから、早く下へお降りなさい。それから、桜井さん、一つ警察へ電話をかけて下さらんか。赤蠍を捕えたからと云ってね」

探偵の指図に従って、桜井氏は品子をいたわりながら、階下へと降りて行った。

「殿村、往生際のわるいやつだな。もう観念したらどうじゃ。品子さんをどうする事も出来はしないのだ。いやそれどころか、お前自身がこうして捕えられているのじゃないか。逃げようと云っても、もう逃げられるものではない。観念しなさい」

妖魔も今はすべてを諦めるほかはなかった。彼女はグッタリとそこに坐って、縋り寄る一寸法師をもう振り離そうともしなかった。

犯人が逃げる様子もないので、人々は二人を遠まきにして、警官来着を待つ間の放心状態にあった。ここは裁判所ではないのだから訊問する事もない。たとい訊ねて見ても、この昂奮状態では満足な返事を得られそうにはない。いや、わざわざ聞かなくても、おおかたの事情は想像がついている。ただ、二人を逃がさぬようにさえ気をつけていればよいのだ。

殿村夫人は娘を抱きしめるようにして、激情のあまり泣き出す力さえなく、空《うつ》ろな目で空間を見つめたまま、長い長いあいだ身動きもしなかったが、やがて、彼女の右の手が、内ぶところの中でモゾモゾやっていたかと思うと、何かしら小さな丸薬のようなものを取り出して、膝にもたれていた一寸法師の口へ持って行って、「サこれを呑み込むのよ」と囁きながら、その口に含ませた。可哀そうな低能児は、まるでおいしいお菓子ででもあるように、それをゴクリと呑みこんだが、すると、今度は今一つの粒を、手早く彼女自身の口へ……それがきわめて何気なく、ごく静かに行われたので、人々が意味を悟る隙がないほどであった。むろん見ていないのではなかった。見ながらも、妙なことをするなと感じたばかりで、誰もそれをとめる者はなかった。

「オイ、何か呑んだな。それはなんだ、まさか……」

三笠探偵がびっくりして叫び出した時には、もう手遅れであった。烈しい薬物の利目《きき め》はたちまちであった。さしたる苦悶もなく、何事を云い残すでもなく、この異様な親子は、見る見る蒼ざめて行って、しっかりと抱き合ったまま、いつしか冷たいむくろと化していた。

「ああ、しまったわい。こいつは、まさかの時に、自分を殺す毒薬を、ちゃんと用意しておったのじゃ」

探偵は、この失策をさして悔む様子もなく、独りごとのように云った。彼は内心では、殿村親子の世にも異様な境遇に、かすかな同情を感じていたのかも知れない。

そして、彼女らの自殺を、実は見て見ぬ振りをしたのかも知れない。かくして妖虫事件は、意外に簡単な結末を告げた。ただ残っているのは、殿村親子の犯罪動機の穿《せん》鑿《さく》であったが、それは後日、殿村夫人が止宿していたアパートの室《へや》の手文庫の中から、厳封された一通の手記が発見され、詳細に判明したのである。

その手記というのは、殿村夫人自身が半紙五十枚ほどに細々と認《したた》めたものである。その内容は複雑、悲痛な人間記録であって、優《ゆう》に一篇の物語を為すほどのものであったが、ここにはそれを詳記する必要はない。ただ要点だけをかいつまんで記しておけば、
殿村夫人は母なる人が、世にも不幸なる醜婦《しゆうふ》であった。結婚をして殿村夫人を産んだのではあるが、醜婦のために夫や夫の周囲の人々から虐遇《ぎやくぐう》され、離縁となってからも云い尽せぬ数々の不幸を味わって、ついに世を呪い人を呪い、ある夜自家の庭の木にくびれ死んだのであった。

殿村夫人はその母の呪いの中に育った。「お前は決して結婚するでない。この母がよい見せしめだ。結婚したらきっと恐ろしい事が起こるのだから」と云い聞かされながら大きくなった。母の死後は親切な身寄りとてもなく、少女にしてすでに世の味気《あじけ》なさを知ったのであるが、生まれついての醜貌と欠唇とが、同年配の少年少女はもちろん大人たちまでの嘲笑の的《まと》となって、くやしさ恥かしさに幾度自殺を考えたか知れなかった。

醜貌に引きかえて聡明《そうめい》であった彼女は、小学校の各年級を通じて抜群の成績を示し

たので、校長先生などの好意で給費生となって、高等教育も受けたのであるが、そのあいだ醜さのために、どれほど深い悲痛と烈しい苦悩を味わったか、手記にはその当時のやるせない、呪わしい心持が実に細々と記してあった。

この苦悩は、彼女の成熟と共に、加速度をもって増大して行った。男というものが彼女の目に映るようになり、人生というものがハッキリわかって来るに従って、悶々《もんもん》の情は巨大な化物のように生長して行った。そして、ついに恐ろしい破綻《はたん》が来たのだ。彼女はふと魔がさして、山窩《さんか》のような浮浪の男と一夜を共にし、あの恐ろしい片輪娘を生みおとしたのであった。しかも、その娘は因果物師に売り飛ばされ、あまつさえ、彼女はそんな乞食同然の男にすら、(注6)弊履《へいり》の如く捨てられてしまったのだ。

この比類もない不幸が、彼女を気違いにした。母親から受けついだ呪詛《じゅそ》の血が醜い肉体の中で、地獄の業火《ごうか》と湧きたぎった。それからの十幾年、彼女はもはや人間ではなかった。鬼であった。呪いの化身であった。彼女は一方修めた学問をたよりに、さまざまの職業について復讐の資金を貯蓄すると同時に、一方では我子の世界である因果物師の仲間にはいって行って、いざという時の手助けを作ることに腐心《ふしん》した。

ただ訳もなく、美しい女が彼女の仇敵《きゅうてき》であった。この世界から美しい女を亡《ほろ》ぼし尽くすという妄想が、彼女にとりついて離れなかった。十何年の年月、寝ても覚めても、ただその事ばかりを考え暮らした。そしてあらゆる計画、あらゆる準備が、少しの手落ちもなく完成された。

呪いの妖魔は、なるべく世間に知れ渡った美貌の娘を物色した。春川月子が選ばれたのも、相川珠子、桜井品子が選ばれたのも、そういう意味からであった。月子が余りにも有名な女優であったことは云うまでもない。珠子はミス・トウキョウであったし、品子は美貌のヴァイオリニストとして世の視聴を集めている娘さんであった。彼女らが妖魔の餌食と狙われたのは、偶然ではなかったのだ。

長々しい殿村夫人の手記の内容は、概略すればこのような意味であった。無理もないと云えば云えぬこともなかった。しかし、如何に深刻な悲痛からとは云え、あの惨虐は到底許さるべくもない事だ。彼女の計画がついに失敗に帰し、親子諸共《もろとも》毒を仰いで自滅しなければならなかったのは、当然と云わねばならぬ。

白髪の老探偵三笠竜介は、その激情的な事件によって、一段と有名になった。その事があってから、守青年と品子さんの愛情が、一そう固く結ばれたことは云うまでもない。相川操一氏は、守青年のフィアンセとしての品子さんを、新しく生まれた我娘《わがむすめ》と考えることによって、愛嬢珠子さんを失った悲しみを、幾分慰めることが出来た。

素人探偵相川守の名は、大変世間的になった。だが守青年はもう懲々《こりごり》していた。探偵小説は面白い、しかしそれが一とたび現実の事件となると、面白いどころではなかった。彼は妖虫殺人事件に於《お》いて、あらゆる苦しみと悲しみとを味わった。もう沢山だ。探偵小説なんて呪われてあれ！　そこで、彼は沢山の探偵本の蔵書を、一と纏めにして、屑屋《くずや》に売り払ってしまったということである。

（『キング』昭和八年十二月号より翌年十一月号まで）

湖畔亭事件

一

読者諸君は先年H山中A湖のほとりに起こった、世にも不思議な殺人事件を、ご記憶ではないでしょうか。片山里《かたやまざと》の出来事ながら、それは、都《みやこ》の諸新聞にも報道せられたほど、異様な事件でありました。ある新聞は「A湖畔の怪事件」というような見出しで、又ある新聞は「死体の紛失云々《うんぬん》」という好奇的な見出しで、相当大きくこの事件を書き立てました。

注意深い読者諸君はご承知かも知れませんが、そのいわゆる「A湖畔の怪事件」は五年後の今日まで、ついに解決せられないのであります。犯人はもちろん、奇怪なことには被害者さえも、実ははっきりとわかっていないのであります。警察でももはや匙《さじ》を投げています。当の湖畔の村の人々すら、あのように騒ぎ立てた事件を、いつの間にか忘れてしまったように見えます。この分では、事件は永久の謎《なぞ》として、いつまでもいつまでも未解決のまま残っていることでありましょう。

ところがここに、広い世界にたった二人だけ、あの事件の真相を知っているものがあるのです。そして、その一人は、かくいう私自身なのであります。では、なぜもっと早く、それを発表しなかったのだと、読者諸君は私をお責めになるかも知れません。

が、それには深い訳があるのです。まず私の打ちあけ話を、終わりまでお聞き取り下さい。そして、私が今まで、どんなにつらい辛抱《しんぼう》をして沈黙を守っていたかをご諒察《りょうさつ》願いたいのであります。

二

さて本題に入るに先だって、私は一応、私自身の世の常ならぬ性癖《せいへき》について、私自身「レンズ狂」と呼んでいるところの一つの道楽《どうらく》について、お話ししておかねばなりません。読者諸君の常として、その不思議な事件というのはいったいどんなことだ。そして、それが結局どう解決したのだと、話の先を急がれますが、この一篇の物語は、先《ま》ず今いった私の不思議な道楽から説き起こさないと、あまりに突飛《とっぴ》な信じがたいものになってしまうのですし、それに、私としては、自分の異常な性癖についても、少し詳しく語りたいのです。どうかしばらく、痴人《ちじん》のくり言を聞くおつもりで、私のつまらぬ身の上話をお許し願いたいのであります。

私は子供の時分から、どういうものか、世にも陰気な、引っ込み思案な男でありました。学校へ行っても面白そうに遊びまわっている同級生たちを、隅の方から白い眼で、羨《うらや》ましげに眺めている、家《うち》へ帰れば帰ったで、近所の子供と遊ぶでもなく、自分の部屋にあてがわれた、離れ座敷の四畳半にたった一人でとじこもって、幼い頃はいろいろなおもちゃを、少し大きくなっては、さっき云ったレンズを、仲のよい友達かなんぞのように、唯一の遊び相手にしているといった調子でした。

私はなんという変な、気味のわるい子供であったのでしょう。それらの無生物《むせいぶつ》の玩《がん》具《ぐ》に、まるで生《せい》ある物のように、言葉をかけることさえありました。時によって、その相手は、人形であったり、犬張子《いぬはりこ》であったり、幻燈《げんとう》の中のさまざまな人物であったり、一様でないのですが、恋人に話しかけでもするようにくどくどと、相手の言葉も代弁《だいべん》しながら、話し合っているのでした。ある時、それを母親に聞かれて、ひどく叱られたことも覚えています。その時、どうしたわけか、母親の顔は非常に青ざめて、私を叱りながらも、彼女の眼が、物おじしたように見開いていたのを子供心に不思議に思ったことであります。

それはさておき、私の興味は、普通の玩具から幻燈へ、幻燈からレンズその物へと、だんだん移り変わって行きました。宇野浩二《うのこうじ》さんでしたかも何かへ書いていましたが、私もやっぱり押入れの暗闇の中で幻燈を写す子供でした。あの真っ暗な壁の上へ、悪夢のように濃厚な色彩の、それでいて、太陽の光などとまるで違った、別世界の光線で、さまざまの絵の現われる気持は、なんとも云えず魅力のあるものです。私は食事も何も忘れて、油煙《ゆえん》臭い押入れの中で、不思議なせりふを呟《つぶや》きながら、終日幻燈の絵に見入っていることさえありました。そして、母親に見つけられて、押入れからひきずり出されますと、何かこう、甘美な夢の世界から、いまわしい現実界へ引き戻されるような気がして、いうにいわれぬ不愉快をおぼえたものであります。

さすがの幻燈気違いも、でも、尋常小学校を卒業する頃には、少し恥かしくなったのか、もう押入れへはいることをやめ、秘蔵《ひぞう》の幻燈器械もいつとはなしにこわしてしまいました。が、機械はこわれてもレンズだけは残っています。私の幻燈機械は、普通玩具屋の店先にあるのよりは、ずっと上等の大型のでしたから、したがってレンズも直径二寸ほどの、厚みのたっぷりある、重いものだったのですが、それが二つ、文鎮《ぶんちん》代わりになったりして、その後ずっと私の勉強机の上に置かれてありました。

あれは、中学校の一年生の時でしたか、ある日の事、いったい朝寝坊のたちでそんなことは珍しくもなかったのですが、母親に起されてもウンウンと空返事《からへんじ》ばかりして、暖かい寝床を出ようともせず、とうとう登校時間を遅らせ、もう学校へ行くのがいやになってしまって、母親にまで仮病《けびょう》を使って、終日寝床の中で暮らしたことがありました。病気だといってしまったものですから、好きでもないお粥《かゆ》をたべさせられる、何かやりたくても寝床を出ることが出来ず、私は、いつもの事ながら、今から学校へ行かなかったことを後悔しはじめました。

私はわざと、雨戸を締め切って、自分の気持にふさわしく部屋の中を暗くしておきましたので、その隙間や節穴から外の景色が障子の紙に映っています。大きいのや小さいのや、はっきりしたのやぼやけたのや、沢山《たくさん》の同じ景色が、皆さかさまに映っているのです。私は寝ながらそれを見て、ふと写真機の発明者の話などを思い出していました。そして、どうかあの節穴の映像のように、写真にも色彩をつけることは出来ないものかなどと、どこの子供も考える夢のような、しかし自分では一《ひ》とかど科学者ぶったことを空想するのでした。

だが、見ているうちに、障子の影が少しずつ薄くなって行きました。そして、ついにはそれが消えてしまうと、今度はまっ白く見える日光が、同じ節穴や隙間から、まぶしくさし入るのでした。故もなく学校を休んでいるやましさから、私はもぐらもちのように日光を恐れました。私はいうにいわれぬ、いやな、いやな気持で、頭から蒲団《ふとん》をかぶると、眼をとじて、眼の前にむらがる、無数の黄色や紫の輪《わ》を、甘いような、いまわしいような変な感じで眺めたことであります。

読者諸君、私のお話は、余りに殺人事件と縁が遠いように見えます。しかしそれを叱らないで下さい。こうした話振りは私の癖なのです。そして、このような幼時の思い出とても、その殺人事件に、まるで関係のない事柄ではないのですから。

さて、私は又蒲団から首を出して見ると、私の顔のすぐ下に、ボッツリと光った個所があります。それは節穴からはいった日光が、障子の破れを通って、畳の上に丸い影を投げていたのであります。むろん、部屋全体が暗いせいでしょうが、私はその丸いものが、余りに白々と、まぶしく見えるのを、ちょっと不思議に思いました。そして、何げなくそこに落ちていた例のレンズを取ると、私はそれを、丸い光の上にあてがって見たことでありますが、そうして、天井に映った化物のような影を見ると、私ははっとして思わずレンズを取り落としました。そこに映ったものは、それほど私を驚かしたのです。なぜといって、薄ぼんやりではありましたが、その天井には、下の畳の目が、一本の藺《い》の太さが二寸ほどに拡大されて小さなごみまでがありありと映っていたからです。私はレンズの不思議な作用に恐怖を感じると共に、一方では又云い知れぬ魅力をおぼえました。それからです、私のレンズいじりのはじまったのは。

私はちょうどその部屋にあった手鏡を持ち出すと、それを使って、レンズの影を屈折させ、畳の代わりにいろいろな絵だとか写真だとかを、かたえの壁に映して見ました。そして、それがうまく成功したのです。あとで、中学の上級になってから、物理の時間にそれと同じ理窟を教わったり、又後年《こうねん》流行した実物幻燈などを知ると、その時の私の発見が別段珍しいことでないのがわかりましたけれど、当時は何か大発明でもしたような気で、それ以来というものは、ただもうレンズと鏡の日々《にちにち》を送ったことであります。

私は暇《ひま》さえあると、ボール紙や黒いクロースなどを買って来て、いろいろな恰好の箱をこしらえました。レンズや鏡もだんだん数を増して行きました。ある時は長いU字形に屈折した暗箱《あんばこ》を作って、その中へ沢山のレンズや鏡を仕掛け、不透明な物体のこちらから、まるでなんの障害物もないように、その向こう側が見える装置を作り、「透視術《とうしじゅつ》」だなどといって家内の者を不思議がらせて見たり、ある時は、庭一面に凹面鏡《おうめんきょう》をとりつけて、その焦点で焚火《たきび》をして見たり、又ある時は、家の中にさまざまの形の暗箱を装置して、奥座敷にいながら、玄関の来客の姿が見えるようにして見たり、その他さまざまのそれに類したいたずらをやって喜んでいるのでした。小さな鏡の部屋を作って、その中へ蛙《かえる》や鼠《ねずみ》などを入れ、彼らが自分の姿に震えおののく有様を興《きょう》がったこともあります。顕微鏡《けんびきょう》や望遠《ぼうえん》鏡《きょう》も自己流に作って、ある程度まで成功しました。

さて、この不思議な道楽は、中学を出る頃まで続いていましたが、上の学校にはいってからは、下宿《げしゅく》住まいになったり、勉強の方が忙しかったりして、いつの間にかレンズいじりも中絶してしまいました。それが以前に数倍した魅力をもって復活したのは、学校を卒業して、といって別段勤め口を探さねばならぬ境遇でもなく、何かなしブラブラと遊び暮らしている時代でありました。

三

ここで、私は或るいまわしい病癖《びょうへき》を持っていることを白状しなければなりません。と云いますのは、少年時代のいじけた性質から考えても、こうなるのが当然だったかも知れませんが、私は、鼻下にはしかつめらしいチビ髭《ひげ》まで貯えたこの私が、はしたない女中風情《ふぜい》でもあえてしないような、他人の秘密を隙見する事に、この上もない快感をおぼえるのでありました。むろんこうした性質は、いくらかは誰にでもあるものですが、私のはそれが極端なのです。そして、もっといけないことは、この隙見をする対象が、お話しするのもはずかしいような変てこな、いまわしい物ばかりなのです。

これはある友達から聞いた話ですが、その友達の伯母さんとかに、やっぱり隙見の病気を持った人がいて、ちょうど裏の板塀の向こうに隣家の屋敷が見えるのを幸い、暇《ひま》にまかせてその板塀の節穴から隣家の様子を覗くのだそうです。彼女は隠居の身の上で、これという仕事もなく、退屈なまま、まるで小説本でも読む気で、隣家の出来事を観察しているのです。今日は何人来客があって、どの客はどんなふうをしていて、どんな話をしたとか、あすこの家では、子供が生まれたので、(注7)たのもしを落として、それで何と何とを買ったとか、女中が鼠いらずをあけて、何をつまみ食いしたとか、何から何まで事も細《こま》かに、自分自身の家内《かない》のことよりもっと詳しく、いや先方の主人たちも知らないようなことまでも、洩《も》れなく観察しては、私の友達などに話して聞かせるのだそうです。ちょうどお婆さんが孫たちに、新聞小説の続きものを読んで聞かせるように。

私はそれを聞いて、やっぱり世間には自分と同じような病人があるのだなあと、ばかばかしい話ですが、いくらか心強くなったものです。しかし、私の病気はその伯母さんよりも甚《はなは》だしくたちのよくない種類のものでありました。一例を申しますと、これは私が学校をすませて来て第一にやったいたずらなのですが、私は、自分の居間と私の家の女中部屋とのあいだに、例のレンズと鏡で出来たさまざまの形の暗箱を装置して、熟れた果物のように肥え太った、二十娘《はたちむすめ》の秘密を、隙見してやろうと考えました。隙見といっても、私のはごく臆病な間接のやり方なのです。女中部屋の目につかないような、例えば天井の隅っこなどに、私の発明した鏡とレンズの装置をほどこし、そこから暗箱によって、天井裏などを通路にして、光線を導き、女中部屋で鏡に映った影が、自分の居間の机の上の鏡にも、そのまま映るような仕かけをこしらえたわけなのです。つまり潜航艇《せんこうてい》の中から海上を見る、なんとかスコープという、あれと同じ装置なのです。

さて、それによって何を見たかと云いますと、多くはここにいうをはばかる種類の事柄なのですが、例えば、二十歳の女中が、毎晩寝床へはいる前に、行李《こうり》の底から幾通かの手紙と一葉の写真を取り出して、写真を眺めては手紙を読み、手紙を読んでは写真を眺め、さて寝る時には、その写真を彼女の豊満《ほうまん》な乳房におしつけ、それを抱きしめて横になる様子を見て、彼女にもやっぱり恋人があるのだなと悟る。まあそういった事なのです。それから彼女が見かけによらない泣き虫である事や、想像にたがわずつまみ食いのはげしい事や、寝行儀《ねぎょうぎ》のよくない事や、そして、もっと露骨《ろこつ》なさまざまの光景が私の胸を躍らせるのでありました。

この試みに味をしめて、私の病癖はいちじるしく昂進《こうしん》しましたが、女中以外に家人の秘密を探ることなどは、妙に不愉快ですし、といって、まさか、この仕掛けをよその家へ延ばすわけにもいきませんので、一時ハタと当惑しましたが、やがて、私は一つの妙案を思いついたのです。それは、かのレンズと鏡の装置を携帯自在の組み立てにして、旅館だとか、お茶屋だとか、或いは料理屋などへ持って行って、そこで即座に隙見の道具立てをこしらえるということでした。それには、レンズの焦点を自由に移動し得るような装置を工夫することだとか、暗箱をなるべく小さくして、目立たぬよう細工することだとか、いろいろ困難がありましたけれど、先に申しました通り、私は生来そうした手細工《てざいく》に興味を持っておりますので、数日のあいだコツコツとそればかりを丹精《たんせい》して、結局申し分《ぶん》のない携帯覗《のぞ》き眼鏡《めがね》を作り上げたことでした。

そして、私はそれを到る所で用いました。口実を設けて友人の家へ泊まり込み、主人公の居間へこの装置をほどこして、劇情的な光景を隙見したこともあります。それらの秘密観察の記録を記すだけでも、充分一篇の小説が出来上がりそうに思われます。

それはさておき、前置きはこのくらいにして、いよいよ表題の物語にお話を進めることに致しましょう。

それは今から五年前の夏の初めのことでした。私はその頃神経衰弱症にかかっていまして、都の雑沓《ざっとう》が物憂きまま、家族の勧めに従い、避暑かたがた、H山中のA湖畔にある、湖畔亭という妙な名前の旅館へ、ひとりきりで、しばらく滞在していたことがあります。避暑には少し早い時期なので、広い旅館がガランとして人気《ひとけ》もなく、すがすがしい山気《さんき》が、妙にうそ寒く感じられました。湖上の船遊びも、森林の跋渉《ばっしょう》も、慣れてはいっこう面白くありません。といって都へ帰るのもなんとなく気が向かず、私は旅館の二階でつまらない日々を送ったことであります。

そこで退屈の余りふと思い出したのが、例の覗き眼鏡のことでした。幸い癖になっているものですから、その道具はチャンとトランクの底にあります。

さびしいとは云い条《じょう》、旅館には数組の客がいますし、夏の用意に雇い入れた女中どももも十人近くいるのです。

「では一つ、いたずらを始めるかな」

私はニヤニヤひとり笑いを洩らしながら、客が少ないので見つけられる心配もなく、例の道具立てに取りかかるのでした。そこで私は何を隙見しようとしたか、又その隙見から、計らずも、どんな大事件が持ち上がったか。これからこの物語の本題に入るのであります。

四

湖畔亭は、H山上の有名な湖水の、南側の高台に建てられてありました。細長い建物の北側がすぐに湖水の絶景に面し、南側は湖畔の小村落を隔てて、遙かに重畳《ちょうじょう》の連山《れんざん》を望みます。私の部屋は、湖水に面した北側の一方の端にありました。部屋の前には、露台《ろだい》のような感じの広い縁側《えんがわ》に、一室に二箇くらいの割合で籐椅子《とういす》が置かれ、そこから旅館の庭の雑木林《ぞうきばやし》を越して、湖水の全景を眺めることが出来るのです。緑の山々に取り囲まれた、静寂なみずうみの景色は、最初のあいだ、どんなに私を楽しませた事でしょう。晴れた日には、附近の連峰が、湖面にさかしまの影を投げて、その上を、小さな帆かけ船が辷《すべ》って行く風情《ふぜい》、雨の日には山々の頂《いただき》を隠して、間近に迫った雲間から、銀色の糸が乱れ、湖面に美しい鳥肌を立てている有様、それらの寂しくすがすがしい風物《ふうぶつ》が、混濁《こんだく》しきった脳髄《のうずい》を洗い清め、一時はあのように私を苦しめた神経衰弱も、すっかり忘れてしまうほどでありました。

しかし、神経衰弱が少しずつよくなるにつれて、私はやっぱり雑沓の子でありました。その寂しい山奥の生活に、やがて耐えがたくなって来たのです。湖畔亭は、その名の示す如く、遊覧客の旅館であると同時に、附近の町や村から日帰りで遊びに来る人々のためには、料亭をも兼ねているのでした。そして、客の望みによっては、程近き麓の町から、売女《ばいじょ》のたぐいを招いて、周囲の風物にふさわしからぬばか騒ぎを演じることも出来るのです。淋しいままに、私は二、三度、そんな遊びもやって見ました。しかし、そのようななまぬるい刺戟が、どうして私を満足させてくれましょう。又しても山、又してもみずうみ、多くの日は、ヒッソリと静まり返った旅館の部屋部屋。そして時たま聞こえるものは、田舎芸者の調子はずれの三味線の音ばかりです。しかしながらそうかといって、都の家に帰ったところで、なんの面白い事があるわけでなく、それに、予定の滞在日数は、まだまだ先が長いのでした。そこで困《こう》じはてた私は、先にもちょっと書いたように、例の覗き眼鏡の遊戯を、ふと思いうかべることになったのです。

私がそれを考えついた一つの動機は、私の部屋がごく好都合の位置にあったことでありました。部屋は二階の隅っこにあって、その一方の丸窓をあけると、すぐ目の下に、湖畔亭の立派な湯殿《ゆどの》の屋根が見えるのです。私は、これまで覗き眼鏡の仕掛けによって、種々さまざまの場面を覗いて来ましたが、さすがに浴場だけはまだ知りませんでした。したがって、私の好奇心は烈《はげ》しく動いたのであります。といって私は何も裸女沐浴《らじょもくよく》の図を見たかったわけではありません。そんなものは、すこし山奥の温泉場へでも行けば、いや都会のまん中でさえも、ある種の場所では、自由に見ることが出来ます。それに、この湖畔亭の湯殿とても、別段男湯女湯の区別など、設けてはなかったのです。

私の見たいと思ったのは、周囲に誰もいない時の、鏡の前の裸女《らじょ》でありました。或いは裸男《らなん》でありました。われわれは日常銭湯などで、裸体の人間を見なれておりますが、それはすべて他人のいる前の裸体です。彼らはわれわれの目の前に、一糸もまとわぬ、赤裸々《せきらら》の姿を見せてはいますけれど、まだ羞恥《しゅうち》の着物までは、脱ぎすてていないのです。それは人目を意識した、不自然な姿に過ぎないのです。私はこれまでの覗き眼鏡の経験によって、人間というものは周囲に他人のいる時と、たった一人きりの時と、どれほど甚だしく違って見えるものだかということを、熟知していました。人前では、さも利口そうに緊張している表情が、一人きりになると、まるで弛緩《しかん》してしまって、恐ろしいほど相好《そうごう》の変わるものです。ある人は、生きた人間と死人ほどの、甚だしい相違を現わします。表情ばかりでありません。姿勢《しせい》にしろ、いろいろな仕草《しぐさ》にしろ、すべて変わってしまいます。私はかつて他人の前で非常な楽天家《らくてんか》で、むしろ狂《きょう》的《てき》にまで快活な人が、その実は、彼が一人きりでいる時は、正反対の極端に陰気な厭《えん》世家《せいか》であったことを目撃しました。人間には多かれ少なかれ、こうしたところがあるように思われます。われわれの見ている一人の人間は、実は彼の正体《しょうたい》の反対のものである場合がしばしばあるものです。この事実から推して行きますと、裸体の人間を、鏡の前に、たった一人で置いた時、彼が彼自身の裸体を、いかに取り扱うかを見るのは、甚だ興味のある事柄ではないでしょうか。

そういう理由から、私は覗き眼鏡の一端を、浴場の中へではなく、その次の間になっている、大きな姿見のある脱衣場にとりつけようと決心したものであります。

五

その日、夜の更けるのを待って、私は不思議な作業にとりかかりました。先《ま》ずトランクの底から覗き眼鏡の道具を取り出しますと、入れこになったボール紙の筒を、長くつなぎ合わせて、例の丸窓から屋根へ忍びいで、人目につかぬ場所を選んで、それを細い針金で結びつけるのでした。幸い、そこの空地には背の高い杉の木立があって、その辺の壁を一面に覆い隠していましたので、夜が明けても私の装置が発覚する憂《うれ》いはありません。のみならず、そこは家の裏側に当たる場所ですから、滅多に人の来るようなことはないのです。

盗賊のように、木の枝を伝ったり、浴場の窓から忍び込んだり、私は暗闇の中で、夢中になって働きました。そして、三時間余りをついやして、やっと思うような装置をほどこすことが出来たのです。眼鏡の一端は、丸窓から、床の間の柱の陰を伝わらせて、そこへ寝転びさえすれば、いつでも覗けるようにして、その柱のところへは、私の合《あい》(注8)トンビをかけ、女中などに仕かけを見つけられぬ工夫をしたのです。

さて、その翌日から、私は不思議な鏡の世界に耽溺《たんでき》しはじめました。壁の隅にとりつけた、鼠色の暗箱の中には、方二寸ほどの小さな鏡が、斜めに装置せられ、上のレンズから来る脱衣場の景色を、まざまざと映し出しています。光線がたびたび屈折しているので、それは甚だ薄暗い映像ではありましたが、そのためかえって、一種夢幻的《むげんてき》な感じを添え、もうこの上もなく、私の病的な嗜好《しこう》を喜ばせるのでした。

私の部屋は二階ですから、湯殿へ行く人の足音は、むろん聞こえず、又、丸窓から覗いたとて、そこには湯殿の屋根が見えるばかりで、内部の様子を伺うことは出来ません。それゆえ、何時その脱衣場へ人が来るか、鏡の面を注意しているほかには、知るべきよすがもないのです。そこで、私は、ちょうど魚を釣る人が、浮きの動くのを待ちかねて、その方ばかり見つめているように、朝起きるとから、部屋の隅に寝ころんで、小さな鏡を凝視《ぎょうし》するのでありました。

やがて、待ちに待った人影が、チラリと鏡の上にひらめいた時、私はどんなに胸を躍らせたことでしょう。そして、その人が着物を脱ぐあいだ、湯から出てから身体をふいているあいだ、今にも変わったことが起こるか、今にも変わったことが起こるかと、どんなに待ちかねたことでありましょう。

ところが、私の予想は、多くの場合裏切られて、そこに現われた男女は、ただそれが、不思議な、薄暗い鏡の表面に、うごめいているという興味のほかには、なんの変わった様子も見せてはくれないのでした。それに、先にも云った通り、初夏とはいえ、山の上ではまだ朝夕は寒いほどの時候なので、泊まり客も二、三組に過ぎず、酒を飲んで騒ぐために来る客とても、三日に一度ぐらいの割合にしかないのです。したがって、入浴者も少なく、私の鏡の世界は、湖水の景色と同じように、なんともさびしいものでありました。

その中で、わずかに私を慰めてくれたのは、十人に近い宿の女中たちの入浴姿でした。

彼らの或る者は、二人三人と連れ立って、脱衣場に現われました。

そして、何というのか声は聞こえませんが、多分みだらな噂《うわさ》でもしているのでしょう。笑ったりふざけたりしながら着物を脱ぎ、お互いの肌を比べ合い、相手の肥え太った腹を叩きなどする様が手に取るように眺められるのです。それらが鏡の表面に、豆写真のように可愛い姿で動いているのです。それから入浴を済ませると、彼女らは長い時間かかって、姿見の前でお化粧を始めます。私は以前から、女のお化粧というものには一種の興味を感じていたのですが、かように裸体の女が、あからさまな姿態で、大胆なお化粧をする有様は見たことがありません。そこには男の知らぬ、ある不思議な世界がくり拡げられるのでありました。

あるものは、たった一人で、脱衣場に現われます。そして鏡の前で、少しの遠慮もなく着物を脱ぎすてるのです。

この場合には、一そう好奇的な景色に接することが出来ます。今のさき、無邪気そうな顔をして、私のお給仕をしていた女が、たった一人で鏡の前にたつと、こんなにも様子が変わるものかしら、なるほど女は魔物《まもの》だなあ。私はしばしばそんな嘆声をもらすのでありました。

六

ところが、間もなく、私の鏡の世界には、平凡な景色に退屈しきっていた私を、驚喜《きょうき》せしめるような人物が現われました（そして、その次には、もっともっと、そんなものよりは幾層倍《いくそうばい》も驚くべき事件が、鏡の中に起こったのですが）。それは、最近宿に着いた、東京の富裕階級《ふゆうかいきゅう》に属するらしい、女づれの一家族の一人で、十八ぐらいに見える、非常にけばけばしい身なりをした娘でした。彼女がはじめて私の鏡に現われた時、私は何かこう、その薄暗いガラスの中に、まっ赤なけしの花でも咲いたような気がしたものです。彼女は身なりにふさわしく、世にも美しい容貌の持ち主でした。そして、その容貌にもいやまして、彼女の身体は見事でした。西洋人のように豊かなる肉体、桜の花瓣《かべん》のように微妙な肌の色、それだけでも充分私を驚かせたのですが、その上彼女には、鏡の前の不思議な癖さえあったのです。彼女は一糸まとわぬ自分のからだを、或いは横むきになり、或いはうしろむきになり、種々さまざまの、みだらなポーズを作って、いつまでも眺めているのです。

廊下などで遇《あ》った時の、つつましやかな、とりすました様子に引きかえ、たった一人で姿見の前に立つ時には、彼女はまるで別人のように大胆になりました。

私は初めて、若い女が、自分自身の肉体に見とれる有様を、隙見することが出来ました。そしてその余りにも大胆な身のこなしに、一驚を喫《きっ》しないではいられませんでした。

それらの一々を説明することは、この物語の本筋と関係のないことですから、ここには省略しますけれど、ともかく、私は彼女の出現によって、やっと退屈から救われることが出来ました。

やがて私は覗き眼鏡の効果を一そう強めるために、又もや夜中に浴場へ忍び込んで、高い通風用の窓の隙間からのぞかせたレンズの先に、もう一つ望遠鏡様《よう》のレンズ装置をほどこし、そこの姿見の中央の部分だけが、間近く映るように作り変えました。

その結果、私の部屋の方二寸の鏡の中には、脱衣場の姿見に映る人影が、うまく行けば全身、時によっては身体の一部分だけ、映画の大写しのようにうごめくのです。

それがどんなに異様な感じであるか、そのたった二寸の鏡に映る人間の身体の一部分が、どんなに大きく思われるか、実際私と同様の遊戯をやって見た人でなければ恐らく想像もつかないでしょう。そこには、薄暗い水族館の、ガラス張りの水槽《すいそう》の表に、白々と、思いかけぬ魚の腹が現われる感じで、ちょうどあの感じで、突然ヌッと、人間の肌が現われるのです。それがどんなに、気味わるく、同時に蠱惑的《こわくてき》なものであったでしょう。私はそうして、毎日毎日、飽きもせず、裸女の秘密を眺め暮らしたことであります。

七

そして、或る日のことでありました。

毎日欠かさず湯殿に来る娘が、どうしたことか、その日は夜になっても姿を見せないので、見たくもない他の人たちの身体を、眺め暮らしているうちに、いつしか夜も更けて、もう浴客も尽き、いつもの例によると、あと十二時頃に女中たちの入浴するまで、一、二時間のあいだ、鏡の表に人影の現われることはないのです。

私はもうあきらめて、さいぜんから敷いてあった床の中にもぐり込みました。すると、今まで気にもとめなかった、ふた間おいて向こうの部屋のばか騒ぎが、うるさく耳について、とても眠ることが出来ません。田舎芸者のボロ三味線に、野卑《やひ》な俗曲を女の甲声《かんごえ》と男の胴間声《どうまごえ》とが合唱して、そこへ太鼓まではいっているのです。珍しく大一座と見えて、廊下を走る女中の足もいそがしそうに響いて来ます。

寝られぬままに、私は又もや床を這い出して、鏡のところへ行きました。そして、ひょっとして、あの娘の姿が見られはしないかと、そんなことを願いながら、ふと鏡の表を見ますと、いつの間に来たのか、そこには一人の女の後ろ姿が映っているのです。それが例の娘でないことは一目《ひとめ》でわかりましたが、しかし、そのほかの何人《なんぴと》であるかは、少しもわかりません。そこには女のくびから下が、鏡の隅によって、ボンヤリと映っているに過ぎないのです。からだの肉づきから判断すると、どちらかといえば若い女のように見えます。今湯から上がって、顔でもふいているらしい恰好です。と、突然、女の背中で何かがギラリと光りました。ハッとしてよく見ると、実に驚くべきものがそこにうごめいているではありませんか。鏡の隅の方から一本の男のらしい手が伸びて、それが短刀を握っているのです。女の丸々とした身体と、その手前に、距離の関係で非常に大きく見える男の片腕とが、鏡面一ぱいに充ちて、それが水族館の水槽のように、黒ずんで見えるのです。一刹那、私は幻を見ているのではないかと疑いました。事実私の神経はそれほど病的になっていたのですから。

ところがしばらく見ていても、いっこう幻は消えないのです。それどころか、ギラギラと異様に光る短刀が、少しずつ少しずつ、女の方へ近づいて行くのです。男の手は多分、興奮のためでしょう、気味わるく震えています。女はそれを知らないのでしょう。じっと落ちついて、やっぱり顔を拭いているようです。

もはや夢でも幻でもありません。疑いもなく、今浴場で殺人罪が犯されようとしているのです。私は早くそれを止めなければなりません。しかし、鏡の中の影をどうすることが出来ましょう。早く、早く、早く、私の心臓は破れるように鼓動します。そして、何事かを叫ぼうとしていますが、舌がこわばってしまって、声さえ出ないのです。ギラリ、一瞬間、鏡の表が電《いなずま》のように光ったかと思うと、まっ赤なものが、まるで鏡の表面を伝うように、タラタラと流れました。

私は今でも、あの時の不思議な感じを忘れることが出来ません。一方の部屋では、景気づいた俗曲《ぞっきょく》の合唱が、太鼓や手拍子足拍子で部屋もわれよと響いています。それと、私の目の前の、闇の中の、ほの暗い鏡の表の出来事とが、なんとまあ異様な対照をなしていたことでしょう。そこでは、白い女の体が、背中から、まっ赤なドロドロしたものを流しながら、スーッとあるき去ったように鏡の表から消えました。いうまでもなく、そこへ倒れたのでしょうけれど、鏡には音がないのです。あとに残った男の手と短刀とは、しばらくじっとしていましたが、やがて、これも、あとずさりをするように、鏡から影を消してしまいました。その男の手の甲に、斜《はす》かけに傷痕らしい黒い筋のあったのがいつまでも、いつまでも、私の目に残っていました。

八

しばらくは、私は、鏡の中の血なまぐさい影絵を現実の出来事と思わず、私の病的な錯覚か、それとも、覗《のぞ》きからくりの絵空事《えそらごと》をでも見たように、ボンヤリとそのまま寝ころんでいたことです。しかし考えて見れば、いかに衰えた私の頭でも、まさかああまでハッキリと幻を見よう道理がありません。これはきっと、人殺しではなくても、何かそれに似通った、恐ろしい事件が起こったものに相違ないのです。

私は耳をすまして、今にも下の廊下に、ただならぬ足音や、騒がしい人声が聞こえはじめはしないかと待ち構えました。そのあいだに、私はなんの気もなく腕の時計を見ていたのですが、その針がちょうど十時三十五分近くをさしていました。

ところが、待っても待っても、なんの変わった物音も聞こえては来ません。隣室のばか騒ぎも、なぜかふと鳴りをひそめていましたので、一刹那、家じゅうがシーンと静まり返って、私の腕時計のチクタクばかりがいやに大きく響くのでした。私は幻を追いでもするように、もう一度鏡の中を見つめました。むろんそこには脱衣場の冷たい大姿見《おおすがたみ》が、壁や棚などを映して白々と鈍い光を放っているばかりです。あれほどの勢いで短刀をつき立て、あれほどの血潮が流れたのですから、被害者は死なぬまでも、必ず非常な重傷を負ったことでしょう。鏡の像に声はなくとも、彼女は恐ろしい悲鳴を発したことでありましょう。

私は甲斐《かい》なくも、冷たい鏡の表から、その悲鳴の余韻《よいん》をでも聞き出そうとするように、じっとそこを見つめていました。

それにしても、宿の人たちは、どうしてこう静まり返っているのでしょう。もしかしたら、彼らはあの悲鳴を聞かなかったのかも知れません。浴場の入口の厚いドアと、そこから女中たちのいる料理場までの距離が、それを遮《さえぎ》ったのかも知れません。そうだとすると、この恐ろしい出来事を知っているものは、広い湖畔亭の中で、私ただ一人のはずです。当然私は、このことを彼らに知らせなければなりません。でもなんといって知らせればいいのでしょう。それには覗き眼鏡の秘密をあかすほかはないのです。どうしてそんな恥かしいことが出来ましょう。恥かしいばかりではありません。この常人では判断も出来ないような、変てこな仕掛けが、どうしたことで殺人事件と関連して考えられないものでもありません。生来臆病で不決断な私には、とてもそんなことは出来ないのです。

といって、このままじっとしているわけにはいきません。私はほとんど十分ほどのあいだ経験のない焦燥に攻められながら、もじもじしていましたが、やがてたまらなくなって、いきなり立ち上がると、どうするという当てもなく、ともかく部屋を出て、すぐそばの広い階段をかけおりるのでした。階段の下の廊下がT字形になっていて、一方は湯殿の方へ、一方は玄関の方へ、そうして、もう一つは奥の座敷の方へ続いていましたが、今私が大急ぎで階段をおりたのと、ほとんど出あいがしらに、奥の座敷へ通じる廊下から、ヒョッコリと人の姿が現われました。

見るとそれは相当の実業家らしい洋服姿で、落ちついた色合の、豊かな春外套《はるがいとう》を波うたせ、開いた胸からは、太い金鎖がチラついていました。そして右手《めて》には重そうな大一番のトランク、左手《ゆんで》には金の握りのステッキです。しかし夜の十一時近い時分、宿を立つらしいその様子と云い、重いトランクを自身手にさげているのも、考えてみれば妙ですが、それよりも一そうおかしいのは、出あいがしらで、私の方でも、少なかずびっくりしましたけれど、先方の驚き方と云ったらないのです。彼はハッとしたように、いきなり後ろへ引き返そうとしましたが、やっと思い返して、いかにも不自然なすまし方で、私の前を通り抜け、玄関の方へいそぐのです。そして、その後《あと》からもう一人、彼の従者とも見える少し風采《ふうさい》の劣った男が、これもやっぱり洋服姿で、手には同じようなトランクをさげてついて行きました。

私が世にも内気者であることは、これまでもしばしば申し述べた通りです。従って、宿屋にいても、滅多《めった》に部屋の外へ出ることはなく、同宿者たちのことも、まるで無知でありました。例の華美な都会の少女と、もう一人の青年（彼がどんなに驚嘆すべき男であるかは、お話が進むに従って読者に明らかになるでしょう）の外には、私はほとんど無関心だったのです。むろん覗き眼鏡を通して、すべての泊まり客を見てはいるのですけれど、どの人がどの部屋にいて、どんな顔つき風体をしているのやら、とんと記憶してはいませんでした。で、今出あいがしらに私を驚かせた紳士とても、一度は見たようにも思うのですけれど、別段深い印象もなく、したがって彼の変てこな挙動にも、大して興味を感じなかったのです。

その時の私には、時ならぬ出立客など怪しんでいる余裕はなく、ただもうワクワクとして、その廊下をどちらへ行っていいのかさえ、わからない始末でした。が、いくら勇気をふるい起こして見ても、あの出来事を宿の人に告げる気にはなれません。覗き眼鏡のことがあるものですから、まるで自分自身が科人《とがにん》でもあるようにうしろめたい気持なのです。

九

しかし、そうしていても際限がないので、私はともかく、浴場を検べてみることに心をきめました。

薄暗い廊下をたどって、そこへ行って見ますと、入口の厚い西洋扉《せいようとびら》はピッシャリととじられてありました。気の弱い私には、それをあけるのが、どんなに薄気味わるかったことでしょう。でも大ぶん時間もたっていることですし、やっと元気を出して、一分二分と、少しずつ扉を開き、そこに目を当てて覗いて見ましたところ、私は何をまあビクビクしていたのでしょう。当然、そこにはもう曲者などはいなかったばかりか、もしやと思っていた女の死骸さえ、ないのです。ガランとした脱衣場は、白々とした電燈に照らし出されて、墓場のように静かなのです。

やっと安心した私は、すっかりドアをあけて脱衣場にはいりました。あれほどの刃傷沙汰《にんじょうざた》があったのですから、その床にはおびただしい血潮が流れていなければなりません。ところが、見ると、綺麗《きれい》に艶《つや》の出た板張りの床には、それらしい跡もないではありませんか。ではもう浴場との境の磨《すり》ガラスの戸をあけて見るまでもありません。あっけに取られた私は、ただボンヤリとそこに立ち尽くしていました。まるで狐《きつね》にでもつままれたような話なのです。

「ああ、俺の頭はいよいよどうかしてしまったのだ。あんな気味わるい幻を見て、しかもそれを真実の事かなんぞのように騒ぎまわるなんて。なぜ変な覗き眼鏡なんか作ったのだろう。もしかすると、あれを考案した時から、もう気違いだったのかも知れない」

さっきのとは違った、もっと根本的な恐れが、私を戦慄《せんりつ》させました。私は夢中で自分の部屋へ帰ると、敷いてあった床の中にもぐり込んで、これ迄の事が一切夢であってくれればいいと、それを祈りながら目をとじました。

一時やんでいた近くの部屋のばか騒ぎが、私の愚かさをあざ笑うように、又してもドンチャンとやかましく響いて来ます。蒲団をかぶってもどうしても、その響きがうるさく耳について、寝られたものではないのです。

すると、いつの間にか又、私は先ほどの幻について考えふけっていました。あれが幻であったときめてしまうのは、とりも直さず私の頭が狂っていることを承認するようなもので、余りに恐ろしい事です。それに、だんだん冷静に考えれば考えるほど、私の頭が、或いは眼が、それほど狂っていようとは思われません。「ひょっとしたら誰かのいたずらではないかしら」愚かにも、私はそんなことまで想像して見るのでした。

しかしあのようなばかばかしいいたずらを、誰がなんのためにやるのでしょう。私を驚かすためにか？　そんな懇意《こんい》な知り合いは、この湖畔亭にはいないのです。のみならず、私の覗き眼鏡の秘密すら、まだ何人もさとり得ないではありませんか。あの短刀、あの血潮、あれがどうしていたずらなどでありましょう。

では、やっぱり幻なのか。しかし私には、なんとなくそう思われないのです。脱衣場に血潮が流れていなかったのは、ちょうど被害者の足の下に着物か何かがあって、それにしたたったのだとも、又床に流れるほどの多量の出血がなかったのだとも、考えられぬことはありません。でもそれにしては、切られた人が、あの深手《ふかで》で、どこへ立去ることが出来たのでしょう。叫び声は、それは二階の騒ぎに消されて、宿の人も気づかなかったのかも知れませんが、あの手負いが誰にも見つからずに、ここを出られよう道理はないのです。だいいち彼女は、すぐにも医者の必要があったのです。

そんなことを、とつおいつ考えつづけて、その夜はついにまんじりともしませんでした。ナニ宿の者に告げさえすれば気がすむのですけれど、覗き眼鏡の弱味があるものですから、それもならず、つまらぬ苦労をしたことです。

十

翌朝、夜があけて、階下が騒がしくなると、私はやっと少しばかり元気づいて、顔でも洗ったら気が変わるかも知れないと、タオルを持って階段を下り、洗面所へ行きました。それがちょうど例の浴場のそばにあるので、もう一度朝の光で脱衣場を検べて見ましたが、やっぱりなんの変わったこともありません。

洗面を済ませて部屋へ帰ると、私は湖水に面した障子をあけて、腹一ぱいに朝の空気を吸い込みました。なんという晴々《はればれ》とした景色でしょう。見渡す限りの湖面には縮緬《ちりめん》のような小波《さざなみ》が立って、山の端《は》を上った日光がチカチカと白く反射しています。背景には日陰の山肌が、壮大な陰影をたたんで、その黒と、湖面の銀と、そして山と湖との境に流れる一抹《いちまつ》の朝霞《あさがすみ》。長い滞在の間にも、朝寝坊の私は、珍しくそんな景色を見たのでした。その景色に比べては、私の夜来《やらい》の恐怖がなんとむさくるしく見えたことでありましょう。

「お早いのでございますね」

うしろに冷やかすような女の声がして、そこへ朝のお膳が運ばれました。いっこう食慾などありませんでしたが、ともかく私はお膳につきました。そして、箸《はし》を取りながら、ふと、もう一度昨夜のことを確かめて見る気になったのです。朝のはれやかな空気が、私の口をいくらか快活にしました。

「君は知らなかったのかい。昨夜《ゆうべ》湯殿の方で、変な叫び声がしたように思ったが、何かあったのじゃないかい」

私はさも剽軽《ひょうきん》な調子で、こんなふうに始めました。そしてさまざまに問い試みたのですが、女中は何事も知らないのです。客のうちにはむろん怪我人などなく、附近の村人にも、そんな噂を聞かないというのです。あの手負いが今まで人に気づかれぬはずはありませんから、その噂が耳ざとい女中たちに伝わっていないとすると、昨夜の事は、いよいよ一場の悪夢に過ぎなかったのかも知れません。私は更に自分自身の神経を心配しなければなりませんでした。

それからしばらくして今さら寝るわけにもいかず、部屋に坐ったままうつうつと物思いにふけっていた私の前に、一人の訪問者が現われました。それは先にちょっと記した、面識《めんしき》の青年で、やはり同じ宿に泊まっている河野《こうの》という男でしたが、これがこの物語の主人公ともいうべき人物なのですから、ここに少しく彼のことを説明しておかねばなりません。

私は彼とは、浴場の中だとか、湖の畔《ほとり》だとかで、二、三度あったのに過ぎませんが、彼も又私のように、どちらかといえば憂鬱《ゆううつ》な方らしく、いつの時もボンヤリと一つ所を見つめているのを見かけました。ふとしたことから話し合って見たのですが、お互いの性格にはどっか似通ったところがありました。人にまじってお喋《しゃべ》りするよりは、一人で物思いに沈んでいる、或いは書物などを読みふけっている。私は彼のそんなところに、なんとなく好意を感じました。しかし、彼は私のようないわばニヒリストではなく、人間相互《にんげんそうご》の関係について、何かの理想を抱いているように見えました。そしてそれは決してひとりよがりなユートピアを夢みているのではなくて、もっと着実な（従って社会的には危険な）、実行的なもののように思われました。ともかく変わり者に相違ないのです。

彼は又職業や物資の方面でも、私とは大ぶん違っていました。彼の専門は洋画家で、風采から考えても決して富裕な階級に属する人ではなく、彼の口ぶりでは、画を売りながらこうして旅行をしているらしい様子です。宿の部屋なども、彼のは廊下の隅っこの一ばん不便な場所があてがわれてありました。何が引きつけるのか、彼はこれまでしばしばこのH山中へやって来たらしく、その辺の事情にはよく通じていました。今度も麓《ふもと》の町にしばらくいて、私の少し前に湖畔亭に来たということでした。そうして旅をしながら、彼は諸国の人情風俗を調べている様子で、さまざまの珍しい事柄を知っていました。旅の暇には彼はたずさえている書物に読みふけるらしく、手垢《てあか》で黒くなった四、五冊のむずかしい書物が、いつも彼の座右《ざゆう》にあるのでした。

いや、これでは少しお話が堅くなり過ぎたようです。河野の紹介はこれくらいに止《とど》めて、さて彼がその朝私の部屋を訪ねたところへ立ち帰ることに致しましょう。

彼は私の部屋へはいって来ると、私の顔をジロジロ眺めて、

「どうかしましたか、大変顔色がわるいようですが」

と聞くのです。

「昨夜眠れなかったものですから」

私はさりげなく答えました。

「不眠症ですか、いけませんね」

そして、私たちはしばらく、いつものような議論とも世間話ともつかぬものを取りかわすのでした。が、やがて、私はそんな暢気《のんき》な対話に耐えきれなくなりました。ともすれば、昨夜のことで頭が一ぱいになって、河野の物知り顔な議論などいっこう耳にはいらぬのです。そうしていらいらしているうちに、私はふと「この男に話をして彼の判断を聞いて見たら」と考えました。彼ならば相当私を理解もしていてくれるのですから、なんとなく、話し易い気がするのです。そこで、私は昨夜の一伍一什《いちぶしじゅう》を、すっかり彼に打ち明けてしまいました。覗き眼鏡の秘密をあかす時には、でもずいぶん恥かしい思いをしたことですが、相手の聞き上手が、いつの間にか、臆病者の私を多弁にしてしまったのでした。

十一

河野は私の話に非常な興味をおぼえたように見えました。殊《こと》に覗き眼鏡の仕掛けは、彼を有頂天《うちょうてん》にさせました。

「その鏡というのはどれです」

彼は何よりも先にそれを聞くのでした。私は夏外套《なつがいとう》を取って、例の仕掛けを見せてやりますと、

「ホウ、なるほど、なるほど、うまいことを考えたものですね」

彼はしきりに感心しながら、みずからそれを覗いて見るのです。

「たしかに、ここへそんな影が映ったのですね。今おっしゃる通り、幻にしては変ですね。しかし、その女は（たぶん女でしょうね）少なくとも大怪我をしているはずですから、それが今まで知れないというのもおかしいけれど」

そして、しばらくのあいだ、彼は何か考えに耽《ふけ》っている様子でしたが、やがて、

「いや、必ずしも不可能ではありませんよ。もし被害者が怪我をしただけだとするとおかしいけれど、その女が死んでしまったとすれば、死骸を隠して、あとの血潮などは拭きとることも出来ますからね」

「でも、私がそれを見たのが十時三十五分で、それから湯殿へ行くまでに、十分ほどしかたっていないのですよ、その僅《わず》かのあいだに死体を隠したり掃除をしたり出来るものでしょうか」

「場合によっては出来ないこともありませんね」河野は意味ありげに云いました。「例えば……いや想像なんかあと廻《まわ》しにして、も一度湯殿を検べて見ようではありませんか」

「しかし」私はなおも主張しました。「誰もいなくなった人はないでしょう。だとすると、女が死んだというのも変ですよ」

「それはわかりません。昨夜なんか泊まらない客が沢山あって、ずいぶん混雑していたようですから、誰か行方不明になっていないとも限りませんよ。そして、そこの家では昨夜の今朝のことですから、まだ気がつかないでいるかも知れません」

そこで、私たちはともかく浴場へ行って見ることにしました。私としては行って見るまでもないと思うのですけれど、河野の好奇心が、もう一度彼自身の目で検べて見なければ承知しなかったのです。

脱衣場にはいると、私たちはドアをしめ切って、旅館の浴場にしては贅沢《ぜいたく》なほど広いそこの板間を見廻しました。河野はするどいまなざしで(彼の目は時として非常に

鋭く光るのでした）その辺をジロジロ眺めていましたが、

「ここは朝早く掃除することになっていますから、血の跡があるにしてもちょっと見たくらいではわからぬように拭きとってあるかも知れません」そして、ふと気がついたように、「おや、これは変ですね。このマットはいつもこんな鏡の前にはなかったはずだが、これの正しい位置は、この浴場の入口にあるべきですね」

彼はそう云いながら、足の先で、そのゴム製の幅の広いマットを、あるべき位置へおしやるのでした。

「ヤ、ヤ、これは」

彼が妙な声を出したので、驚いてそこを見ますと、今までマットで隠れていた床板には、ほとんど二尺四方ほどの広さで、ベットリと、ドス黒いしみがついているのです。それが血潮を拭きとった跡であることは、一《ひ》と目《め》見ただけで充分察しられました。

十二

河野は袂《たもと》からハンカチを出して、その血らしいものを、ゴシゴシとこすって見ましたが、よほど拭き取ってあると見えて、ハンカチの先がほんのうっすりと赤くなるばかりでした。

「どうも血のようですね。インキや絵の具の色とは違いますね」

そして、彼はなおもその辺を調べまわっていましたが、

「これをご覧なさい」

といって指さすところを見ると、マットで隠れていた個所のほかにも、諸所に点々として血の痕らしきものを認めることが出来ました。あるものは柱や壁の下部に、あるものは板張りの上に、よく拭き取ってあるために、ほとんど見分けられぬほどになっていましたけれど、そう思って見れば、なるほど非常に沢山の血痕らしいものがあるのです。そして、その点々たる血痕をつけて行きますと、負傷者或いは死者は、明らかに浴場の中へはいった形跡があります。しかし、それから先はどこへ行ったものか、どこへ運ばれたものか、絶えず流れているたたきになっているのですから、むろん少しもわかりません。

「ともかく帳場へ知らせようじゃありませんか」

河野は意気込んでいうのです。

「ええ」私は非常に困って答えました。「しかし、例の覗き眼鏡のことは、お願いですから、いわないようにして下さい」

「だって、あれは重大な手掛かりですよ。例えば、被害者が女だったことだとか、短刀の形だとか」

「でも、どうかそれだけはいわないで下さい。恥かしいばかりじゃありません。あんな犯罪じみた仕掛けをしていたことになると、なんだか僕自身が疑われそうで、それも心配なのですよ。手掛かりはこの血痕だけで充分じゃありませんか。それから先は僕の証言なんかなくっても、警察の人がうまくやってくれるでしょう。どうかそれだけは勘弁して下さい」

「そうですか、そんなにおっしゃるのなら、まあ云わないでおきましょう。では、ともかく知らせて来ますから」

河野は云い捨てて帳場の方へ走って行くのです。取り残された私はただもう当惑しきってボンヤリそこに佇《たたず》んでおりました。考えて見れば大変なことになったものです。私の見たものは、夢でも幻でもなくて、ほんとうの人殺しだったのです。この血の分量から考えると、さっき河野が想像した通り、恐らくは被害者は死んでいるのでしょうが、犯人はその死体をどこへ持って行ったというのでしょう。いやそんなことよりも、殺された女は、そして殺した男は（たぶん男なのです）いったい全体何者でしょう。今頃になっても、宿の人たちが少しも不審《ふしん》をおこさぬところを見ると、止宿《ししゅく》人《にん》のうちに、行方不明の者もないと見えます。しかし、誰がわざわざ外部から、こんな所へ相手をつれ込んで、人殺しなどやりましょう。考えれば考えるほど、不可解なことばかりではありませんか。

やがて、廊下の方に数人のあわただしい足音がして、河野を先頭に、宿の主人、番頭、女中などが浴場へはいって来ました。

「どうか騒がないようにして下さい。人気稼業《にんきかぎょう》ですからね。そうでもないことが、世間の噂になったりしますと、商売にさわりますからね」

デブデブ太った湖畔亭の主人は、そこへはいるなり、囁《ささや》き声で云いました。そして、血痕を見ると、

「なあに、これは何かの汁をこぼしたのですよ。人殺しなんて、そんなばかな、だいいち叫び声を聞いたものもなければ、家のお客様に見えなくなった人もありませんからね」

彼は強いて打ち消すように云いながら、しかし、内心では充分おじけづいているらしく、

「けさ、ここを掃除したのは誰だ」

と女中の方を振りかえって聞きただすのでした。

「三造《さんぞう》さんでございます」

「じゃ、三造をここへ呼んでおいで、静かにするんだよ」

三造というのは、そこの風呂焚《ふろた》きをしている男でした。女中に伴われて来た様子を見ますと、日頃お人好しの、少々抜けているという噂の彼は、まるで、彼自身が人殺しの犯人ででもあるように、青くなって、オズオズしているのです。

「お前は、これを気づかなかったのか」

主人は怒鳴るように云いました。

「ヘエ、いっこうに」

「掃除はお前がしたんだろう」

「ヘエ」

「じゃ気がつかぬはずはないじゃないか。きっとなんだろう。ここにあった敷物をのけて見なかったのだろう。そんな掃除のしようがあるか。どうしてそう骨おしみをするのだ……まあそれはいいが、お前、昨夜ここで何か変な物音でも聞かなかったかね。ずっとその焚《た》き場《ば》にいたんだろう。叫び声でもすれば聞こえたはずだ」

「ヘエ、別にこれといって……」

「聞かないというのか」

「ヘエ」
といった調子なのです。私どもには眼尻《めじり》に皺《しわ》をよせて、猫撫《ねこな》で声でものをいう主人が、召使いに対すると、こうも横柄《おうへい》になるものかと、私は少なからず不快を感じました。それにしても、三造というのは、なんという煮え切らない男でありましょう。

十三

それから「血痕だ」「いや血痕ではない」と主人はあくまで稼業のさわりを恐れて事を荒立てまいとするし、河野も自説を取って下らず、はしなくも、変てこな論争が始まったものです。

「あなたも妙な方ですね。こんな何がこぼれたのだかわかりもしないものを見て、まるで人殺しがあったときめてしまうようなものの云い方をなさるじゃありませんか。あなたは私のうちへけちがつけたいのですか」

主人はもう喧嘩腰《けんかごし》なのです。こうなって来ますと、私はもしや河野が覗き眼鏡の一件を持ちだしはしないかと、もう気が気ではありません。いかな主人でも、それを打ち明けさえすれば、納得するに相違ないのですから。

が、ちょうどその時、一人の女中があわただしくはいって来ました。彼女たちはもう血痕のことを知っているのです。従って誰も彼も、立居振舞《たちいふるまい》が常規《じょうき》を逸《いっ》しています。

「旦那さま、中村家《なかむらや》さんから電話がかかりましてね」彼女は息を切らせていうのです。

「あのう、長吉《ちょうきち》さんがまだ帰らないんでございますって」

この突然の報告が、局面を一転させました。さすがの主人も、もはや落ちついているわけにはいきません。長吉というのは、程近き麓の町の芸妓なのです。それが昨夜湖畔亭に呼ばれて来たことは確かに来たのだそうですが、そのまま行方がわからなくなったのです。中村家ではゆうべ湖畔亭に泊まり込んでしまったものと思って（田舎のことで、そういう点はごくルーズなのです）別に心配もせず、やっと今頃になって電話をかけて来たわけでした。

「ええ、それは、大一座のお客様を送って、ほかの家の芸者衆と一しょに、あの子も確かに自動車に乗ったと思うのですが」

主人の詰問《きつもん》にあって、番頭がへどもどしながら答えました。しかし、彼自身もどうやら、確かな記憶はないらしい様子なのです。

そこへ、騒ぎを聞いてお神《かみ》もやって来ますし、女中たちも大勢集まって来ました。そして、長吉を見たとか見ないとか、口々に喋るのです。それを聞いていますと、しまいには、長吉という芸妓が果たしてゆうべ来たのかどうか、それさえ怪しくなって来ます。

「いいえ、そりゃ来ていたことは確かですわ」

一人の女中が何か思い出したように云いました。

「あれは十時半頃でした、お銚子《ちょうし》を持って二階の廊下をあるいていますと、いきなり十一番の襖《ふすま》がガラッとあいて、長吉さんが飛び出したのですよ。あの子が呼ばれたのは、広間の方でしょう。私は変に思って、後ろ姿を見ていましたの。すると、長吉さんたら、まるで何かに追い駈けられでもしているように、バタバタと向こうの方へ走って行きましたわ」

「そうそう、それで思い出した」もう一人の女中がその尾についていうのです。「ちょうどその時分だわ、私が下のご不浄《ふじょう》の前を通っていると、十一番さんの、あのおひげさんね、あの人がやって来て、今ここを長吉が通らなかったかって、ひどい剣幕《けんまく》で聞くのよ。知りませんというと、わざわざ不浄の中へはいって、戸を開いて探しているじゃないか。あんまり変だったので、よく憶《おぼ》えてるわ」

それを聞きますと、私もまた、ある事柄に思い当たりました。そして口を挾《はさ》まないではいられませんでした。

「その十一番さんというのは、もしや洋服を着た二人連れで、大きなトランクを持っている人ではないか。そしてゆうべおそくここを立った」

「ええ、そうですの。大きなトランクを一つずつ持っていらっしゃいましたわ」

そこでしばらくのあいだ、十一番の客について、あわただしい会話が取りかわされました。番頭のいうところによりますと、彼らはなんの前ぶれもなしに、突然出立《しゅったつ》の用意をして下りて来て、帳場で宿料《しゅくりょう》の支払いを済ませると、慌《あわ》てて、自動車も呼ばずに出て行ったというのです。もっとも湖畔の村には、乗合自動車の発着所があって、特別の料金さえ出せば、時間に構わず出させることが出来るのですから、彼らはその発着所まで歩いていったのかも知れませんが、それにしても出立の際の慌て方が、決して尋常ではなかったというのです。私の見た彼らの妙なそぶりと云い、今の番頭の言葉と云い、そして、長吉の行方不明、浴場の血痕、のみならず、鏡の影と彼らの出立との不思議な時間の一致、どうやらそのあいだに連絡がありそうな気がするではありませんか。

十四

前後の処置は、この家の主人である私が、どうともするから、あなた方は一応部屋へ引き取ってくれ、そしてあまり騒がないようにしてくれと、主人はあくまで隠蔽主義《いんぺいしゅぎ》でありました。河野と私とは邪魔者《じゃまもの》扱いにされてまで、この事件に口出しすることもありませんので、ともかく私の部屋まで引き上げました。

私としては、何より先ず、例の覗き眼鏡の装置が心配でした。といって昼日中《ひるひなか》、それを取りはずすことは出来ません。

「なに、ここからでも、彼らが何をしているか、よく見えますよ」

私の気も知らないで、河野がかぶせてあった外套を取って、又しても鏡を覗いているのです。

「なんというすばらしい仕掛けでしょう、ほら、ご覧なさい。主人の仏頂面《ぶっちょうづら》が大きく写っていますよ」

仕方がないので、私もそこを覗いて見ますと、なるほど、鏡の中では、太っちょの主人の横顔が、厚い唇を動かして今何か云っているところでした。それがほとんど鏡の三分の一ほどの大きさに拡大されて写っているのです。

先にも云った通り、覗き眼鏡で見る景色は、ちょうど水中に潜って目を開いた世界のように、異様に淀んで、いうにはいわれぬ凄味《すごみ》を添えているのです。時が時であり、ゆうべの恐ろしい記憶がまだ去らぬ私には、そこに写っているかったいのような主人の顔から、いきなりタラタラと血が流れそうな気さえして、ほとんど見るに耐えないのでありました。

「あなたはどう思います」

しばらくすると河野は鏡から顔を上げて云いました。

「もしほんとうに長吉という芸者が行方不明だとすると、どうやら十一番の客というのが怪しくはないでしょうか。僕は知っていますが、その二人の男は四、五日前から泊まっていたのですよ。あまり外へも出ないで、時々芸者などを呼んでも、大きい声を出すでもなく、大抵はひっそりとして、何をしているかわからないのです。ちっとも遊覧客らしくないのです」

「しかし、彼らが怪しいとしても、この土地の芸者を殺すというのも変ですし、それに、たとい殺したところで、その死体をどこへ隠すことが出来たのでしょう」

私はもやもやと湧き上がって来る、ある恐ろしい考えを打ち消し、心にもなくそんなことを云いました。

「それは湖水へ投げ込んだのかも知れません。それとも又……彼らの持っていたトランクというのはどのくらいの大きさだったでしょう」

私はギョッとしながら、しかし答えないわけにはいきませんでした。

「普通のトランクでは、一ばん大型のやつでした」

河野はそれを確かめると、何か合図でもするように、私の目を覗きました。いうまでもなく彼もまた私と同じ考えを抱いているのです。二人は黙って睨《にら》み合っていました。それは口に出すにはあまりに恐ろしい想像だったのです。

「しかし、普通のトランクでは、とても人間一人ははいりませんね」

やがて、河野は青ざめた目の下をピクピクさせながらいうのでした。

「もうその話は、止そうじゃありませんか。まだ誰が殺したとも、いや殺人があったということさえきまっていないのですから」

「そうは云っても、あなたもやっぱり私と同じことを考えているのでしょう」

そして私たちは、又黙り込んでしまいました。

一ばん恐ろしいのは、一人の人間を、二つのトランクに分けて入れたという想像でした。それは誰にも気づかれぬように、浴場の流し場で、死体を処理することは出来たかも知れません。そこではどんなにおびただしい血潮が流れても、皆湖水の中へ注ぎ込んでしまうのです。しかし、そこで彼らは長吉の死体を、まっ二つに切断したのでしょうか。私はそれに思い及んだ時、ヒヤリと自分の背骨に斧《おの》の刃がささったような痛みを感じました。彼らはいったい何をもってそれを切断したのでありましょう。あらかじめ兇器《きょうき》を用意していたか、それとも庭の隅から斧でも盗み出して来たのか。一人は入口のドアの所で見張り番を勤めたかも知れません。そして、一人は流し場で、艶《なま》めかしい女の死体を前に、斧をふり上げていたかも知れません。

読者諸君、私のあまりにも神経過敏《しんけいかびん》な想像を笑わないで下さい。あとになって考えて見れば、おかしいようなことですけれど、その時の私たちは、その血なまぐさい光景をまざまざと目の前に描《えが》いていたわけなのです。

さて、その日の午後になりますと、事件はようやく現実味を帯びて来ました。長吉の行方は、中村家でも手を尽くして探したらしいのですが、依然として不明です。湖畔亭の帳場には、村の駐在所の巡査を初めとして、麓の町の警察署長や刑事などが、続々とつめかけて来ました。噂はもう村じゅうにひろがり、宿の表は一ぱいの人だかりです。主人の心遣いにもかかわらず、湖畔亭殺人事件は、すでに表沙汰になってしまいました。

いうまでもなく、河野と私とは、事件の発見者として、きびしい質問を受けなければばなりませんでした。先《ま》ず河野が、血痕を発見した当時の模様を詳しく陳述して引き下がると、次に私が署長の面前に呼び出されましたが、私はそこで河野の喋ったことを、更に又繰り返すのでありました。訊問が一《ひ》と通《とお》り済んでしまってから、署長はふと気がついたように、こんなことを云いました。

「だが、君たちは、どうして湯殿へ行って見たのだね。まだ湯も沸いていなかったそうだが、そこへ何をしにはいったのだね」

私はハッと答えにつまりました。

十五

もしこの際ほんとうのことを白状しなかったら、あとになって取り返しのつかぬことになりはしないか。私までも、この殺人事件に何かの関係を持っているように、疑われはしないか。そんなふうに考えますと、覗き眼鏡の秘密をあかしてしまった方がいいようでもあります。しかし、私が脱衣場の隙見をしていたということが、湖畔亭の人たちに知れ渡った時の恥かしさを想像しますと、それも一そうたまらないことでありります。咄嗟の場合、私は二つのうちどれを選ぶかに、非常に迷いましたけれど、内気者の私は結局恥かしさの方が先に立ち、充分危険は感じながらもつい嘘《うそ》をついてしまったのであります。

「脱衣場に自分の石鹸《せっけん》を置き忘れたかと思ったのです。実際はそうではなかったのですけれど、朝、顔を洗おうと思って、石鹸がなかったものですから、ふとそんなふうに思って、脱衣場へはいって見たのです。そして、偶然あの血痕を発見したのです」

私はそう云いながら、そばにいた河野にそれとなく目くばせをしました。もし彼があとで、ほんとうのことをいってしまっては大変ですから、それをとめるためです。敏感な彼は、いうまでもなく、私の微妙な目の働きを悟ったようでありました。

それから、湖畔亭の主人をはじめとして、番頭、女中、下男、さては泊まりの客に至るまで、ことごとく一応の取り調べを受けました。検事などもまだ来着せず、それはほんの仮調べといったふうのもので、別段人ばらいなどしないで、一室にゴチャゴチャとかたまっている人々を、次々と訊問してゆくのでしたから、私はほとんどすべての陳述を、そばにいて聞くことが出来ました。

河野は、私の無言の歎願《たんがん》を容《い》れて、私の嘘と口を合わせてくれました。それを聞いて、私はやっと胸のつかえがおりたように思ったことです。主人をはじめ宿の人たちの陳述にも、別段新しい事実はなく、皆私たちが前もって聞いていたところと同じことでありました。そして、それらを綜合《そうごう》しますと、警察の人々もやはりトランクの紳士を疑うほかはないように見えました。

又、犯罪現場が、いとも綿密に調査せられたことは、申すまでもありません。私たちは事件発見者としてそれにも立ち合うことが出来ましたが、老巧《ろうこう》な刑事の一人は、板の間のしみを見ますと、たちどころに血痕に相違ないと鑑定しました。これはあとになってわかったことですが、係りの検事の意見などもあって、念のためというので、その血痕を拭《ふ》き取った上、地方の医科大学に送って検査してもらった結果、この刑事の鑑定は少しも誤まっていないことがわかりました。それはほかの動物などのものではなく、正《まさ》しく人間の血液に相違ないことが判明したのです。

引きつづき刑事が推定したところによりますと、血痕の分量から推して、被害者は恐らく死んでいること、犯人はその死体を浴場のタタキで処理したに相違ないことなど、すべて素人の想像したところと大差はないのでありました。

もしや兇器その他の遺失物がないかと、浴場の周囲、嫌疑者である紳士の泊まっていた十一番の部屋なども落ちなく調べられましたが、何一つ手がかりになるような品物は残っていませんでした。

推定被害者長吉の身許《みもと》については、ちょうど抱《かか》え主《ぬし》中村家のお神が湖畔亭へかけつけていましたので、彼女から詳しく知ることが出来ました。その時彼女は恐ろしく多弁にいろいろな事柄を述べ立てましたが、要するに、私どもが考えてもこれはと思うような疑わしい事実は何もないのでした。長吉は一年ばかり以前地方のNという町から中村家に住みかえて来たもので、以前のことはともかく、中村家へ来てからの彼女にはなんの変わったところもなく、浮いた稼業《かぎょう》の女にしては、少し陰気過ぎる気性《きしょう》であったのが、特徴といえば云い得るくらいでありました。又情事関係も、普通の馴染《なじみ》客以上のものはないように思われるということでした。

「昨晩はこちらの大一座のお屋敷へ呼ばれまして、ちょうどここにおります蔦屋《つたや》の〆治《しめじ》さんも一しょでございましたが、八時頃に町を出ましたので、出る時も別に変わった様子はなかったようでございますし、お座敷でもふだんの通りにしていたということでございます」

お神の申し立ては、結局こんなふうに取り留めもないものに過ぎませんでした。その時、署長は長吉とトランクの紳士(宿帳の名前は松永《まつなが》某となっておりました。従者と見える方の男はたしか木村《きむら》とか云いました。しかし、二人ともそれ以来杳《よう》として行方が知れないのですから、名前をハッキリ申し上げておくほどのこともないのです)との関係について、彼女に何か思い当たることはないかとただしました。ところがこれに対しても、彼女は、長吉が両三度松永某の座敷へ呼ばれたという、すでにわかっている事実のほかに、なんのつけ加えるところもないのでした。そして、宿の番頭や〆治という芸者の証言によりますと、松永と長吉の関係は、ほんの酒の相手に呼ばれた程度を出《い》でないものであることもわかりました。

十六

結局その取り調べによって判明したことは、私たちがあらかじめ知っていた以上のものではありませんでした。のみならず、例の覗き眼鏡のことを打ち明けないものですから、彼らは或る意味ではこの事件について、私たちよりも一そう無智であるといわねばなりません。例えば兇行の時間でも、私たちには十時三十五分頃と、可なり正確にわかっているに反して、彼らは、女中が長吉や松永の不審な挙動を見た時間から、兇行も多分その頃行われたものであろうと推定しているに過ぎないのです。

そこで、ともかくも嫌疑者松永の行方捜索が行われることになりました。正確にいえば、この時はまだ果たして殺人罪が行われたかどうかさえ確かめられていたわけではありません。脱衣場の血痕と、長吉の所在不明、松永の怪しむべき出立などの符合から、わずかにそれを想像せしめる程度に過ぎませんでした。しかし、この場合、誰が考えても松永の行方捜索が先決問題であるのはいうまでもないことです。

幸い、河野が村の巡査と知り合いになっていたものですから、私たちは後に至って、その筋の意見や捜索の実際を、ある程度まで洩れ聞くことが出来ましたが、一応湖畔亭の取り調べが済むと、時を移さず行われた松永の行方捜索は、結局なんの得るところもないのでした。それは主として、私と宿の番頭とが申し立てた、彼らの出立当時の風体《ふうてい》に基づいて、街道筋の町々村々を尋ねまわったわけですが、不思議なことには「洋服姿で、トランクを手にした者」という条件に当てはまる人物は、絶えて姿を見せないのでした。といって、そのほかの目印は、松永が肥え太った男で、鼻下に髭をたくわえていたというくらいのものですから、もし彼らが、トランクをどこかへ隠して、巧みに変装をしてしまえば、人目にかからず逃げおおせることは、あながち不可能でもありません。

彼らの逃走の最大の邪魔者は、いうまでもなくあの目立ちやすいトランクです。彼らは必ず、それを途中で人知れず処分したのに相違ありません。警察でもその点に気づいて、これもまた出来る限り探索したのですが、やっぱり思わしい結果は得られませんでした。

それから数日のあいだというもの、村人を雇って、附近の山々は申すに及ばず、湖水の底までも、ほとんど遺憾《いかん》なきまでに捜索されましたが（湖水の岸に近い部分は割合に水深《すいしん》も浅く、それに水が綺麗《きれい》ですから、船を浮かべて覗きまわりさえすれば、その底にあるものは手に取るように見えるのです）依然としてなんの得るところもありません。かくして、事件はついに未解決のまま終わるのではないかとさえ思われました。

しかし、以上は表面上の事実に過ぎないので、その裏面には更に一そう不可解な事柄が起こっていたのでした。

お話は元に戻って、事件の翌日、湖畔亭の取り調べのあったその夜のことになりますが、たとい一時発覚《はっかく》をまぬがれたとはいえ、私はどうにも覗き眼鏡のことが気になって仕様がないものですから、夜のうちにその装置を取りこわしてしまうつもりで、イライラしながら人々の寝しずまるのを待っていました。

警察の人々が浴場の周囲を取り調べた時、私はどんなにヒヤヒヤさせられた事でありましょう。樹木のために蔽《おお》われていても、屋根の下へはいって見上げさえすれば、その鼠色の筒は、必ず疑いを惹《ひ》いたに相違ないのです。ところが私にとって幸いであったことには、刑事たちは何かが落ちていないか、足跡でもついてはいないかと、地面ばかり見廻って、上の方にはいっこう注意を払わなかったものですから、この不思議な装置は、危うく発覚をまぬかれることが出来たわけでした。しかし、明日にもなれば、又一そう綿密な調査が行われることでしょうし、いついつまでも、このままに済むはずはありません。どうしても今夜のうちに取りはずさなければ、安心することは出来ないのです。

その夜は事件のために、家の中がなんとなく騒がしく、常の日より余程おそくまで、話し声が絶えませんでしたが、でも、十二時を過ぎた時分には、やっと人々も寝しずまった様子でありました。私はそれでも、用心に如《し》くはないと思い、ほとんど一時近くまで、じっと待っていました。そのあいだにも私はたびたび覗き眼鏡の鏡を見て、脱衣場の人影を気にしていたのですが、さて、いよいよこれから窓の外へ忍び出て、秘密の仕事に取りかかるという時に、何気なく、もう一度そこを覗きますと、一刹那ではありましたけれど、ふと恐ろしいものが鏡の底にうごめいているのを発見しました。

それは昨夜見たのと寸分違わない、男の手先の大写しになったものでした。手の甲にはやっぱり同じような傷痕らしいものが見え、太くたくましい指の恰好から、全体の調子が、昨夜の印象と少しも違わないのです。

それがチラリと見えたかと見ると、ハッと思う間に消え去ってしまいました。決して夢でも幻でもありません。私は事の意外さ、かつは恐ろしさに、もはやなんの影もない鏡の表を見つめたまま、しばらくはその場を動くことも出来ませんでした。

十七

一時の放心を取り戻すと、私はすぐさま浴場へかけつけました。しかし、そこには、前晩と同じようになんの気配もないのです。殊に事件のために湯も立たず、人々は気味わるがって、そこへ近寄りもしませんので、脱衣場は一そう物淋しく白々として見えました。そしてちょっと見たのでは黒い板の間と区別がつかぬほどの、例の血痕ばかりが一そう物凄く私の目を惹きつけるのでした。

しばらく耳をすましていても、むろんなんの物音も聞こえては来ません。家じゅうがシーンと静まり返って、あの恐ろしい手首の持ち主のほかには、恐らくは誰一人起きている者もないのです。そして、その男は、鏡の影を見てから大して時間もたっていないのですから、ひょっとしたら、まだその辺の隅に隠れていないとも限りません。それを考えると、私は無性に怖くなって、いきなり浴場を逃げ出したものであります。

しかし、部屋へ帰って見ても、どうしてじっとしていることが出来ましょう。といって、宿の人を起こしてこの事実を知らせるには、やっぱり覗き眼鏡の秘密を打ちあけるほかはなく、私は今さら、なぜ取り調べのあった時それを云ってしまわなかったかと、少なからず後悔しなければなりませんでした。

でも、そうしていても際限がありませんので、レンズの装置を取りはずすことなぞはあと廻しにして、私はあわただしく唯一の相談相手である河野の部屋をおとずれました。そして、よく寝入っている彼を無遠慮に叩き起こし、あたりをはばかる囁き声で、事の仔細《しさい》を語るのでした。

「それは妙ですね」すると河野も変な顔をして、「犯人がわざわざ帰って来るはずはありませんよ。それに、手首を見ただけで昨日の加害者だということがどうしてわかりました？」

この質問にあって、私は初めてそのことに気がつきました。私は迂闊《うかつ》にも、まだ一度も手首の傷痕のことを彼に話していないのでした。それと同時に、松永と自称する男或いはその同伴者の手首に、果して同じ傷痕があったかという点に思い及んで、その重大な事柄を一度も考えて見なかった私の愚かさが、今さら恥かしくなるのでした。

「そうですか。そんな目印があったのですか」

河野は非常に驚いたように見えました。

「ええ、あれは多分右手なんでしょうが、こうはすかけに、一文字の太い線が、ドス黒く見えていたのです」

「しかし、それがあなたの見違いでないとすると、なおさら変ですね」河野はやや疑わしげに、「私は、宿の人たちはいうに及ばず、泊り客なども注意して観察していますが、手の甲に傷のある者は、一人も見かけませんでしたよ。問題のトランクの男にも、そんなものはなかったようです。手の甲の陰影が傷痕のように見えたのではありませんか」

「いや、影にしては色が濃いのです。傷痕ではなくても、何かそれに似たものでしょう。決して見違いではありません」

「そうだとすると、これは非常に重大な手がかりですね。その代わりに、事件はますますわからなくなって来る」

「こんなことがありますと、僕は例の秘密の仕掛けが心配でなりません。今のうちに取りはずしてしまいたいのですが、なんだかまだ、その辺に人殺しが潜伏しているような気がして、気味がわるいのですよ」

「やっぱり秘密にしておくのですか。非常にいい手掛かりですがね。しかしまあ、僕だけでも教えて下すってよかったですよ。実はね、僕はこの事件を自分で探偵して見ようと思っているのです。突然こんなことをいうと変に聞こえるかも知れませんが、僕は以前から犯罪というものに、一種の興味を持っているのですよ」

そして、これは私の邪推《じゃすい》かも知れませんけれども、河野はむしろ、覗き眼鏡の秘密をその筋に知らせないで、彼の独占にしておくことを望んでいるように見えました。その証拠には、「そんなにおっしゃるのなら、僕も手伝って上げましょう」といって彼は私のレンズ装置取りはずしの作業を助けてくれたほどでありました。

それは非常に危険な仕事でした。真夜中の事ですし、附近に人のいる部屋とてもありませんので、その点は安心ですけれど、先程の手首の男が、庭の暗闇に潜伏していて、危害を加えないとも限らず、又その筋の刑事などが、張り込んでいまいものでもありません。私たちは猿のように木の枝を伝いながら、絶えず庭の方を注意して、ビクビクもので仕事を続けました。

ボール紙の筒が、ところどころ簡単に取りつけてあるに過ぎないのですから、取りはずすのに面倒はありません。やがて私たちはスッカリ仕事を終わって、部屋の方へ引き返そうと、屋根伝いに這っている時でした。

「誰だッ」

私のうしろで、突然、低いけれど力のこもった叫び声がしました。河野が何かを見つけて怒鳴ったのです。

見ると、庭の向こうの隅の所に、湖水の薄明かりを背景にして、一つの黒い影がうずくまっていました。

「誰です」

河野がもう一度怒鳴りました。

すると影の男は、物をもいわず立ち上がり、つと建物の蔭《かげ》にかくれると、一散ににげ出したように思われます。別段厳重な塀などがあるわけではなく、湖水の岸を伝って行けば、どこまでも逃げることが出来るのです。それを見ると河野はやにわに屋根から飛びおりて、男のあとを追っ駈けました。

ほんの一瞬間の出来事です。アッと思う間に、逃げる者も追う者も、姿が見えなくなってしまいました。

私は驚きの余り、屋根の上に腹這いになったまま、不様な恰好で、永いあいだじっとしておりましたが、考えて見ますと、さっき河野の飛びおりた地響きが、宿の人たちに聞こえたかも知れません。もしそうだとすると、私は一刻も早く自分の部屋へ帰らなければなりません。この変なボール紙の筒が人の目にかかっては、折角《せっかく》の苦心が水の泡です。いや、それよりも真夜中に屋根を這っていたことを、なんと弁明が出来ましょう。

私は大急ぎで部屋にはいると、抱えていた品物をトランクの底深く押し隠し、いきなりそこにしいてあった蒲団《ふとん》の中へもぐり込みました。そして、今にも宿の人たちが騒ぎ出しはしないかとビクビクもので聞き耳をたてておりました。

しかし、しばらくそうしていても、別段物音も聞こえません。仕合わせにも、誰も気がついたものはないようです。私はやっと安心して、その代わりに、俄《にわ》かに気がかりになり出した河野の身の上を、又しても案じわずらうのでありました。

「駄目でしたよ」

間もなく、木の枝をガサガサいわせて、窓の所に河野の無事な姿が現われました。彼は部屋へはいると私の枕もとに坐って、追跡の結果を報告するのでした。

「ばかに逃げ足の早いやつで、とうとう見失ってしまった。しかし、その代わりにいいものを拾いましたよ。又一つ証拠品が手に入ったというものです」

十八

河野はそう云いながら、さも大切そうに、懐《ふところ》の中から一個の品物を取り出しました。

「これですよ。この財布《さいふ》ですよ」

見ると、金色の金具のついた、可なり上等の二つ折りの紙入れです。それが高くふくらんでいるのです。

「これが、あいつの逃げたあとに落ちていたのですよ。まっ暗で、曲者の風体なぞはよく見きわめられませんでしたが、この財布はちょうど運よく、浴場の裏口から明りのさしている地面に落ちていたものですから、気がついたのです。むろんあいつが落としたものに相違ありません」

そこで、私たちは非常な好奇心をもって財布をあらためました。そして何気なくその中身を取り出して見た時、私たちは更に一驚を吃しないではいられませんでした。そこには、予期したような、名刺その他の所有主を示すようなものは何一つなく、紙幣ばかりが、それも手の切れそうな十円札で約五百円(注9)はいっていたのです。

「これで見ると今の男は、ひょっとしたら例のトランクの紳士かも知れませんね。あの男ならこの財布の持ち主として相当していますからね」

なんだかえたいの知れぬものが、私の頭の中でモヤモヤとしていましたが、咄嗟の場合まずそんな想像が浮かぶのでした。

「しかし、妙ですよ。あれが人殺しの本人だったとすると、今頃なんのためにこの辺をうろついているのでしょう。逃げ出したところを見れば、刑事なんかでなくて、犯罪に関係のある者には違いないのですけれど、それにしても妙ですよ」

河野は、考え考え云いました。

「曲者の姿形は少しもわかりませんでしたか」

「ええ、アッと思う間に逃げ出したのですからね。暗闇の中を蝙蝠《こうもり》かなんかが飛んで行った感じでした。そんな感じを受けたというのが、つまり和服を着ていたからではないかと思います。帽子はかぶっていなかったようです。背恰好《せかっこう》は、ばかに大男のようでもあり、そうかと思うと、非常に小さな男のようでもあり、不思議に覚えていません。湖水の岸を伝って庭の外へ出ると、向こうの森の中へ逃げ込んだようでした。あの深い森ですからね。追っ駈けて見たところで、とてもわかるものではありませんよ」

「トランクの男は（松永とか云いましたね）肥え太った男でしたが、そんな感じはしませんでしたか」

「はっきりわかりませんが、どうも違うらしいのです。これは僕の直覚《ちょっかく》ですが、この事件にはわれわれの知らない第三者がいるのではないかと思いますよ」

河野は何事かを、うすうす感づいているような口調でしたが、それを聞くと妙な悪寒《おかん》をおぼえながら、私もまた彼と同じ感じを抱かないではいられませんでした。この事件には、何人もまだ知らないような恐ろしい秘密が伏在《ふくざい》しているのではないでしょうか。

「足跡が残っているかも知れませんね」

「駄目ですよ。この二、三日天気続きで土が乾いていますし、それに庭から外の方は一ぱい草がはえてますから、とても見分けられませんよ」

「それでは今のところ、この財布が唯一の手掛かりですね。これの所有者さえつきとめればいいわけですね」

「そうです。夜があけたら、さっそくみんなに聞いて見ましょう。誰か見覚えているかも知れません」

そうして、私たちは、ほとんど夜を徹してこの激情的な事件について語り合いました。私のはただ、子供が怪談を好むように、恐いもの見たさの好奇心にすぎませんでしたが、河野の方は犯罪事件の探偵に、深い興味を持っているらしく、言葉の端々《はしはし》にも、彼の判断力の異常な鋭さがほの見えるのでした。

考えて見れば、私たちは事件の発見者であるばかりでなく、覗き眼鏡の影と云い、又財布という確実な物的証拠まで手に入れて、警察の知らないいろいろな手がかりを握っているわけでした。そのことが一そう私たちを興奮させたものです。

「愉快でしょうね、もしわれわれの手で犯人をつきとめることが出来たら」

私は、覗き眼鏡という心配の種がなくなったので、いくらか調子づいた気味で、河野のお株を奪って、そんなこともいって見るのでした。

十九

「じゃ、この財布は僕が預かっておきましょう。そして、朝になったらさっそく番頭や女中に持ち主の心当たりを尋ねて見ましょう」

そう云い残して、河野が彼の部屋へ引き取ったのは、もうほとんど夜あけに近い頃でした。私としてはむろん一切の探索を河野に任せて、ただその結果を聞けばいいのですから、彼が新しい報告をもたらすまで、わずかの時間でも寝ておこうと、話に夢中になって、寝衣《ねまき》のまま蒲団の上に坐っていたのを、元のように枕について見ましたが、どうして一旦興奮してしまった頭は、睡《ねむ》ろうとすればするほど冴え返って、そのうちにあたりはだんだん明るくなる、階下では女中どもの掃除の音が聞こえ出す。とても寝られたものではありません。

私はソワソワと起き上がって、第一に例の仕掛けの取りつけてあった、窓の所へ行き、そこをあけて、何か人目につくようなレンズ装置の痕跡でも残ってはしないかと、朝の光でもう一度調べて見ました。頭の疲れていたせいか、大丈夫だとは思いながら、ふと飛んでもない粗漏《そろう》があるような気がして心配でたまらなかったのです。しかしそれは私の取り越し苦労に過ぎないことがわかりました。ボール紙の筒を結びつけた針金さえ、一本残らず取り去って、そこにはなんの痕跡も残ってはいないのです。

それで、すっかり安心した私は、今度は昨夜異様なる人物の佇んでいた場所へ目を移しました。二階の窓からでは、遠くてよくはわかりませんけれど、河野の去った通り足跡などは残っていないように見えます。

「だが、ひょっとして、地面のやわらかい部分があるかも知れない。そこに曲者の足跡がついていないとは限らない」

妙なもので、相手の河野が犯人の探偵に熱中しているのを見ると、私も彼にまけない気で、ふとその足跡を調べて見たくなったのです。それに一つは、夜来《やらい》の心遣いと睡眠不足のためにズキズキ痛む頭を、屋外のすがすがしい空気にさらしたくもあって、私はそのまま、顔も洗わないで、階下の縁側から、裏庭へと立ち出《い》で、散歩の体《てい》をよそおいながら、浴場の裏口の方へとあるいて行きました。

しかし失望したことには、なるほど、地面はすっかり堅くなっていて、たまにやわらかな所があるかと思えば草がはえていたりして、明瞭な足跡などは一つも発見することは出来ないのでした。でも、私はあきらめないで、なおも湖水の岸を伝いながら、庭のはずれを目ざして進んで行きました。

すると、塀代わりに庭を囲んでいる杉木立の中に、人影が見え、ハッと思う間に、それがこちらへ近づいて来ました。早朝のことではあり、こんな要《よう》もない場所に人がいようとは、思いもかけなかったものですから、私はそこへ立ちすくみ、何かその男が昨夜の曲者ででもあるように、おずおずと相手の挙動を眺めたものです。

しかしよく見れば、それは怪しい者ではなくて、湖畔亭の風呂焚男の三造であることがわかりました。

「お早うございます。エヘヘヘヘ」

彼は私の顔を見ると、愚かな笑い顔で挨拶をしました。

「やア、お早う」

私は言葉を返しながら、ふと「この男が何か知っているのかも知れない」という気がしたものですから、そのまま立ち去ろうとする三造を呼び止めて、何気なく話しかけました。

「湯が立たないので、ひまだろう。しかし大変なことになったものだね」

「ヘエ、困ったことで」

「君はちっとも気がつかなかったのかい。人殺しを」

「ヘエ、いっこうに」

「一昨日《おととい》の晩、湯殿の中で何か物音でもしなかったのかい。焚き場とは壁ひとえだし、中を覗けるような隙間もこしらえてあるくらいだから、何か気がつきそうなものだね」

「ヘエ、ついうっかりしておりましたので」

三造はかかり合いになることを恐れるもののように、きのうから何を問われても、一つとしてハッキリした返事をしないのです。思いなしか、私には彼が何事かを隠しているようにも見えます。

「君はいつもどこで寝ているの」

私はふと或る事を思いついてこんなふうに問いかけて見ました。

「へえ、その焚き場のそばの、三畳の部屋なんで」

彼が指さすのを見ますと、浴場の建物の裏側に、焚き場の石炭などを積み上げた薄暗い土間があって、その隣に障子も何もない、まるで乞食小屋のような畳敷きの所が見えます。

「昨夜もあすこで寝たんだね」

「ヘエ」

「じゃ、夜なかの二時頃に何か変わったことはなかったかい。僕は妙な音がしたように思うのだが」

「ヘエ。別に」

「眼を覚まさなかったの」

「ヘエ」

彼のいうところがほんとうだとすると、あの曲者追跡の騒ぎも、この愚か者の夢を破らなかったと見えます。

もはや尋ねて見ることもなくなったのですけれど、私はなんとなくその場を去りがたい気持で、三造の姿をジロジロと眺めていました。不思議なことには、相手の三造の方でも、何かモジモジしながらそこに突っ立っているのです。

彼は、襟《えり》に湖畔亭と染め抜いた、古ぼけた絆纏《はんてん》を着て、膝のところのダブダブになったメリヤスの股引《ももひき》をはいているのですが、そのみすぼらしい風体に似げなく、顔を綺麗に剃っているのが、妙に私の注意をひきました。この男でも髭を剃ることがあるのだな。私はふとそんなことを考えていました。彼は愚か者にもかかわらず、そうしておめかしをすれば、のっぺりとした好い男でした。狭い富士額《ふじびたい》が、ちょっと気にはなりますけれど。

二十

どういうわけか、それから私は、彼の手首に目をやりました。しかし、そこには別に傷痕などはありません。私は、事件以来、妙に人の手首に注意するようになっていたのです。その癖が出たのでしょう。むろんこの愚か者の三造を疑う気持があったわけではありません。

ところが、そうして相手を眺めているうちに、私はふとこんなことを考えました。

「昨日からたびたび聞かれても、この男は何も知らないといっているけれど、それは尋ね方がわるいのではなかろうか。尋ねる人は誰も時間をいわない。殺人の行われた時間をいわないで、ただ何か物音がしなかったかと聞いている。それでは答えのしようもないわけだ。もし時間さえハッキリ示し得たならば、この男はもっと別な答えをすることが出来るのではないだろうか」

そこで、私は思い切って、三造にだけ時間の秘密を打ちあけて見ることにしました。

「人殺しがあったのは、一昨日《おととい》の夜の十時半頃ではないかと思うのだよ」私は声を低めて云いました。「というのはね、ちょうどその頃、僕は湯殿の方で変な叫び声のようなものを聞いたのだよ。君は気がつかなかったのかい」

「ヘエ、十時半頃」すると三造は何か思い当たるように、いくらか、表情をハッキリさせて、「十時半といえば、ああそうかも知れない。旦那、ちょうどその時分、私は湯殿にいなかったのでございますよ。台所の方で夜食《やしょく》を頂いておりましたですよ」

聞けば、彼は仕事の性質上、就寝時間《しゅうしんじかん》が遅くなるので、従って食事も他の雇人たちよりは、ずっとおくれて、泊まり客の入浴が一順すんだ頃を見はからって、とることになっているのだそうです。

「しかし、食事といったって、大した時間ではあるまいが、そのわずかのあいだに、あれだけの兇行《きょうこう》を演じることが出来るだろうかね。もし君が注意をしていたなら、食事の前かあとに、何か物音を聞いているはずだよ」

「ヘエ、それがいっこうに」

「じゃね、君が台所へ行くすぐ前か、台所から帰ったあとかに、湯の中に人のいるような気配はなかったかい」

「ヘエ、そういえば、台所から帰った時に、誰かはいっているようでございましたよ」

「覗いて見なかったのだね」

「ヘエ」

「で、それはいつ頃だったろう。十時半頃ではないかね」

「よくはわかりませんですが、十時半よりはおそくだと思います」

「どんな音がしていたの、湯を流すような音だったの」

「ヘエ、ばかに湯を使っているようでございました。あんなにふんだんに湯を流すのは、うちの旦那のほかにはありませんです」

「じゃその時のはここの旦那だったのかい」

「ヘエ、どうも、そうでもないようで」

「そうでもないって、それがどうしてわかったの」

「咳払《せきばら》いの音が、どうも旦那らしくなかったので」

「じゃ、その声は君の知らない人だったの」

「ヘエ、いいえ、なんだか河野の旦那の声のように思いましたですが」

「エ、河野って、あの二十六番の部屋の河野さんかい」

「ヘエ」

「それは君、ほんとうかい。大事な事だよ。確かに河野さんの声だったのかい」

「ヘエ、それやもう、確かでございます」

三造は、昂然《こうぜん》として答えました。しかし、私はこの愚か者の言葉を、俄かに信用していいかどうか判断に苦しまないではいられませんでした。初めの曖昧な調子に比べて、今の判断は少しく唐突《とうとつ》のように見えないでしょうか。そこで、私は更に質問をくり返して、三造の危なげな記憶を確かめようと試みましたが、どういうわけか、彼はその時の入浴者が河野であったことを、むやみに主張するばかりで、それについてなんの確証もなく、結局私を満足させることは出来ないのでした。

二十一

私はこの事件について、最初から一つの疑問を抱いておりました。それが今三造の告白を聞くに及んで一そう深くなったのです。たとい相手が愚か者の三造であるとはいえ、そこには風呂番専用の小さな出入口もあれば、客に湯加減を聞く覗き穴もあるのですから、もし彼が焚き場にいたとすれば、必ず兇行を悟られたに相違なく、それを知りながらあの大がかりな殺人を(或いは死体切断を)やるというのは、余りに無謀なことではないでしょうか。

或いは犯人は、あらかじめ三造の不在を確かめておいて兇行を演じたのかも知れません。しかしそれにしても、夜食をとっていたというわずかの時間に、どうしてあれだけの大仕事が出来たのでしょう。その点がなんとなく変ではありませんか。それとも、三造が聞いた湯を使う音というのは、犯人が風呂番の帰っているのも知らずに、浴場のたたきの血潮を流していた音なのでしょうか。そんな途方もない、悪夢のような出来事がほんとうにあったのでしょうか、しかも一そう不思議なのは、三造によれば、その湯を流していた男が、河野らしいというのです。では、非常にばかばかしい想像ですけれど、犯人はほかならぬ河野であって、彼は彼自身を探偵しようとしているのでしょうか。考えれば考えるほど、この事件は、ますます不思議なものに見えて来ます。

私はそこに佇んだまま、長いあいだ、奇怪な物思いに耽《ふけ》っていました。

「ここでしたか、さっきから捜していたのですよ」

その声に驚いて顔を見上げますと、そこには、いつの間に立ち去ったのか、三造の姿はなくて、その代わりに河野が立っていました。

「こんなところで、何をしていらしったのです」

彼はジロジロと私の顔を眺めながら尋ねました。

「ええ、ゆうべのやつの足跡をさがしに来たのですよ。しかし何も残っていません。それで、ちょうどここに風呂焚の三造がいたものですから、あれにいろいろと聞いていたところなのです」

「そうですか、何か云いましたか、あの男」

河野は、三造と聞くと非常に興味をおぼえたらしく、熱心に聞き返しました。

「どうも曖昧でよくわからないのですが」

そこで私は、わざと河野に関する部分だけ省いて、三造との問答のあらましを繰り返しました。

「あいつがおかしいですね。飛んだ食わせ者かも知れない。うっかり信用出来ませんよ」河野がいうのです。「ところで、例の財布ですがね。持ち主がわかりました。ここの家の主人のでした。四、五日前に紛失して、探していたところだということです。どこでなくなったのか、残念なことには、それをまるで覚えないそうですが、ともかく、女中や番頭などに聞いて見ても、主人の物には相違ないようです」
「じゃ、それをゆうべのやつが盗んでいたわけですね」
「まあそうでしょうね」
「そうして、それがあのトランクの男と同一人物なのでしょうか」
「さア、もしそうだとすると、一度逃げ出した男が、なぜゆうべここへ立ち戻ったか……どうしてそんな必要があったのか、まるでわからなくなりますね」

そうして、私たちは又、しばらく議論を戦わしたことですが、事件は、一つの発見があるごとに、かえってますます複雑に、不可解になって行くばかりで、少しも解決の曙光《しょこう》は見えないのでありました。

二十二

私はとうとう殺人事件の渦中《かちゅう》に巻き込まれた形でした。眼鏡の装置を取りはずすまでは、予定の滞在期間など構わずに、早くこのいまわしい場所を逃げ出したいと思っていたのですが、さて、その装置もなくなり、わが身の心配が取りのぞかれてしまうと、今度は持ち前の好奇心が勃然《ぼつぜん》として湧き上がり、河野と共に、私たちの材料によって、犯人の探偵をやって見ようという、大それた願いすら起こすのでした。

その頃には、近くの裁判所から係りの役人たちも出張し、浴場のしみが人間の血液に相違ないこともわかり、町の警察署ではもう大騒ぎを演じていたのですが、捜査の仕事は、その大がかりな割には、いっこう進捗《しんちょく》せず、河野の知り合いの村の巡査の話を聞いても、素人の私たちでさえ歯痒《はがゆ》くなるほどでありました。その警察の無力ということが、一つは私をおだてたのです。そして、もう一つは、河野の熱心な探偵ぶりが少なからず私の好奇心を刺戟したのは申すまでもありません。

私は部屋へ帰って、今風呂番三造から聞き込んだ事実についていろいろと考えて見ました。三造が食事から帰った時、浴場の中に何者かがいたことは間違いないらしく思われます。そして、その男が犯罪に関係のあることは、時間の点から考えて、ほとんど確実であります。ところが、三造によれば、それが私と一しょに素人探偵を気取っている、あの河野であったらしいというのです。

「では、河野が人殺しの犯人なのだろうか」

ふと、私はいうにいわれぬ恐怖を感じました。もし浴場にあのように多量の血潮が流れていず、或いは流れていても、それが絵の具だとか他の動物の血液だとかであったならば、河野の風変わりな性質と考え合わせて、彼のいたずらだとも想像出来るのでしょうが、不幸にして血痕は明らかに人間の血液に相違ないことが判明し、その分量も、拭き取った痕跡から推して、被害者の生命を奪うに充分なものだということがわかっているのですから、その時浴場にいたのが河野に間違いないとすると、彼こそ恐るべき犯罪者なのであります。

でも、河野は何ゆえに長吉を殺したのでしょう。又、その死体をいかに処分することが出来たのでしょう。それらの点を考えると、まさか彼が犯人だとは想像出来ません。だいいち先夜の怪しい人影だけでも、彼の無罪を証拠立てるに充分ではないでしょうか。それに、普通の人間だったら、殺人罪を犯した上、のめのめと現場に止まって、探偵の真似なんか出来るはずがないのです。

三造はただ咳払いの音を聞いて、それが河野であったと主張するのですが、人間の耳にはずいぶん聞き違いということもあり、まして、聞いた人が愚か者の三造ですから、これはむろん何かの間違いでありましょう。しかし、その浴場に何者かがいたことだけは、事実らしく思われます。三造は、「あんなに湯を使う人はここの旦那のほかにありません」といっています。では、それは河野ではなくて、湖畔亭の主人だったのではありますまいか。

考えて見れば、あの影の男が落として行った財布も、その主人の持ち物でありました。もっとも召使たちが主人の財布の紛失したことを知っていたくらいですから、影の男と主人とが同一人物だと想像するのは無理でしょうけれど、三造の言葉と云い、彼の一とくせありげな人柄と云い、そこに、なんとやら疑わしい影がないでもありません。

しかし、なんといっても最も怪しいのは例のトランクの紳士です。死体の処分……二つの大トランク……そこに恐ろしい疑いが湧いて来ます。では、三造の聞いた人の気配は、河野でも、宿の主人でもなくて、やっぱりトランクの男だったのでありましょうか。

そのトランクの紳士については、警察の方でも唯一の嫌疑者として、手を尽して調べたのですけれど、深夜湖畔亭の玄関を出てから、彼らがどのような変装をして、どこをどう逃げたものやら、少しもわからないのです。トランクを提《さ》げた洋服男を見たものは、一人としてないのです。彼らはすでに遠くへ逃げのびたのでしょうか。それとも、まだこの山のどこかに潜伏しているのでしょうか。先夜の怪しい人影などから想像しますと、或いは潜伏している方がほんとうかも知れません。何かこう、えたいの知れぬ怖さです。どこかの隅に（ごく間近なところかも知れません）人殺しの極悪《ごくあく》人《にん》がモゾモゾしているのです。

二十三

その夕方のことでした。私はふと思いついて、麓の町から蔦屋の〆治という芸妓を呼びました。別段三味線の音が聞きたかったわけでも、〆治という女に興味を持ったわけでもありませんが、女中などの話によると、彼女が死んだ長吉と一ばんの仲よしであったということから、少し長吉の身状《みじょう》について尋ねて見ようと考えたのです。

「しばらくでしたわね」

一度以前に呼んだことのあるのを覚えていて、年増芸妓《としまげいしゃ》の〆治は、親しげな笑顔で、無造作な口をききました。私の目的にとっては、それが何よりの幸いでした。

「三味線なんかそっちへかたづけておいて、くつろいで、今日はごはんでもたべながら話そうじゃないか」

私はさっそくそんなふうに切り出しました。それを聞くと〆治は、ちょっと笑顔を引っ込ませて、不審《ふしん》らしい表情を浮かべましたが、やがて、およそ私の目的を察したらしく、今度は別種の笑顔になって、遠慮なくちゃぶ台の向こう側に坐るのでした。

「長吉さん、ほんとうに可哀そうなことしましたわ、あたしとはそりゃ仲よしでしたの。あの湯殿の血の痕は、こちらと河野さんとで、見つけなすったのですってね。あたし、気味がわるくて、とても見られませんでしたわ」

彼女自身も私と同じように、殺人事件について話したい様子でした。彼女は被害者の朋輩《ほうばい》であり、私は事件の発見者なのです。私はそうして彼女と杯《さかずき》のやり取りをしているあいだに、なんの不自然もなくそれを切りだすことが出来ました。

「君は嫌疑者《けんぎしゃ》の、トランクを持っていた二人づれの男を知っているだろう。あの客と長吉とはどんな関係だったのかしら」

頃を見て私はそんなふうに要点にはいって行きました。

「あの十一番さんは、長吉さんにきまってましたわ。しょっちゅう呼ばれてたようですの」

「泊まって行ったことなんかは」

「それは一度もないんですって。私は長吉さんの口からよくあの人たちの噂を聞きましたが、殺されるような深い関係なんて、ちっともありはしないのです。だいいち、あの人たちはここへは始めての客で、それに来てから一週間になるかならないでしょう。そんな関係の出来よう道理がありませんわ」

「僕はちょっと顔を見たきりだが、どんなふうな男だろうね、あの二人は。何か長吉から聞いたことはないの」

「別にこれって。まああたりまえのお客さまですわね。でも大変なお金持らしいということでした。きっと財布でも見たのでしょう。お金がザクザクあるって、長吉さんびっくりしてましたわ」

「ホウ、そんな金持だったのか。それにしては、大して贅沢《ぜいたく》な遊びもしていなかったようだが」

「そうですわね。いつも長吉さん一人きりで、それに、三味線も弾かせないで、陰気らしく、お話ばかりしていたのですって。毎日部屋にとじこもっていて、散歩一つしない変なお客だって、番頭さんがいっていましたわ」

トランクの紳士については、それ以上別段の話もありませんでした。そこで私は今度は、長吉自身の身の上に、話頭《わとう》を転じて行きました。

「どうせ、長吉には、いい人というのがあっただろうね」

「ええ、それですわ」〆治は目で笑って、「長吉さんという人は、至って黙り屋さんで、それにこちらへ来てから日が浅いので、あたしにしたって、あの人の心の中なんて、まるでわかりやしません。どっかこう、うちとけないところがあるんですの。損なたちね。ですから深いことはわからないけれど、あたしの見たところじゃ、そんないい人なんてなかったようですわ。こんな商売にも似合わない、まるで堅気《かたぎ》の娘さんのような子でしたわ」

「きまった旦那というようなものは」

「まるでこのあいだの刑事さん見たいね」〆治は大仰《おおぎょう》に笑いながら、「それはありましたわ。松村《まつむら》さんていうの。この近くの山持ちの息子さんで、それゃ大変なのぼせようでした。いいえ、その息子さんの方がよ。でね、この頃、長吉さんをひかしてやるなんて話まで持ち上がっていたのですが、それを長吉さんの方では、又ひどく嫌って、どうしてもウンといわなかったのですよ」

「そんなことがあったのかい」

「ええ、あの晩にも、長吉さんの殺された晩ね。二階の大一座のお客様の中に、その松村さんがいて、平常《へいぜい》はおとなしい人なんですが、お酒がわるくって、皆の前で長吉さんをひどい目に遭わせたりしたのです」

「ひどい目って」

「そりゃもう、田舎の人は乱暴ですからね。ぶったり叩いたりしましたの」

「まさかその人が」私は冗談のように云いました。「長吉を殺したんではあるまいね」

「まあ、びっくりするじゃありませんか」私の云いようが悪かったのか、〆治はひどくおびえた様子で、「それは大丈夫ですわ。あたし刑事さんにも云いましたの、松村さんは宴会のおしまいまで、一度も席をはずしたことはなかったのですもの。それから、帰りには、あたしと同じ車に乗っていたのですもの、少しも疑うところはありませんわ」

私が〆治から聞き得たところは、大体以上に尽きております。かくして、私は又もや、一人の疑わしき人物を発見したのです。松村という男は〆治の証言によれば宴会のあいだに一度も座をはずさなかったというのですが、酒に乱れた大一座で、彼女とても多分酔っていたのでしょうから、〆治の言葉をそのまま信用していいかどうか、疑い出せば際限がないのです。

食事を済まして、〆治を帰してしまうと、私は荒らされたちゃぶ台の前にボンヤリと坐っていました。頭の中にはトランクの男を初めとして、河野に追われた影の男、湖畔亭の主人、今聞いた松村青年、はてはあの河野の姿までが、走馬燈《そうまとう》のように浮かんでは消えるのです。それらの人々には、むろんこれという証拠があるわけではないのですが、それぞれ何となく疑わしく、妙に不気味に感じられるのでありました。

二十四

さて、その夜のことでした。一時出入りを禁じられていた問題の浴場は、客商売にさわるからという湖畔亭の主人の歎願が容れられて、ちょうどその日から湯が立つことになったのですが、〆治を帰してから、しばらく物思いに耽っていた私は、もう夜の九時頃でもあったでしょうか、久しぶりでその浴場へはいって見る気になりました。

脱衣場の板の間の血痕は、綺麗に削りとられていましたが、その削り跡の白々と木《き》肌《はだ》の現われた様《さま》は、かえって妙に気味わるく、先夜の血なまぐさい出来事をまざまざと思い起こさせるのでした。

客といっても、多くは殺人騒ぎに肝をつぶして、宿を立ってしまい、あとに残っているのは、河野と私のほかに三人連れの男客だけです。例の覗き眼鏡の花であった都の娘さんの一家などは、事件の翌日、匆々《そうそう》出立してしまいました。そんなに客が少ない上、多人数の雇人《やといにん》たちはまだ入浴していないのですから、浴槽が綺麗に澄んで、その中に身体を投げ出していますと、足の爪までも、一つ一つ見分けられるのです。男女の区別こそありませんが、都会の銭湯にしてもよいほど、広々とした浴槽、ガランとした洗い場、高い天井、その中央に白々と光る電燈、全体の様子が夏ながら異様にうそ寒げで、ふとそこのたたきに、人体切断の光景など見えるような気もするのでした。

私はさびしきまま、先日来顔馴染の三造が、壁ひとえ向こうの焚き場に居ることを思い出して、例の小さな覗き穴の蓋をあけて彼の姿をさがしました。

「三造さん」

声をかけると、

「ヘイ」

と答えて、大きな焚き口の一角から、彼のボンヤリした顔が現われました。それが、石炭の強い火気に照らし出されて、赤黒く光っているのが、これもまた異様な感じのものでありました。

「いい湯だね」

「エヘヘヘヘ」

三造は暗い所で、愚か者らしく笑いました。

私は変な気持になって、穴の蓋をとじ、そこそこに浴槽を出ると、洗い場に立って身体を拭きはじめました。ふと気づくと、目の前の窓の磨ガラスが少しばかり開いていて、先夜曲者の逃げ込んだという深い森の一端が見え、そのまっ暗な所に、ただ一点白く光ったものがチラチラと動いていました。

何かの見違いでないかと、しばらく手を休めて、じっと見ているうちに、今度は少し位置をかえて又チラチラ光るのです。その様子がどうやら、何者かが森の中をさまよっているように思われるのでした。

そうした際のことですから、私は直ちに先夜の曲者を連想しました。もしもあの男の正体を明らかにすることが出来たなら、すべての疑問は氷解《ひょうかい》するわけです。私は湧き上がる好奇心を抑えかねて、大急ぎで着物を着ると、廻り道をして庭から森の方へと進みました。途中河野のところへ寄って見ましたけれど、どこへ行ったのか、彼の部屋はからっぽでした。

星もない闇夜です。その中を、かすかに明滅する光りものをたよりに探り足に進むのです。臆病者の私に、よくあのような大胆な真似が出来たと、あとになって不思議に思うほどでしたが、その時は、一種の功名心でほとんど夢中だったのです。といって、曲者を捕えようなどと考えたわけではありません。ただ危険のない程度で、彼に近づいて、その正体を見きわめるつもりでした。

先にもいった通り、湖畔亭の庭を出ると、すぐに森の入口でした。私は大木の幹から幹へと身を隠しながら、恐る恐る、光の方へ近づいて行きました。しばらく行くと、案の定おぼろに人の姿が見えて来ました。彼は懐中電燈を照らしながら、熱心に地上を見廻っているらしく思われます。何かこう、探し物でもしている形です。しかしそれが何物であるか、まだ遠くてよくわかりません。私は更に勇気をふるって、男の方へ近づいて行きました。幸い、樹の幹が重なり合っているため、音さえ立てねば気づかれる心配はないのです。やがて私は相手の着物の縞柄から、顔形まで、ボンヤリと見えるほどに、間近く忍びよりました。

二十五

怪しげな男は、老人のように背をかがめて、小さな懐中電燈をたよりに、何を探すのか草叢《くさむら》を歩きまわっていました。電燈の位置によって、彼はまっ黒な影法師になったり、白っぽい幽霊に見えたりします。そして、ふと電燈を持ちかえる時などには、あたりの木の枝が、不気味な生きもののようにきらめき、時としては、私自身が燈光の直射にあって、思わず木の幹に身を隠すこともありました。

しかし、何をいうにも、豆のような懐中電燈の光で、しかも彼自身それをふりかざしているのですから、その姿を見きわめることは、非常に困難でありました。私は絶対安全の地位を選んで、ちょうど敵に近づいた兵士たちが、地物《ちぶつ》から地物《ちぶつ》へと、身を隠して行くように、木の幹を縫って、少しずつ少しずつ進みました。

この夜ふけに、森の中で探し物というのも変ですし、それがいっこうこの辺で見かけた事のない都会風な男であるのも合点《がってん》がいきません。私は当然、先夜のあやしい男、河野が追跡して見失った男を思い浮かべました、あれとこれとが同一人物ではないかと考えたのです。

しかし、どうしてもその顔形を見きわめることが出来ません。ほとんど一間《いっけん》ばかりの所まで近づいていながら、闇の中のことですから、もどかしくも、それが叶わないのです。その晩は、ひどい風で、森全体がざわめいていましたので、少しぐらい物音をたてても聞こえる気づかいはなく、そのためか相手は少しも私を悟らず、探し物に夢中になっています。

永い時間でした。右往左往《うおうさおう》する懐中電燈の光をたよりに、私は根気よく男の行動を見守っていました。すると、いくら探しても目的の品物が見つからぬらしく、男はついにあきらめて、背を伸ばすと、いきなり懐中電燈を消して、ガサガサとどこかへ立ち去る気配です。見失ってはならぬと、私はすぐさま彼のあとを尾《つ》け始めました。尾けるといっても、暗闇のことで、わずかに草を踏む足音によって相手の所在を察するほかはなく、それが今いうひどい風の音だものですから、なかなかうまく聞き取れず、怖さは怖し、物なれぬ私にはどうしていいかわからないのです。そして、まごまごしているうちに、かすかな足音も聞こえぬようになり、私はついに、その闇の中へたった一人でとり残されてしまいました。

ここまで漕ぎつけて、相手をとり逃がしては、折角の苦心が水の泡です。まさか森の奥へと逃げ込んだわけではないでしょう。彼奴《きゃつ》は私に見られたことなど少しも気づいていないのですから、きっと街道筋へ出るに相違ありません。そこへ気がつくと、私はやにわに、湖畔亭の前を通っている村道に駈けつけました。

山里のことですから、宿のほかには燈火《ともしび》の洩れる家とてもなく、まっくらな街道には、人影もありません。遠くから、村の青年が吹き鳴らしているのでしょう、下手な追分節《おいわけぶし》の尺八《しゃくはち》が、それでもなんとやら物悲しく、風の音にまじって聞こえて来ます。

私はその往還《おうかん》にたたずんで、しばらく森の方を眺めていましたが、そうして離れて見れば、怪物のような巨木たちが、風のために波打っている有様は、一そう物凄く、ますます私に里心《さとごころ》を起こさせるばかりで、さっきの異様の人物は、いつまで待っても出て来る様子がありません。

十分もそうしていたでしょうか。もういよいよ駄目だとあきらめて、あきらめながら、なんとなく残り惜しく、このあいだにもう一度河野の部屋を訪ねて、もし彼がいたら、一緒に森の中を探して見ようと、大急ぎで、息せき切って宿の玄関へ駆け込み、下駄をぬぐのももどかしく、廊下を辷《すべ》り彼の部屋に達すると、いきなりガラリと襖を開きました。

二十六

「やア、おはいりなさい」

仕合わせと河野は帰っていて、私の顔を見ると、いつものように笑顔で迎えました。

「君、今森の中にね、又変なやつがいるのですよ。ちょっと出て見ませんか」

私はあわただしく、しかし囁き声で云いました。

「このあいだの男でしょう」

「そうかも知れません。森の中で懐中電燈をつけて、なんだか探しているのです」

「顔を見ましたか」

「どうしてもわからないのです。まだその辺にうろうろしているかも知れません。ちょっと出て見ませんか」

「君は前の街道の方へ出たのですか」

「そうです。ほかに逃げ道はありませんからね」

「じゃ、今から行って見ても無駄でしょうよ。曲者は街道の方へ逃げるはずはありませんから」

河野は意味ありげにいうのです。

「どうしてわかりますか。君は何か知っているのですね」

私は思わず不審《ふしん》を打ちました。

「ええ、実は或る点まで範囲をせばめることが出来たのです。もう少しです。もう少しですっかりわかりますよ」

河野はいかにも自信のある口調で云います。

「範囲をせばめたというのは」

「今度の事件の犯人は、決して外から来たものでないということです」

「というと、宿の人の中に犯人がいるとでも……」

「まあそうですね。宿の者だとすると森の裏口へ廻ることが出来ますから。街道の方なんかへは逃げないと思うのです」

「どうしてそんなことがわかりました。それはいったい誰です。主人ですか雇人ですか」

「もう少しですから待って下さい。僕は今朝からそのことで夢中になっていたのです。そして、大体目星をつけることが出来ました。だが、軽率に指名することは控えましょう。もう少し待って下さい」

河野はいつになく思わせぶりな、妙な態度に出ました。私は少なからず不快をおぼえましたけれど、それよりも好奇心が先に立って、なおも質問を続けるのでありました。

「宿の者というのは変ですね。僕も実は或る人を、それが多分君の考えている人だろうと思いますが、一応疑って見たのですよ。しかしどうもわからない点があります。だいいち死体をどう処分したかが不明なのです」

「それです」河野もうなずきながら、「僕もその点だけがまだわからないのです」

言葉の調子では、彼もまた問題の財布の持ち主であるところの湖畔亭の主人を疑っている様子です。定めし彼は、私の知っている以上の確かな証拠でも握ったのでしょう。

「それに、例の手の甲の傷痕です。僕は注意して見ているのですが、宿の人たちにも、泊まり客にも、誰の手にもそれがないのです」

「傷痕のことは、僕はある解釈をつけています。多分あたっていると思うのですが、でもまだハッキリしたことはわかりません」

「それから、トランクの男についてはどう考えます。今のところ誰よりもあの二人が疑わしくはないでしょうか。長吉が彼らの部屋から逃げ出したことと云い、トランクの男が長吉の所在を探しまわっていたことと云い、彼らの不意の出立と云い、そして二つの大型トランクというものがあります」

「いや、あれはどうも偶然の一致じゃないかと思いますよ。僕は今朝その事に気づいたのですが、君が殺人の光景を見たのが十時三十五分頃でしたね。それから、階段の下で彼らに会った時まで、どのくらい時間が経過していたでしょう。君の話では十分ぐらいのようですが」

「そうです。長くて十分くらいでしょう」

「ソレ、そこが間違いの元ですよ。僕は念のために、彼らの出立した時間を番頭に聞いて見ましたが、番頭の答えもやはり同じ事で、そのあいだに十分以上はたっていないのです。そのわずかの時間に死体を処分して、トランクにつめるなんて芸当が出来るでしょうか。たといトランクにつめないでも、人殺しをして、血のりを拭き取り、死体を隠し、出立の用意をする、それだけのことが十分ぐらいで出来るはずがありません。トランクの男を疑うなんて、実にばかばかしいことですよ」

聞いて見れば、なるほど河野のいう通りです。私はまあ、なんというばかばかしい妄想を描いていたのでしょう。警察の方では、私の錯覚なんか気がつきませんから、女中たちの証言に照らし合わせて、てもなくトランクの男を疑ってしまったわけです。

「長吉を追っかけたことなんか、芸者と酔客《すいきゃく》とのあいだにあり勝ちの出来事です。妙な目で見るから事が間違うのです。不時《ふじ》の出立にしたって、彼らには、どんな急用が出来たのかわかりませんし、君と出くわして、驚いたというのも、誰だってそういう不意の場合にはびっくりしようじゃありませんか」

河野は事もなげにいうのでした。

それからしばらくのあいだ、私たちはその飛んでもない間違いについて語り合いました。私はあまりの失策に河野に対しても面目《めんぼく》なく、ばかばかしい、ばかばかしいとくり返すばかりで、それから先は真犯人のせんさくする余裕もなく、うやむやのうちに自分の部屋へ引きさがりました。

その時、私は河野の口吻《こうふん》から、彼の疑っているのは宿の主人に相違ないときめてしまい、私もそのつもりで応対していたことですが、あとになって、実はそうでないことがわかりました。私という男は、この物語において、初めから終わりまで、道化役を勤めていたわけです。探偵気取りもないものです。

二十七

さて、お話は少し飛んで、それから三、四日後の夜のことに移ります。そのあいだ別段お話しするほどの出来事もありません。河野は毎日どこかへ出かけているらしく、いつ訪ねても部屋にいないので、その私を除外した態度に反感を持ったのと、一つは例の失策が面《おも》はゆくて、私はこれまでのように、素人探偵を気どる気にもなれませんでした。が、そうかといって、この好奇的な事件を見捨てて宿を出発するのも残念だものですから、もう少し待てという河野の言葉を当てにして、やっぱり逗留《とうりゅう》を続けていました。

一方警察では、先にも云った、大仕掛けなトランク捜索の仕事を始め、森の中、湖水の岸と洩れなく探しまわったのですが、結局なんの得るところもない様子でした。そんな無駄な手数をかけさせるまでもなく、ただ一《ひ》とこと、例の時間の錯誤《さくご》について申し出ればよかったのかも知れませんが、河野が「被害者の死体の捜索にもなることだから、止めるにも及ぶまい」というので、私もその気になって、警察に対してはあくまで秘密を守っていたわけです。

私は機会があるごとに宿の主人の様子に注意するのと、河野の部屋を訪ねるのを日課のようにしていました。しかし主人の挙動にはこれといって疑うべきところもなく、河野は多くの場合留守なのです。

なんとも待ち遠しく、退屈な数日でした。

その晩も、どうせ又いないのだろうと高《たか》をくくって、河野の部屋の襖を開いて見たのですが、案外にもそこには主人公の河野ばかりではなく、村の駐在所の巡査の顔も見え、何か熱心に話し込んでいる様子でした。

「ああ、ちょうどいいところです。おはいりなさい」

私がモジモジしているのを見ると、河野は如才《じょさい》なく声をかけました。私は普通なら遠慮すべきところを、どうやら事件に関する話らしいので、好奇心を圧《おさ》えがたく、いわれるままに部屋の中へはいりました。

「僕の親しくしている人です。大丈夫な人ですから、どうかお話を続けて下さい」

河野は私を紹介しながら云いました。

「今もいうように、この湖水の向こうの村から来た男の話なのですよ」巡査は語りつづけました。「私はここへ来る途中偶然そこを通り合わせて、村の人たちの話しているのを聞いたのですがね。なんでもこの二日ばかり前の真夜中時分だということです。妙な匂いがしたのだそうです。気がついたのは、その男ばかりでなく、同じ村に沢山あったと云います。なんの匂いといって、それが火葬場の匂いなんです。この辺には火葬場なんてないのですからね。どうもおかしいのですよ」

「人間の焼ける匂いなんですね」

河野は非常に興味を起こしたらしく、目をかがやかして問い返しました。

「そうです。人間の焼ける匂いです。あの変ななんともいえない臭《くさ》い匂いですね。それを聞きますと、私はふと今度の殺人事件のことを思い浮かべたのです。ちょうど死体が紛失して困っている際ですからね。人間の焼ける匂いというと、何か連絡がありそうな気がするものですから」

「この二、三日ひどい風が吹いてますね」河野は何か思い当たる節でもあるのか、勢い込んで、「南風《みなみかぜ》ですね。そうだ南風が吹き続いていたという点が問題なのだ」

「どうしてです」

「その匂いのした村というのは、ちょうどこの村の南に当たりはしませんか」

「ちょうど南です」

「では、この村で人を焼けば、それは烈しい南風のために、湖水を渡って、向こうの村まで匂って行くはずですね」

「でも、それなら、向こうの村よりは、ここでひどい匂いがしそうなものですね」

「いや、それは必ずしもそうではありませんよ。たとえば湖水の岸で焼いたとすれば、風が激しいのですから、匂いは皆湖水の方へ吹き飛ばされてしまって、この村ではかえって気がつかないかもしれません。風上《かざかみ》ですからね」

「それにしても、誰にも気づかれないように人を焼くなんてそんなことが出来るとは考えられませんが」

「ある条件によっては出来ますよ。例えば湯殿の竈《かまど》の中などでやれば……」

「ええ、湯殿ですって」

「ええ、湯殿の竈ですよ……僕は今日まであなた方とは別に、僕だけでこの事件を探偵していたのです。そしてほとんど犯人をつき止めたのですが、ただ一つ死体の始末がわからないために、その筋に申し出ることを控えていたわけでした。それが今のお話ですっかりわかったような気がします」

河野は私たちの驚く様《さま》を満足げに眺めながら、後ろを向いてかばんを引き寄せると、その中から一挺の短刀を取り出しました。鞘《さや》はなくて、まっ黒によごれた五寸ほどのものです。それを見ると、私はハッとあることに気がつきました。鏡の表に殺人の影を見た時、男の手に握られていたのが、やはりそのような短刀だったのです。

「これに見覚えはありませんか」

河野は私の方を見て云いました。

「ええ、そんなふうな短刀でした」

私は思わず口をすべらせ、そこに巡査のいることに気づいて、しまったと思いました。覗き眼鏡の秘密がバレるかも知れないからです。

「どうです、もう打ち明けてしまっては」河野は私の失言を機会に、「いずれはわかることですし、それに覗き眼鏡の一件からはじめないと、私の話が嘘になってしまうのですから」

考えて見れば、彼のいうところは尤《もっと》もでした。この短刀に見覚えのあることを明らかにするためにも、手の甲の傷痕にしても、トランクの男の無罪を証する時間のことにしても、或いは覗き眼鏡を取りはずしている時に発見した怪しい人影についても、その他種々な点で、あれを打ち明けてしまわないとぐあいがわるそうに思われます。

「実につまらないいたずらをしていたのです」

私はせっぱつまってこんなふうに始めました。打ち明けるくらいなら河野の口からでなく、私自身で、せめて婉曲《えんきょく》に話したく思ったのです。

「この宿の湯殿の脱衣場に妙な仕掛けを作ったのです。鏡とレンズの作用で、私の部屋からそれが覗《のぞ》けるようにしたのです。別に悪意があったわけではありません。余りひまだものですから、学校で習ったレンズの理窟をちょっと応用して見たまでなのです」

そんなふうに、なるべく、私の変態的《へんたいてき》な嗜好《しこう》などには触れないで、あっさりと説明したのです。巡査は余り突飛な事柄なので、ちょっと腑《ふ》におちぬ様子でしたが、繰り返して説明するうちに、話の筋だけは悟ることが出来ました。

「そういうわけで、大切な時間のことなどを、今までかくしていたのは、まことに申し訳ありませんが、最初のお調べの時つい云いそびれてしまったものですから、それに一つは、そんな変てこな仕掛けをしていたために、ひょっとして私が犯罪に関係のあるように誤解でもされては困ると思ったのです。しかし、今の河野君のお話では、もう犯人もわかったというのですから、その心配はありません。なんでしたらあとで実物をお目にかけてもいいのです」

「そこで、今度は私の犯人捜索の顚末《てんまつ》ですが」河野が代わって説明を始めました。「先《ま》ず第一にこの短刀です。ご覧なさい。刃先に妙なしみがついて居ります。よく見れば血痕だということがわかるのです」

全体が汚れて黒ずんでいるため、よく見ないとわからぬほどでしたが、その刃先には黒く血痕らしいものが附着しています。

「鏡に映ったのと同じ型の短刀で、その先に血がついているのですから、これが殺人の兇器だことは明白です。ところで、私はこの短刀をどこから発見したと思います」

河野は幾分勿体《もったい》ぶって言葉を切ると、私たちの顔をジロジロ見比べるのでした。

二十八

河野が汚れた短刀を片手に、私たちの顔を眺めまわした時、咄嗟の場合、私の頭には、その短刀の持ち主であるべき、嫌疑者の容貌が次々と現われては消えました。トランクの男、宿の主人、松村という長吉の旦那、懐中電燈の男、そして、最後まで残ったのはやっぱりかの強慾な湖畔亭の主でした。今河野の口を洩れる名は、必ず彼に相違ないと信じていました。ところが、河野は意外にも、私を初め嘗《か》つて疑いをかけなかった飛んでもない一人の人物を名指したではありませんか。

「この短刀は湯殿の焚き場の隅の、薄暗い棚の上で見つけたのです。あすこの棚には、三造の持ち物が、ほこりまみれになって、つみ上げてある。そこに汚ないブリキの箱が隠してありました。もっとも、人目につきにくい場所です。箱の中には妙なものがはいっていました。まだそのままにしてありますが、綺麗な女持ちの財布だとか、金の指環《ゆびわ》だとか、沢山の銀貨だとか、そして、この血なまぐさい短刀もです……いうまでもなくこの短刀の持ち主は風呂焚きの三造です」

村の巡査も私も、黙って河野の話の続きを待っていました。そのくらいの事実では、あのおろか者の三造が犯人だなどとは、とても信じられなかったのです。

「そして犯人も三造なのです」河野は落ちつきはらって続けました。「この事件には疑うべき人物が沢山あります。第一はトランクの男、第二には松村という若者、第三はこの宿の主人。第一の嫌疑者については警察でも全力を尽くして捜索を行われたようですが、今のところはまったく行方不明です。が、あの二人を疑うことは根本的に間違っています」

そこで河野は嘗つて私に解きあかした時間的不合理について説明しました。

「第二の松村青年は、これも警察で一応取り調べたようですが、何ら疑うべき点のないことがわかりました。芸者〆治と一つの自動車で帰宅して、それ以来疑わしい行動がないのですから、彼に死体を処理する余裕がなく、従って犯人でなかったことは明らかです。だいいち惚れ抜いていた女を殺すようなそれほどの動機もないのでした。それから例の怪しい人物が落として行った財布は、なるほど、この家《や》の主人の所持品でしたが、ただそれだけのことで、その後取り調べて見ますと、彼は事件発生の時刻には、自分の部屋で寝ていたことが明らかになりました。妻君をはじめ雇人の口うらがチャンと一致していたばかりでなく、子供までがそれを裏書きしてくれました。子供は嘘を云いません」

ここで又、河野は先夜の怪人物について、一応の説明を加えました。

「つまり、われわれの疑った嫌疑者たちは、皆ほんとうの犯人でないことがわかったのです。われわれは往々《おうおう》にして、あまり間近なものを、間近であるがゆえに見落とすことがあります。たとい白痴に近いおろか者であるとはいえ、警察の人たちはなぜ風呂焚の三造を疑って見なかったのでしょう。三助だって湯殿に附属した道具ではありません。やっぱり人間です。浴場の出入口は両方にあるのです。焚き場からでも自由に脱衣場へ来ることが出来るのです。そして、あの短時間に、十時三十分から五分か十分のあいだに、死体を処理することの出来る立場にあるものは、三造を措《お》いて他にないのです。彼は一応、焚き場の石炭の山のうしろへ死体を隠しておいて、深夜を待って、ゆっくり人肉料理を行うことが出来たかも知れません」

河野はだんだん演説口調になって、得意らしく喋るのでした。

「しかし、あのおろか者です。その上正直で通った三造です。私もまさかと思っていました。彼を疑いはじめたのはごく最近のことなのです。昨日浴場の裏で三造に行きあった時、ふと気がつくと、彼の手の甲に黒い筋がついている、当然私は例の犯人の手の傷痕を思い出さないわけにはいきませんでした。ハッキリと、太く一文字にひかれた筋が、君のお話しのものとよく似ているのです。私はハッと思い当たって、しかし何気なく『どうしたのだ』と聞きますと、『へエ』と例の間の抜けた返事をして、三造はしきりに手の甲《こう》をこすりましたが、なかなかその筋が消えない。どうも焚き場の煤《すす》のついた品物に強くさわった跡らしいのです」

河野はここでも又、巡査のために覗き眼鏡の像について、詳しい説明を加える必要がありました。

「その鏡に見えた傷痕というのは、実はこれと同様の煤の汚れに過ぎなかったのではないか。私はそこへ気がついたのです。そんなぼんやりした像ですから、煤の一本筋がどうかして傷痕に見えなかったとはいえません。ね、君どう思います」

河野に意見を聞かれて私は少し考えました。

「一刹那の出来事だったから、或いは見違えたかも知れませんが」

私の頭からは、まだ例の傷痕の印象が消えていない。従って、どうも煤の汚れだなどとは思えぬのです。

「鏡に映ったのはこんな手ではなかったですか」

すると河野はいきなり彼の右手の甲を私の目の前に差し出しました。見るとそこには、手の甲一ぱいに、斜《はす》かけの黒い線がひかれています。それが余りに鏡で見たものに似ていたため、私は思わず叫ばないではいられませんでした。

「それです。それです。君はどうしてそんな傷痕があるのです」

「傷じゃない。やっぱり煤ですよ。妙に似ていますね」河野は感心したように自分の手を眺めながら「そういうわけで、三造を疑わしく思ったものですから、私はさっき云った焚き場の棚を調べて見ました。むろん三造のいない時にですよ。すると例のブリキ箱です。短刀を初め三造に似合わしくない品です。で、その棚を捜す時にですね、あすこには二階に棚があって、その間隔が狭いものだから、下の棚の奥へ手を入れると、上の棚の裏側の桟《さん》で手の甲を擦《す》るようになる、それが桟の角《かど》だったりすると、そこに溜った煤のために、こんな跡がつくわけなんです」

河野は手真似《てまね》をまぜて話し続けます。

「これでいよいよ三造が疑わしくなるでしょう。それからもう一つ、私が三造の性癖《せいへき》について誰も知らないことを知っていました。もう大分以前です。私がここへ来て間もなくのことです。偶然三造が見かけによらない悪人であることを発見しました。奴はあれで手癖《てくせ》が悪いのです。脱衣場に忘れ物などをしておくと、こっそり取ってしまうのです。私はその現場を見たことがある。でも、その時は大した品物でもなかったので、あばきもしないでそのまま見すごしたことですが、ブリキ箱を見て驚きました。これじゃ大泥棒です。馬鹿正直なんて油断をしていると、往々こんなやつがあります。その油断が彼を邪道に導く一つの動機にもなったのでしょう。それに白痴などにはよく盗癖の伴うことがありますからね」

二十九

「それならそれで、早く三造をとらえなければ」私は、浴場の方へ気が走って、河野の長々しい説明をもどかしく思いました。田舎の巡査なんて暢気なもので、いっこう平気で腰を据えています。

河野も河野です。説明はあとでもよさそうなものを、まだ長々と喋りつづけるつもりです。

「死体の処理に最も便利な地位にいること、手の甲の煤跡、血のついた短刀、数々の贓品《ぞうひん》、つまり彼が見かけによらぬ悪人であること。これだけ証拠が揃えば、もう彼を犯人と見るほかはないでしょう。あの朝脱衣場を掃除しながら、マットの位置のちがっているのを直さなかった点なども、数えることが出来ます。ただ殺人の原因は、私にもよくわかりませんが、ああした白痴に近い男のことですから、われわれの想像も及ばないような動機がなかったとは限りません。酒にみだれた女を見て、咄嗟の衝動を圧えかねたかも知れない。それは想像の限りではありませんが、動機の如何にかかわらず、彼が犯人であることは、疑う余地がないように見えます」

「それで、彼は長吉の死体を、浴場の竈で焼いてしまったとおっしゃるのですか」

巡査が信ぜられないという顔で、口をはさみました。

「そうとよりほかに考えられません。普通の人には想像も及ばぬ残酷ですが、ああした男にはわれわれの祖先の残忍性《ざんにんせい》が多量に残っていないとはいえません。その上発覚を危ぶむ理智において欠けています。存外やりかねないことです。彼は風呂焚ですからね。死体を隠す必要に迫られた場合、考えがそこへ行くのはごく自然ですよ。それに犯人が死体隠蔽《いんぺい》の手段として、それを焼却した例は乏しくないのです。有名なウエ(注10)ブスター教授が友人を殺して実験室のストーヴで焼いた話、青髭のランドルーが多数(注11)の被害者をガラス工場の爐《ろ》や田舎の別荘のストーヴで焼いた話などは、あなた方も多分お聞き及びでしょう。ここの浴場の竈は本式のボイラーですから、充分の火力があります。一度に焼くことが出来なくても、三日も四日もかかって、手は手、足は足、頭は頭と少しずつ焼いて行けば不可能なことではありません。幸いに強い南風が吹いていました(白痴の彼はそんなことさえ考えなかったかも知れませんが)。時は皆の寝静まった真夜中です。彼は滅多に人の来ない彼自身の部屋にとじこもって、少しの不自然もなくそれをやってのけることが出来たのです。この考えは余りに突飛過ぎるでしょうか。では、あの対岸の村人が感じた火葬場の匂いをなんと解釈したらいいのでしょう」

「だが、ここで少しも匂いのしなかったのが変ですね」

巡査は半信半疑で更に問いかけました。私とても、なんとなくこの説には服しかねました。

「焼いたのは人の寝ている真夜中に相違ありません。少々匂いが残っていても朝までには強い風に吹き飛ばされてしまいます。竈の灰はいつも湖水の中へ捨てるのですから骨も何も残りません」

実に途方もない想像でした。なるほど火葬場の匂いがしたという動かしがたい事実はありましたけれど、それだけの根拠で河野のように断じてしまうのは余りに突飛ではないでしょうか。私は後に至るまでこの疑問を捨てることが出来ませんでした。それはともかく、死体の処分如何にかかわらず、三造が犯人だということは河野の検べ上げた事実だけで充分判明しました。

「さっそく三造を捕えて尋問して見ましょう」

河野の演説が一段落つくと、村の巡査はやおら腰を上げたのです。

われわれ三人は、庭づたいに浴場の焚き場を目がけて近づきました。もう十時頃でした。やっぱり風の強い闇夜です。私はいうにいわれぬ恐怖とも憐憫《れんびん》ともつかぬ感情のために、胸のおどるのを禁ずることが出来ませんでした。

焚き場の戸口に来ると、田舎巡査にしろ、やっぱり御用をいただく役人です。彼は専門家らしい一種の身構えと共に、手早くパッと戸を開き、いきなり内へ躍り込みました。

「三造ッ」

低いけれども力のこもった声が響きました。ところが、折角の気構えがなんの甲斐もなかったことには、そこには、三造の影もなくて、見知り越しの使い走りの爺さんが赤々と燃える竈の前に、ツクネンと腰かけているばかりです。

「三造けェ、三造なら夕方から姿が見えねえです。どけ行っただか、さっぱり行方が知れねえです。わしが代わりにここの番を云いつかっちまってね」

爺さんは頓狂な顔をして巡査の問いに答えました。

それから大騒ぎになりました。巡査が麓の警察署へ電話をかける。捜索隊が組織される。そしてそれが街道の上下に飛ぶ。これでもう三造の有罪はいよいよ動かすことの出来ないものになったわけです。

本式の捜索は翌朝を待って行われました。街道筋からそれて、森の中、溪《たに》のあいだと隈《くま》なく探しまわったのです。河野も私も、行きがかり上じっとしているわけにはいきません。それぞれ捜索隊に加わりました。その騒ぎがお昼頃まで続いたでしょうか。やっと三造の在所《ありか》がわかりました。

湖畔亭から街道を五、六丁行った所に、山路《やまじ》に向かってそれる細い杣道《そまみち》があります。それを幾曲がりして半里《はんみち》もたどると、何川の上流であるか、深い谷に出ます。谷に沿って危なげな桟道《さんどう》が続きます。その最も危険な個所に少しばかり土崩れが出来ているのを、巡査の一人が発見したのです。

幾丈の断崖の下に、問題の三造があけに染まって倒れていました。下は一面の岩です。恐らくは夕闇の桟道に足をすべらせて落ちたのでしょう。岩にはドス黒い血が気味わるく流れていました。肝腎の犯人は、なんの告白もせぬうちに、これが天罰《てんばつ》でありましょうか、惨死をとげてしまったのです。

死体の懐中からは、河野がブリキ箱の中で見たというさまざまの贓品が発見されました。三造が逃亡の途中不慮の死にあったことは明白です。

死体の運搬、検事たちの臨検、村一ぱいの噂話、一日は騒ぎのうちに暮れました。三造の部屋であった焚き場も充分取り調べたようです。しかし、死体焼却の痕跡についてはついに何物をも発見する事が出来ませんでした。

事件は急転直下《きゅうてんちょくか》に落着《らくちゃく》したかと見えました。被害者の消失について、殺人の動機について、幾分曖昧な点があったにせよ、三造の犯行は何人も否定することは出来ません。大がかりなトランク捜索がなんの甲斐もなくて、多少この事件をもて余していた警察は、三造の死によって、救われたような気がしたかも知れません。検事たちは間もなく麓の町を引き上げました。警察は捜索をいつとなく中止した形となりました。

そして、湖畔の村は、又元の静寂に帰りました。

最もばかを見たのは湖畔亭です。その当座は物好きな客たちが、問題の浴場を見物かたがたやって来る者もありましたが、そのうちに、長吉の幽霊が出たとか、三造の呟き声が聞こえたとか、噂は噂を生んで、附近の人でさえ湖畔亭を避けるようになり、ついには一人の客さえない日が続きました。そして、今では別の旅館が建ち、さしも有名であった湖畔亭は見るかげもなく寂《さび》れはてているという事です。

読者諸君、以上が湖畔亭事件の表面上の物語です。A湖畔の村人の噂話や、Y町の警察署の記録に残っている事実は、恐らくこれ以上のものではありません。それにもかかわらず、私のお話の肝要な部分は、実はこれから後にあるのです。といっても、うんざりなさるには及びません。その肝要な部分というのは、ほんのわずかで、原稿紙でいえば二、三十枚でかたづく事柄なのですから。

事件が落着すると、私たちはさっそくこの気味わるい場所を引き上げることにしました。事件以来一そう親しくなった河野とは、方向が同じだというので一緒の汽車に乗りました。私はいうまでもなくT市まで、河野はそのずっと手前のIという駅で降りる予定でした。

二人はめいめい相当大型の鞄を提げていました。私のは例の覗き眼鏡を秘めた角鞄、河野のは古ぼけた横に長いやつ、服装は両人とも和服でしたけれど、そうして湖畔亭を出発する光景が、なんとやらあのトランクの二人づれに似ているように思われました。

「トランクの男はどうしたのでしょうね」

私はその連想から思わず河野に話しかけました。

「さア、どうしましたかね。偶然人目にかからないで、この村を出たというようなことではないでしょうか。いずれにしても、あの連中の詮議《せんぎ》立てはもう必要がありませんね。今度の犯罪にはちっとも関係がないはずですから」

そして、私たちの上り列車は、思い出多き湖畔の町を離れるのでした。

三十

「ああ、やっと清々《せいせい》した。美しい景色じゃありませんか。あんな事件にかかわっているあいだ、僕たちはすっかりこういうものを忘れていましたね」

窓外を過ぎ行く初夏の景色を眺めながら、河野はさも伸び伸びと云いました。

「ほんとうですね。まるきり違った世界ですね」

私は調子を合わせて答えました。しかし、私には、この事件の余りにもあっけない終局に、なんとなく腑に落ちかねるところがありました。例えば、死体焼却というような世の常ならぬ想像に、それを裏書きする火葬場の匂いがちゃんと用意されていたり、犯人が見つかったかと思うと、その時には彼はすでに死骸になっていたり、トランクの男の(少なくともトランクそのものの)行方が絶対にわからなくなったり、考えれば考えるほど、異様な感じがします。もっと手近な事柄をいえば、今私の前に腰かけている河野自身の古ぼけた手提鞄で、その中には恐らく数冊の古本と、絵の具と、幾枚かの着類が入れてあるに過ぎないその鞄を、彼はなぜなればあんなに大切そうにしているのでしょう。ちょっと開くたびごとに、一々錠前をおろして、その鍵をポケットの中へ忍ばせるのでしょう。私は妙に河野の古鞄が気になりました。それに連れては、河野自身の態度までも、なんとやら気掛かりです。

従って、私の様子に幾らか変なところが見えたのでしょう、河野の方でも、なんとなく警戒的なそぶりを見せはじめました。そして、一そうおかしいのは、非常に巧みにさりげない風を装ってはいますけれど、私には彼の目が(というよりも彼の心そのものが)頭の上の網棚にのせた古鞄に、恐ろしい力で惹きつけられていることがわかります。

それは実際奇妙な変化でした。

湖畔での十数日、当の犯罪事件に関係しているあいだには、曽《かつ》てそのような疑いの片鱗《へんりん》さえも感じなかった私が、今事件がともかくも解決して、帰京しようという汽車の中で、ふと変な気持になったのです。しかし、考えて見れば、世の疑いというものは、多くはそうした唐突《とうとつ》なきっかけから湧き出すのかも知れません。

でも、もしあの時、河野の古鞄が棚の上から落ちるという偶然の出来事がなかったなら、私のそのあるかなきかの疑念は、時と共に消え去ってしまったかも知れません。それは多分急なカーヴを曲がった折でしょう。あのひどい車体の動揺は、河野に取ってまったく呪うべき偶然でした。それにしてもその古鞄の転落した時、折あしく卸《おろ》したと思った錠前が、どうかしたはずみでうまくかかっていなかったというのは、よくよくの不運といわねばなりません。

鞄はちょうど私の足下へ転がり落ちました。そして驚くべき在中品《ざいちゅうひん》が、目の前に開いた鞄の口から危うくこぼれ出すところでした、いや或る品物は、コロコロと私の足の下へころがり出しさえしました。

読者諸君、それがまあなんであったと思います。細かく切り離した長吉の死骸？いやいや、まさかそんなものではありません。それは鞄一杯につまった莫大《ばくだい》なお札の束だったのです。それから足の下へころがった品は、これが又妙なもので、医者の使うガラス製の注射器でありました。

其の時の、河野の慌てようといったらありませんでした。ハッと赤くなり、次の瞬間にはまっ青になって、大急ぎで落ちたものを拾い込み、鞄の蓋を閉じると、腰かけの下へ押し込んでしまいました。私は今まで、河野という男は理智ばかりで出来上がった、鉄のような人間かと思っていましたのに、このうろたえようはどうでしょう。彼はきわどいところで弱点を暴露してしまいました。

河野がどのような早さで鞄の蓋をとじたとて、その中のものを私が見逃そうはずはありません。河野もむろんそれを知っているのです。知りながら彼はやがて顔色を取り直すと、さも平気な様子で、前の会話の続きを語し出すのでした。

莫大な紙幣と注射器。これがいったい何を意味するのか、余りの意外さに、私はしばらく物もいわないで思いまどっておりました。

三十一

しかし河野がどんなに沢山の金を所持していようと、又は商売違いの医療器械を携帯していようと、それはただ意外だというにとどまり、別段とがむべき筋のものではありません。と云ってこのまま謎を謎として別れてしまうのも、非常に心残りです。

私は、どんなふうにしてこの困難な質問を切り出したものかと、とつおいつ思案に暮れました。

河野は非常な努力をもって、何気ない体《てい》をよそおい続けていました。少なくとも私にはそんなふうに見えたのです。

「君、覗き眼鏡は忘れずに持って来たでしょうね」

彼はそんな突拍子もないことを尋ねたりしました。これはむろん彼自身の狼狽を隠すための無意味な言葉に過ぎなかったのでしょうが、取りようによっては「君だってそんな秘密を持っているんだぞ」というおどし文句のようにも考えられないことはありませんでした。

私たちの無言の葛藤《かっとう》を乗せて、汽車はいつの間にか数十里の山河を走っていました。そして、間もなく河野の下車すべき駅に到着したのです。ところが、私はその駅をうっかり忘れていて発車の笛が鳴ってから、やっと気がつくと、どうしたものか、河野は泰然《たいぜん》として下車する模様も見えません。

「君、ここで降りるのじゃありませんか」

私としても、そこで降りてしまわれては困るのですが、咄嗟の場合思わず声をかけますと、河野はなぜかちょっと赤くなって、

「ああそうだった。なにいいです。この次まで乗り越しましょう。もう、とても降りられないから」

と弁解がましく云いました。いうまでもなく彼はわざと降りそくなったのです。それを思うと、私は幾らか不気味に感じないではいられませんでした。

二マイル何十チェンの次の駅は、またたくひまにやって来ました。その駅の信号標が見えはじめた頃、河野はもじもじしながら妙なことを云い出したものです。

「君、折入ってお願いしたいことがあるんですが、一《ひ》と汽車《きしや》遅らせて下さるわけにはいきませんか。この駅で下車して、つぎの上りが来るまでのあいだ、三時間ほどありますね、そのあいだ僕のお願いを聞いて下さることは出来ないでしょうか」

私は河野の不意の申し出に、面くらいもし、気味わるくも思いましたが、彼があまりの熱心に頼むので、まさか危険なこともあるまいと考え、それに好奇心を押さえかねた点もあって、ともかく彼の提案を容れることにしました。

私たちは汽車をおりると、駅前のとある旅籠屋《はたごや》にはいり、少し休ませてもらいたいといって、奥まった一室を借り受けました。隣室に客のいる様子もなく、密談にはおあつらえ向きの部屋です。

注文の酒肴《しゆこう》を運んで、女中が立ち去ると、河野は非常に云いにくそうに、もじもじして、てれ隠しに私に酒をすすめなどしていましたが、やがて、青ざめた頬の筋肉を、ピリピリと痙攣《けいれん》させながら、思い切った体《てい》で始めました。

「君は僕の鞄の中のものを見ましたか」

そういって彼にじっと見つめられますと、なんの恐れるところもないはずの私までが、多分まっ青になっていたことでしょう、動悸《どうき》が早くなって、腋《わき》の下からタラタラと冷たいものの流れるのを感じました。

「見ました」

私は相手を興奮させないように、出来るだけ低声《ていせい》で、しかしほんとうのことを答えるほかはありませんでした。

「不審に思いましたか」

「不審に思いました」

そしてしばらく沈黙が続くのです。

「君は恋というもののねうちをごぞんじですか」

「多分知っていると思います」

それはまるで学校の口頭試験か、法廷の訊問でありました。普通の際なれば、すぐにも吹き出してしまうところでしょうが、その滑稽《こっけい》な問答を、私たちはまるで果たし合いのような真剣さで続けたものです。

「それでは、恋のための或る過失、それはひょっとしたら犯罪であるかもしれません、少しも悪意のない男のそういう過失を、君は許すことが出来るでしょうか」

「多分出来ます」

私は充分相手に安心を与えるような口調で答えました。私はその際も、河野に好意を感じこそすれ、決して反感は抱いていなかったのですから。

「君はあの事件に関係があったのですか。もしや君こそ最も重要な役割を勤めたのではありませんか」

私は思い切って尋ねました。十中八九私の想像の誤まっていないことを信じながら。

「そうかも知れません」河野の血走った目がまたたきもせず私を睨みつけていました。

「もしそうだとしたら君は警察に訴えますか」

「恐らくそんなことはしません」私は言下《げんか》に答えました。

「もうあの事件は落着してしまったのです。今さら新しい犠牲者を出す必要がないではありませんか」

「それでは」河野はいくらか安心したらしく、「僕が或る種の罪を犯したとしても、君はそれを君の胸だけに納めておいて下さるでしょうか。そして、僕の鞄の中にあった妙な品物についても忘れてしまって下さるでしょうか」

「友達の間柄じゃありませんか。誰だって自分の好きな友達を罪人にしたいものはありますまい」

私は強いて軽い調子で云い放ちました。事実それが私のほんとうの心持でもあったのです。

それを聞くと河野は永いあいだ黙っていましたが、だんだん渋面《じゅうめん》を作りながら、果ては泣かぬばかりの表情になって、こんなふうに始めるのでした。

「僕は飛んでもないことをしてしまった。人を殺したのです。ほんの出来心からやりはじめた事が意外に大きくなってしまったのです。僕はそれをどうすることも出来なかったのです。それくらいのことがわからないなんて、僕はなんという愚か者だったのでしょう。恋に目がくらんだのです。実際魔がさしたのです」

河野にこうした弱々しい反面があろうとは、実に意外でした。湖畔亭での河野と、今の彼と、なんという相違でしょう。妙なことですが、この河野の弱点を知ると、私は以前よりも一そう、彼に好意を感じないではいられませんでした。

「では君が殺したのですね」

私は茶話《ちゃばなし》でもしている調子で、なるべく相手の心を痛めないように問いかけました。

「ええ、僕が殺したも同然です」

「同然というと」

私は思わず不審を打ちました。

「僕が直接手をかけて殺したわけではないのです」

少し話がわからなくなって来ました。彼の手で殺したのでないとすると、あの鏡に映った男の手はいったい全体誰のものであったでしょう。

「じゃ直接の下手人は」

「下手人なんてありません。あいつは自分自身の過失で死んだのですから」

「過失といって……」ふと私はとんでもない間違いに気づきました。「ああ、君は三造のことをいっているのですか」

「むろんそうです」

この明瞭な返事を聞くと、私の頭はかえって混乱して来ました。

三十二

「じゃ、君が殺したといっているのは、あの三造のことだったのですか」

「そうですよ。誰だと思っていたのです」

「いうまでもない、芸妓の長吉です。この事件には長吉のほかに殺されたものはないじゃありませんか」

「ああ、そうそう。そうでしたね」

私はあっけにとられて、河野の頓狂な顔を見つめました。いったいどうしたというのでしょう。この事件には、何か根本的な大錯誤があったのではないでしょうか。

「長吉は死んでやしないのですよ。かすり傷一つ負っていません。ただ姿を隠したきりなんです。僕は自分のことばかりを考えていたものだから、つい大切なことをお話しするのを忘れてしまったのですよ。死んだのは三造一人です」

この事は、覗き眼鏡に驚かされた時、私も一応は考えぬではなかったのです。あれはただ狂言に過ぎぬのでないかと。しかしその節も説明しておいた通り、さまざまの事情が到底そんな想像を許さなかったではありませんか。それ故、今河野の事もなげな言葉を聞いたばかりでは、かえってばかにされたような気がして、俄かに信じる気にもなれません。

「ほんとうですか」私は半信半疑で聞き返しました。「そんな死にもしないもののために、警察があんな大騒ぎをやったのですか。僕には何がなんだかさっぱり訳がわかりません」

「ご尤もです」河野は恐縮しきって云いました。「僕がつまらない策略《さくりゃく》を弄したために、なんでもない事が、飛んだ大問題になってしまったのです。そして人間一人の生命を奪うようなことが起こったのです」

「初めから話してくれませんか」

私はどこから問いかけていいのか、見当さえつきかねるままに、彼にこう頼むよりほかはありませんでした。

「むろんそれをお話ししようと思っているのです。先《ま》ず僕と長吉との深い関係についてお話ししなければなりません。あの女と僕とは実は幼馴染《おさなな じみ》なんです。これだけいえば君には充分想像がつきましょう。幼馴染を忘れかねた僕は、彼女がほかの町で勤めに出てから、しばしば逢う瀬を重ねていました。もっとも、貧乏な僕には（ここで私は彼の鞄の中の莫大な紙幣を思い出さないわけにはいきませんでした）そうそう彼女の所へ通う自由がありません。のみならず、私はこうして旅から旅を歩いている身ですから、時には半年も一年も顔を見ないで過ごす時もありました。今度がやはりそれで、一年ばかり前にこの地方へ住みかえて来たという噂は耳にしていたのですが(それが僕をこの山の中へ導いた一つの動機に相違ありません)、この町になんという名で出ているか、少しも知りませんでした。長吉がほかならぬ私の恋人であることを知ったのは、事件のたった一日前のことでした。それまでもあの女はたびたび湖畔亭へ来ているはずですが、どうしたわけか一度も出あわなかったのです。それがあの日の前日ふと廊下ですれ違って、お互いに気がつくと、御免下さい、私はそっとあの女を自分の部屋へ連れ込んで、まあ積《つも》る話をしたわけなんです。詳しいことは時間がありませんから省きますが、その時あの女はいきなり泣き出して、「死にたい死にたい」と云い、ついには私に一緒に死ぬことを迫るのです。いったいに内気な女で、多少ヒステリーも手伝っていたのでしょうが、最初から芸者稼業がいやであったところへ、Y町へ住みかえて以来、友達らしい友達はなく、同輩にもいじめられるようなことが多かったらしいのです。そこへ抱え主が因業《いんごう》で、最近持ち上がった例の松村という物持ちの身うけ話がだんだんうるさくなり、うんというか、借金を倍にしてほかへ住みかえするか、二つに一つののっぴきならぬ場合にさし迫っているのでした。死にたいというのも、あの女の気質にしては、まあ尤もなのです。そんな事情も事情ですが、何より私を夢中にしたのは、あの女がいまだに私を思い続けていてくれる誠意《せいい》でした。私は出来ることなら、女の手をとって、この世の果てまでも落ちのびたく思ったことでした。

「ところがちょうどそこへ、幸か不幸か妙な出来事が突発したのです。たとい、その突発事件が起こったところで、もう一つの条件がなかったら、あんな騒動にもならないで済んだのでしょうが、どうも不運な（といっては虫のいい話ですけれど）事情が揃《そろ》っていたのですね。もう一つの事情というのは、実は君の覗き眼鏡です。あの仕掛けを僕は前もって知っていたのです。これが僕の悪い癖なんですが、他人の秘密を探る探偵癖とでもいうのでしょうか、その性質が多分にあって、あの装置などもほとんど最初から知っていたばかりか、君の留守中に部屋へ忍び込んであの鏡を覗いて見さえしたのです」

「ちょっと待って下さい」

私は河野の言葉の切れ目を待ちかまえて口をはさみました。彼の告白がいつまでたっても、私の疑問の要点に触れぬもどかしさに堪え兼ねたのです。

「長吉が死んでいないというのは、どうも不合理な気がして仕様がありません。あの脱衣場のおびただしい血潮は誰のものなんです。人間の血液だということは医科大学の博士が証明しているじゃありませんか。あれほどの血潮をいったいどこから持って来たというのです」

「まあそうあせらないで下さい、順序を追ってお話ししないと、僕の方がこんぐらかってしまうのです。その血のこともすぐにお話ししますから」

河野は私の中言を制しておいて、更に彼の長々しき告白を続けるのでありました。

三十三

「そういうわけで、僕は、脱衣場の大姿見のどの辺のところへ立てば、身体のどの部分が覗き眼鏡に映るかを、ちゃんと知っていたのです。覗き眼鏡の一部分が望遠鏡のような装置になっていて、姿見の中央の部分だけが、大きく映るのでしたね。僕は君の留守中に入浴者の裸体姿の大写しを、盗み見たことがあります。そして、恐らく君もそうだったのでしょうが、僕はあの夢のような不気味な影像《えいぞう》に、一種異様の魅力を感じたのです。そればかりか、もしもあの水底のように淀んだ鏡の面に、何かこう血なまぐさい光景が、例えば豊満な裸女の肩先へ、ドキドキ光る短刀がつきささって、そこからまっ赤な血のりが流れ出す光景などが映ったならば、どんなに美しいだろう、というような空想さえ描いたのでした。いうまでもなくそれはほんの気まぐれな思いつきに過ぎないので、さっきいったもう一つの突発事件がなかったなら、それを僕みずから実演しようなどとは思いも寄らぬことでした。

「あの晩、十時過ぎでもあったでしょうか、ともかく殺人事件のすぐ前なんですが、もう床についていた僕の部屋へ、突然長吉が駈け込んで来ました。そして隅っこの方へ小さくなって『かくまって下さい。かくまって下さい』と上《うわ》ずった声で頼むのです。見れば顔面は青ざめ、激しい呼吸のために肩が波打っています。余りに唐突のことで、僕はあっけに取られてぼんやりしていましたが、間もなく廊下にあわただしい足音がして『長吉はどこへ行った』などと聞いている声も聞こえます。声の主はどうやらトランクの二人連れの一人らしいのです。

「それからずいぶん方々探しまわっているようでしたが、まさか長吉と僕とが馴染の間柄で、僕の部屋に逃げ込んだとは、女中にしたって想像もしなかったでしょう。トランクの男はとうとう空しく引き返した様子でした。僕は何がなんだかさっぱり訳がわからず、やっと安心したのか部屋のまん中へ出て来た長吉をとらえて、ともかく事の仔細を問いただしました。すると、長吉が云いますには、ちょうどその晩も例の旦那の松村なにがしが宴席に来ていて、酔ったまぎれに余りひどい事をいったりしたりするので、長吉は座にいたたまらず、その場をはずして、あてもなく廊下を歩きまわっていたのだそうですが、通りすがりに、トランクの男の部屋の襖があいていて、中に誰もいないのを見ると、長吉はふと或る事を思いついたのです。それはご承知でしょう、長吉はたびたびトランクの男に呼ばれていたのですが、何かの機会にあのトランクの中に大金の隠されているのを知ったのです。手の切れそうなお札の束が幾つとも知れずはいっているのを見たのです。まあ待って下さい。おっしゃる通りこの鞄の中にあるのがその金ですがどうして私の手にはいったかはこれからおいおいお話ししますよ。

「長吉はその金のことを思い出し、あたりに人のいないのを見て、悪心《あくしん》を起こしたのです。そのうちのほんの一《ひ》と束《たば》か二た束で、あすからでも自由の身になり、いやな松村の毒手《どくしゅ》をのがれることが出来る。そう思うと、松村の乱暴でいくらかのぼせていたのでしょうね。彼女はいきなり部屋へはいって、トランクを開こうとしました。しかし、むろん錠前がおろしてあるのだから、女の細腕《ほそうで》で開くはずがない。それを、彼女はもう夢中で、蓋の隅の方を無理に上げてそのすき間から指を入れ、やっとの思いで数十枚のお札を抜き出すことが出来ました。が、そうした事に不慣れな彼女は、わずか一と束の紙幣を抜きとるのに可なりの時間をついやしたらしく、ふと気がついた時には、いつの間にか、うしろにトランクの主が恐ろしい剣幕で立ちはだかっていたのです。

「長吉が僕の部屋へ逃げ込んだのは、まあそういうわけだったのです。が、ここに不思議なのはトランクの持ち主の態度でした。普通だったら、長吉の行方がわからぬとなれば、さっそくその事を宿の帳場を通じて、詮議させるべきですが、いっこうその様子がない。長吉が余り心配するものですから、僕はそっとトランクの男の部屋へ忍んで行って様子を見ましたが、妙なことに彼らは大あわてで出発の用意をしているじゃありませんか。こんな辻褄の合わぬ話はありません。これは何か彼らの方にも秘密があるに相違ない。長吉に金を盗まれたことを怒るよりも、彼女にトランクの中身を知られたことの方を恐れているのかも知れない。長吉が見たという莫大な紙幣の束、しかもそれをトランクの中へ入れて持っている。考えて見れば変なことばかりです。彼らはひょっとしたら大泥棒か、さもなくば紙幣贋造者《しへいがんぞうしゃ》ではないだろうか。当然僕はこんなふうに考えました。

「部屋へ帰って見ると、長吉はもう身も世もあらず泣きふしています。そして持ち前のヒステリー発作を起こして、例の『一緒に死んでくれ』を始めるのです。それが僕まで も、どうにも取り返しのつかない、いやにせっぱつまった、狂気めいた気分にしてしまいました。そして、この悪夢のような気分から、僕はふと途方もないことを考えついたのです。『そんなにいうなら、殺して上げよう』僕はそういって長吉を湯殿へつれ込みました。焚き場を覗いて見ると、幸い三造はいない。そこの棚の上には彼の短刀がのっかっている。(これは前から見ておいて知っていました)で、ご承知の兇行が演じられたわけなんです。

三十四

「そういう際ながら、僕にはあの激情的な美しい光景を、君に見せて上げたい気持があったのです。ひょっとしたら長吉を逃すことよりも、その方が重《おも》な動機だったかも知れませんよ。しかしちょうどその時、君が眼鏡を覗いていてくれたかどうか、もし覗いていなかったとすると、折角のお芝居がなんの甲斐もないことになります。そこで、僕はもっと現実的な証拠として、前もって脱衣場の板の間に血を流しておくことを考えつきました。でも、これとてもほんとうに気まぐれな、芝居気たっぷりな咄嗟の思いつきに過ぎなかったのです。

「僕はある旅先で、友達から注射器をもらいました。僕の癖としてそういう医療器械などに、いうにいわれぬ愛着を感じるのですね。おもちゃのように、しょっちゅう持ちあるいていたのですよ。で、その注射器によって、長吉の腕からと私の腕からと、両方合わせて茶碗に一杯ほどの血潮を取り、それを海綿《かいめん》でもって板の間へぬりつけたわけなのです。恋人の血を取って自分の血にまぜ合わせる、その劇的な考えが僕を有頂天にしてしまったのです」

「でもたった茶碗に一杯の血がどうしてあんなに多量に見えたのでしょう。信じられませんね」

私は思わず口をはさみました。

「そこですよ」河野はいくらか得意らしく答えました。「それはただ、拭きとるのと、塗りひろげるとの相違です。誰にしても、まさか血潮を塗りひろげたものがあろうとは考えませんからね。拭きとったとすれば、あれだけの痕跡は、確かに人一人殺すに足る分量ですよ。ところがほんとうはさも拭き取った跡らしく見せかけて、その実出来るだけ広く塗りまわしたのです。商売の絵心でもって、柱や壁のとばっちりまで、ごく念入りにこしらえ上げ、余ったのを短刀の先に塗りつけて、例のブリキ箱に入れておいたのです。むろん長吉はその場から逃がしてやりました。彼女にしては、泥棒の汚名を着るか自由の身になるかの瀬戸際ですから、怖がっている場合ではありません。山伝いに闇にまぎれて、Yとは反対の方へ走りました。むろん落ちつく先はちゃんと申し合わせてあったのです」

私はあまりあっけない事実に、いくらかがっかりしないではいられませんでした。しかし、疑問はこれですっかり解けたのでしょうか。いやいや、あれが単なるお芝居であったとすると、ますます不可解な点が出て来ます。

「それじゃ例の人間を焼く匂いはどこから来たのでしょう」私は性急に問いかけました。「又三造はどうして変死をとげたのでしょう。そして、それがなぜ君の責任なのか、どうもよくわかりませんね」

「今お話ししますよ」河野は沈んだ調子で続けました。

「それからあとは、君も大概《たいがい》ご承知の通りです。幸いトランクの男が、想像に違わず何かの犯罪者であったと見え、夜のうちに姿をくらまし、あれほど探しても行方がわからないものですから、僕のお芝居が一そうほんとうらしく見え、被害者長吉、加害者トランク男ときめてしまって、警察を初め少しも疑う者がないのです。しかし事件の発頭人《ほっとうにん》である僕にしては、騒ぎが大きくなればなるほど、もう心配でしょうがありません。今さらあれはいたずらだったと申し出るわけにもいかず、そうかといって黙っていれば、いつトランクの男が捕えられて真相が暴露しないとも限りません。一時の出来心に任せて、とんでもないことを仕出かしてしまったと、僕はどれほど後悔したことでしょう。そんなわけで、長吉が約束の場所で首を長くして待っていたにもかかわらず、そこへ行くことが出来ません。事件がどちらかにかたづいてしまうまでは、どうしても湖畔亭を立ち去る気になれません。この十日ばかりというもの、表面は苦しい平気をよそおいながら、僕がどんな地獄を味わっていたか、とても局外者《きょくがいしゃ》には想像出来ないだろうと思います。

「僕は探偵を気取って、君と一緒にいろいろなことをやりましたが、実はどこから僕の芝居がばれてくるかと、ビクビクものでそれを待っていたわけなんです。ところが、例の覗き眼鏡をとりはずしていた時、突如として新しい登場者が現われました。あの晩の怪しい人影を僕はわざと隠していました。けれど、風呂番の三造だったのです。彼が宿の主人の財布を落として行ったのは、前にも云った彼の盗癖から考えて、さして驚くにも当たらぬことです、おかしいのは中にあった札束です。主人は自分の金だと云いますけれども、どうもそぶりが変です。彼は評判の慾ばり爺ですから、当てになったものではありません。そこで、僕は三造がこの事件に関連してなにか秘密を持っているに相違ないと目星をつけ、彼の身辺につきまとって探偵を始めました。そして、その結果、驚くべき事実を発見したのです。

三十五

「三造は例の大トランクを二つともどこから拾って来たのか、焚き場の石炭の中に隠していたのです。トランクの男たちは多分目印にされることを恐れて、トランクを山の中に隠し、身をもって逃げ去ったのでしょうが、三造はそれを見ていたのかも知れません。或いは後になって、森の中へ枯枝を集めに行った時に偶然発見したのかも知れません。ともかく、中身の莫大な紙幣もろとも、彼はトランクを盗んでいたのです。これであの財布の中の札束も解釈がつくわけですね。しかし、トランクの持ち主が、たとい危急の際であったとはいえ、あの大金を惜しげもなく捨てて行ったというのは、少々変です。やっぱり贋造紙幣《がんぞうしへい》だったのでしょうか。それとも後日取りに来るつもりで、人目につかぬ所へ埋めてでもおいたのでしょうか。あの大風の晩に懐中電燈で森の中を探しまわっていた男は、ひょっとしたら、彼らの命《めい》を受けてトランクを探しに来た一味の者だったかも知れませんね。

「事件はだんだん複雑になって来ました。どうなることか少しも見当がつきません。僕の向う見ずないたずらが、このような大事件になろうとは、まったくの予想外で、したがって心配はますます強くなるばかりです。ところが、四、五日以前、警察のトランク大捜索がはじまる頃には、三造も自分の所業《しょぎょう》に恐れを抱きはじめました。そして、その唯一の証拠品であるトランクを風呂場で焼くことを思いつきました。人の寝静まった頃を見はからい、トランクをこわしては、少しずつ焼き捨てて行くのです。僕は現にそれを隙見していたのですが、まさか対岸の村まで獣皮《じゅうひ》の匂いが漂《ただよ》って行こうとは思いませんでした。いうまでもなく、これが死体を焼く匂いと間違えられたわけです。僕はかつて、外国にもこれに似た事件のあったことを聞いています。なんでも田舎の一軒家の煙突から盛んに黒煙が出て火葬場の匂いがするものですから、村人が騒ぎ出し、てっきり死体を焼いているものと思って調べて見ると、あにはからんや、古長靴かなんかをストーヴに投げ込んだものとわかりました。その家の主人が、或る殺人事件の嫌疑者だったために飛んだ騒ぎになったのです。

「しかし僕はその当時そこまで考えたわけではありません。ただもう途方に暮れてしまったのです。もしこの愚か者の軽挙から事の真相がばれるようなことがあってはと、それが先《ま》ず心配でした。で、少しでも発覚を遅らせる意味で、僕は三造を逃亡させようと計りました。警察で彼を疑い出したことを、それとなくほのめかし、彼を怖がらせたのです。悪人にしろ、そこは愚か者のことです。僕の計画を見破るどころか、トランクを盗んだということから、ただちに殺人の嫌疑までかけられるものと思い込み、ちょうど村の巡査が僕を訪ねて来た日です。彼は例の紙幣の束だけを風呂敷包みにして、彼の故郷である山の奥へと逃げ出したのです。僕は計画がまんまと成功したのを喜び、むしろ彼を護衛するような心持で、そのあとを尾行しました。

ところが、その途中、あの桟道の所で、思いがけぬ出来事が起こったのです。余りに道を急いだために、三造は崖から辷《すべ》り落ちて変死をとげてしまったのです。僕は大急ぎで下におりて、介抱して見ましたが、もはや蘇生《そせい》の見込みはありません。考えて見れば可哀そうな男です。悪人といっても、それは彼の白痴と同様、彼自身にはどうすることも出来ない生まれつきだったのでしょう。それを僕の利己的な気持から逃亡を勧めたばかりに、彼はもっと活きられた命を、果敢《はか》なくおとしてしまったのです。僕は非常な罪を犯したような気がして、無残な死骸を正視するに耐えず、ともかく、紙幣の風呂敷包みだけを拾って、急を知らせるために宿へ引き返しました。

「ところが、その途中、僕はふとある妙案を思いついたのです。三造は可哀そうだとはいえ、もう死んでしまった者だ。もしすべての罪を彼に着せることが出来たなら、長吉はいつまでも死んだものとして、全く自由な一生を送ることが出来、したがって自分も最初夢想したような幸福を味わい得るではないか。それには幸い、短刀と云い、手の甲の筋と云い、三造の日頃の盗癖と云い、都合のよいことが揃っている。そこで僕は、俄かに三造の変死を知らせることを中止して、彼に罪をなすりつける理窟を考えはじめたのです。ちょうどそこへ、村の巡査が匂いのことを知らせてくれました。すっかり陣立てが出来上がったのです。僕は巡査と君の前で、考えておいた理窟を陳述すればいいのでした。

「紙幣をちょっと見たのでは、贋造かどうかわかりません。もし本物であったら、僕は一躍大金持になることが出来ます。そんな慾心から、お恥かしいことですが、つい焼きすてるのが惜しくなり、ともかくも鞄の底に納めておいたものです。それを君に見られてしまい、このまま別れてはどうしたことで君の口から真相がばれないものでもなく、いっそのことほんとうを白状してしまった方が安全だと思ったものですから、こうしてお引き留めしたわけです。つまりこの事件には犯罪というほどのものは一つもなく、長吉のヒステリーと僕の気まぐれから出発して、幾つもの偶然が重なり合い、非常な血なまぐさい大犯罪らしいものが出来上がってしまったのです」

河野はため息と共に長物語を終わりました。私は事件の裏面の意外さに、しばらく物をいうことも出来ませんでした。

「そういうわけですから、どうかこのことは君の腹にだけおさめて、誰にも話さないで下さい。もしこれがばれて、元の雇い主に呼び戻されるようなことがあれば、長吉はきっと生きてはいないでしょう。僕も世間に顔むけの出来ないことになります。どうかこの僕の願いを聞き入れて下さい。誰にも話さないと誓って下さい」

「承知しました」私は河野の態度に引き入れられ、さも沈痛《ちんつう》な調子で答えました。「決して他言しません。どうかご安心下さい。そして一刻も早く長吉の所へ行って、あの人を安心させて上げて下さい。僕は蔭ながらお二人の幸福を祈っています」

そして私は一種の感激をもって河野と別れを告げたのです。河野は私の汽車の出るのを感謝をこめたまなざしで、永いあいだ見送ってくれました。

それ以来私は彼らを見ません。河野とは二、三度文通はしましたけれど、彼らの恋がどのような実を結んでいるかは知る由もないのです。ところが最近河野から珍しく長文の手紙を受け取りました。彼は長々と私の往年の好意を謝した上、愛人長吉の死を告げ、彼自身も友人の事業に関係して南洋の或る島へ旅立つことを知らせて来たのです。その文面によれば、彼は恐らく再び日本の土を踏むことはありますまい。もはや事件の真相を発表しても差し支えない時が来たのです。

読者諸君。以上で私の退屈なお話は終わりをつげました。例の莫大な紙幣が本物であったかどうかは、つい聞く機会がありませんでしたが、恐らく贋造紙幣ではなかったかと思います。

ただ一つ、ここに或る重大な疑問が残されています。私は河野に別れて以来、日をふるにつれて色濃くなって来るその疑問に、形容の出来ない悩ましさを感じはじめました。もし私の想像が当たっているとすれば、私はにくむべき殺人者を、ゆえなく見逃したことになるのです。でも、今はまだその疑いをあからさまにいうべき時機ではありません。河野が生きているのです。しかも、彼はお国のために海外に出稼ぎをしているのです。数年前に死んでしまったおろか者の三造の故に、なにを好んで、今さら犠牲者を出す必要がありましょう。

（『サンデー毎日』大正十五年一月三日号から五月二日号まで、全十一回）

注1　生人形
　生きている人間のように見える精巧な細工の人形。見世物として興行された。
注2　土左衛門
　水死体。溺死者。おぼれて死んだ人。
注3　ごもく
　ごみ。
注4　行路病者
　行き倒れ。飢えや病気のため倒れた、引き取り手のない人。
注5　手絡
　日本髪の髷《まげ》につける飾り布。
注6　弊履
　破れたくつや草履《ぞうり》。価値のない物。
注7　たのもし
　頼母子講《たのもしこう》。構成員が一定期間掛け金を払い、くじや入札で決めた当選者がその金を受け取る仕組み。
注8　合トンビ
　春・秋に着物の上に羽織る男性用のコート。
注9　約五百円
　現在の数十万円。

注10　ウエブスター教授
ジョン・ウエブスター。マサチューセッツ医科大学教授、ハーバード大学講師。一八四九年、借金の問題から実業家パークマンを殺害、研究室で焼却したが、逮捕され翌年に死刑となった。

注11　青髭のランドルー
フランスの殺人鬼。新聞広告で募集した女性たちを殺し、金品を奪った。

『妖虫』解説

落合教幸

この巻に収録されているのは「妖虫」「湖畔亭事件」の二作品である。どちらもやや短めの長篇といえる。発表順に「湖畔亭事件」から解説していこう。

江戸川乱歩の執筆活動を大きく区分すると、初期の短篇、中期の長篇、後期の少年探偵と評論の時期に大きく分けて考えることができる。もちろん、長篇を多く発表していた時期にもすぐれた短篇はあるし、戦後にも重要な長篇小説があるので、あくまでおおまかな区分である。

初期の、短篇小説の時期というのは、最初に発表した大正十二(一九二三)年の「二銭銅貨」から、最初の休筆に入る昭和二(一九二七)年までということができる。

乱歩は大学を卒業後、いくつもの職を移りながら、居住地も転々とした。最初に就職したのが大阪の貿易会社で、そこを出奔したあとに東京に移り、その後も東京と大阪で何度も転職した。一時は三重県の鳥羽造船所にも勤務している。

そうしたなかで、乱歩は小説を書いたのだった。必ずしも作家だけを目指していたわけではなく、試みたいくつもの職業のなかに、小説を書くことも含まれていたということのようである。

いくつかの短篇を発表した後、大正十三(一九二四)年の後半に乱歩は「D坂の殺人事件」を書き、専業作家としてやっていく決意をする。この小説が博文館の雑誌『新青年』大正十四(一九二五)年一月増刊号に掲載され、これ以降「心理試験」「黒手組」「赤い部屋」というように、連続して掲載されていった。

乱歩が作品を発表したのはこの『新青年』だけでなく、発表の場を増やしていった。『写真報知』には「日記帳」「算盤が恋を語る話」などを書いた。『苦楽』には「夢遊病者彦太郎の死」(「夢遊病者の死」)「人間椅子」などを書いている。

大正十二年が三作、大正十三年が二作だけだったことを考えると、このとき乱歩が創作量を急激に増やしたということがわかる。

この時期乱歩は、大阪で生活をしていた。しかし東京へと移ることを決め、大正十五(一九二六)年の一月に転居している。その後も何度か転居しているが、基本的には東京に住み続けることになる。

乱歩はこの大正十五年の一月、三つの連載を開始している。それまで短篇だけを書いてきた乱歩にとって、長篇は初の試みだった。作家として生活していくためには、長篇の連載を持つことが必要だと考えたのだろう。それを三つ同時に始めたのは、相当の意気込みだったと想像できる。しかしこれは、結果から見ても無謀な挑戦だったと言える。

三つの長篇のうち、ひとつは「闇に蠢く」である。これは月刊誌の『苦楽』に連載された。この小説は、偶然手に入れた原稿を紹介するという枠組みになっている。長野県にあるホテルで失踪した女性の謎をめぐる話である。「長篇怪奇小説」と予告されたように、のちの乱歩の長篇につながるような、黒岩涙香を意識した小説になっている。しかし連載時には結末までたどり着くことができなかった。

もうひとつが「二人の探偵小説家」(のち「空気男」と改題)である。これは旬刊の『写真報知』の連載である。探偵小説家である二人の青年が、いろいろないたずらを繰り返す。ひとりが健忘症にかかり、現実の犯罪とかかわっていく話に展開する予定だったようだが、中断したままになった。

そして「湖畔亭事件」は、週刊誌『サンデー毎日』に連載だった。当時大阪で編集していた『サンデー毎日』は、乱歩を編集部に迎え入れるという打診もしていたという。

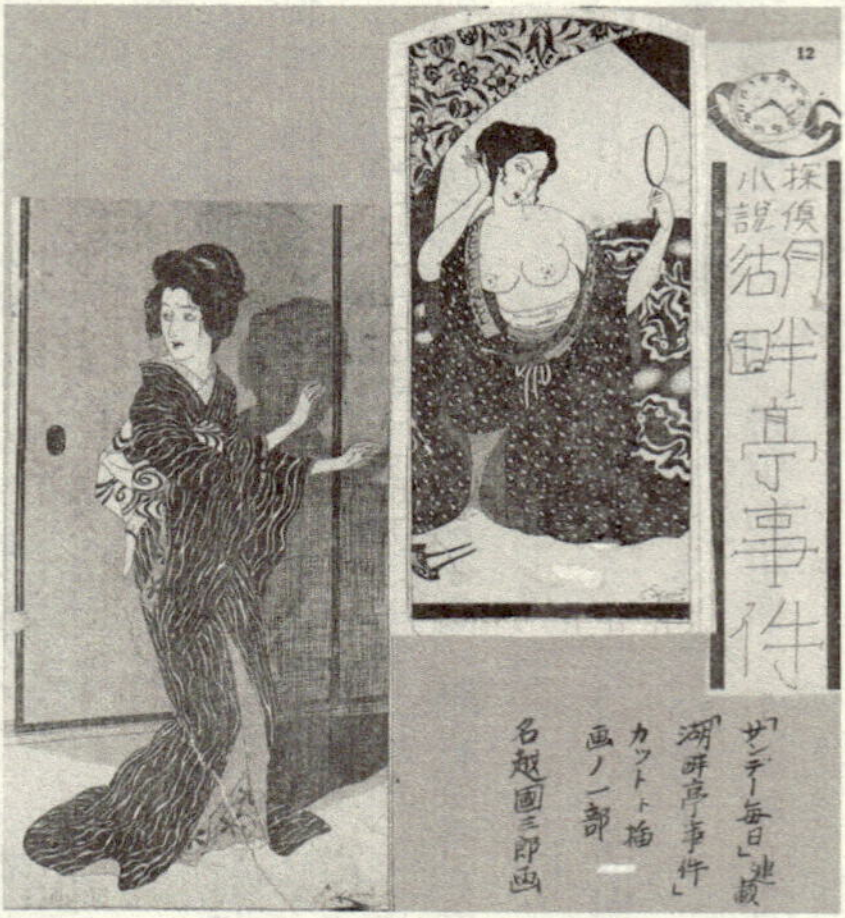

「湖畔亭事件」連載時の挿絵 名越國三郎画（『貼雑年譜』）

しかし勤め人としての生活が自分の性に合わないと考えていた乱歩は、編集部入りは断り、長篇の連載だけを受けて東京へと転居したのだった。

乱歩は「湖畔亭事件」について、何回か自作解説をしている。いずれも「首尾一貫しない」という意味のことと、「案外評判は悪くなかった」といったことを書いている。

連載の第二回掲載時には、宇野浩二による推薦文も掲載された。乱歩の、特に初期の文体は宇野浩二を意識していたことは、乱歩の随筆「宇野浩二式」（『悪人志願』所収）でも書かれている。

「湖畔亭事件」の主人公も、宇野浩二に言及し、幻燈やレンズ、鏡への関心を少年期から持ち続けていたと語る。湖畔の旅館に滞在していた主人公は、ボール紙の筒をつなげて、風呂場をのぞくことのできる眼鏡を設置する。ある日その覗き眼鏡で、女が殺される場面を目撃してしまうのである。

この殺人を目撃する仕掛けについては、「殺人の現場が鏡に映るという思いつきは、私の細君の入れ智恵で、書き初めて困って懊悩しているのを見兼ねて、彼女が色々と思いつきを並べてくれた内に、それがあったのだ」と明かしている。

怪しげなトランクを持った男や、人肉が焼けたような匂いなど、興味深い謎が描かれている。他の二作品とは異なり、この小説は結末まで連載することができたが、終

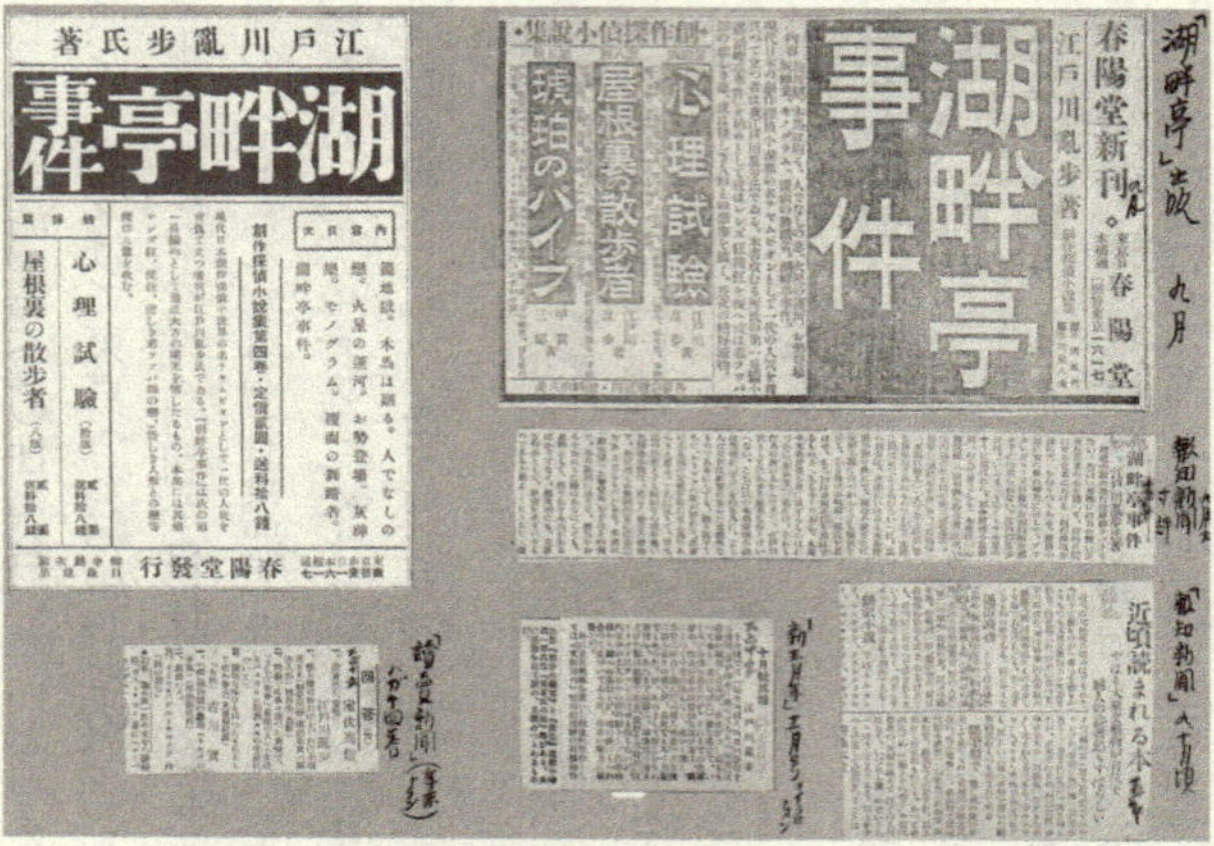

春陽堂版『湖畔亭事件』広告（『貼雑年譜』）

盤はかなり駆け足になってしまっている印象である。

これらの連載長篇だけでなく、大正十五年、乱歩は引き続き短篇も書いている。『新青年』には「踊る一寸法師」「火星の運河」、『大衆文藝』には「お勢登場」「鏡地獄」を書いた。

このように、大正十四年と十五年に、乱歩は大量の作品を生み出したのだった。結果としてこの二年間には、代表作に入れることのできる良作もあり、一方で失敗作もあった。こうした執筆状況の無理が、連載長篇には大きく影響したと言える。

連載していた三つの長篇は、いずれも乱歩の思うようにはいかなかった。「闇に蠢く」は連載途中で中絶し、書籍に収録される際に加筆して完結させた。「二人の探偵小説家」は四回で中絶してしまう。「湖畔亭事件」も休載を何度も挟みながら、ようやく完結に至っている。

乱歩はこの年の後半には「パノラマ島奇談」も書いている。これは五回の連載で、中篇程度の長さだったが、ひとまず連載を完結させた。乱歩は長篇への取り組みをあきらめたわけではなかった。年末からは「一寸法師」の新聞連載に入っていく。新聞小説の連載はやはり乱歩の執筆ペースと合わず、乱歩はこの「一寸法師」の執筆で疲弊してしまい、休筆に入ることになった。

その後、中篇「陰獣」で復帰し、続く長篇「孤島の鬼」「蜘蛛男」から長篇執筆を中心とした時代に入ることになる。

つまり、「闇に蠢く」「二人の探偵小説家」「湖畔亭事件」という、長篇に取り組み始めた最初の三作は、まだ乱歩は長篇の書き方を模索していた段階の作品だったのである。

昭和四（一九二九）年から昭和六（一九三一）年、乱歩は多くの大衆向けの長篇を書いた。これにより、従来の探偵小説の読者より幅広い層の読者を乱歩は獲得することになった。江戸川乱歩の知名度は上がり、印税などの収入も増加した。まとまった収入は乱歩の再度の休筆を可能にした。乱歩は昭和七（一九三二）年の春からしばらく休むことになる。

翌昭和八（一九三三）年は、二回目の休筆からの復帰をはかっていた時期である。乱歩が特別に意識し、また読者からも期待されていたのが、「悪霊」だった。この小説を掲載した『新青年』は、探偵小説の専門誌ではなかったが、大正期から探偵小説の中心的な雑誌だった。だがその意識が重圧となり、乱歩は連載を途中で断念することになってしまう。

同時期に連載していたのが「妖虫」と「黒蜥蜴」、そして「人間豹」である。「妖虫」は講談社の雑誌『キング』の連載である。「黒蜥蜴」は、新潮社の雑誌『日の出』に、「人間豹」は講談社の『講談倶楽部』に掲載された。

新潮社はまだ乱歩との関係はそれほど深くなく、むしろこの後に「江戸川乱歩選集」（昭和十三年〜十四年）を刊行するなどして関係が深まっていく。その頃、乱歩の作品掲載の中心は講談社であった。

乱歩は『講談倶楽部』に六つの連載、『キング』には四つ、『富士』には二つの連載小説を書いている。また講談社の野間社長が経営にたずさわっていた『報知新聞』にも「吸血鬼」を連載した。そして、『少年倶楽部』にも少年物を連載することになる。

乱歩が『キング』に書いたのは、「黄金仮面」「鬼」「妖虫」「大暗室」である。中篇の「鬼」は本格探偵小説を意識したものだが、それ以外の長篇は活劇的な展開が中心と言える。「黄金仮面」について乱歩は「老若男女だれにも向くように」ということを意識し、「ルパン風の明かるいものをと心がけ、変態心理などは持ち出さないことにした」と書いている。他の『キング』連載も同様というわけではないが、乱歩が同じ講談社でも雑誌の性格を考慮していたことはわかる。

この「妖虫」には明智小五郎《あけちこごろう》ではなく三笠竜介《みかさりゅうすけ》という探偵が登場する。探偵が明智

『キング』「妖虫」連載開始号新聞広告（『貼雑年譜』）

でない理由は、例えば探偵が犯人である可能性も残しておきたい場合など、物語の展開のうえでの必要性が考えられる。一方で、この時期の乱歩が、明智小五郎以外の名探偵をつくろうとしていた可能性も否定できない。

乱歩は昭和六年に『吸血鬼』で明智小五郎を結婚させ、同年に『魔術師』と『黄金仮面』が完結すると、その後しばらく休ませたようにも見える。結果から見れば、その後も明智小五郎が活躍することになるのだが、明智以外の探偵の造形について「パノラマ島奇談」、「蜘蛛男」「恐怖王」「火縄銃」「大暗室」などを見ていくのも面白いだろう。

博文館の『新青年』に掲載の「悪霊」は失敗したが、「妖虫」「黒蜥蜴」「人間豹」は完成させた。これらをめぐる乱歩の苦闘の跡は、回想録『探偵小説四十年』などに記述されている。

特に乱歩を傷つけることになったのは、横溝正史《よこみぞせいし》の書いた文章だった。「復活以後の江戸川乱歩こそ悲劇の外の何者でもない」など、乱歩を痛烈に批判した。乱歩は横溝の引用をしながら「言っていることは、厳正には尤も至極なのだけれど」と受け止めた。しかし、個人的に言ってくれても良かったのではないか、とも書いている。

こうして『妖虫』『黒蜥蜴』『人間豹』という三つの長篇を書き終えた乱歩は、ふたたび小説の執筆から遠ざかった。昭和十（一九三五）年は乱歩にとって、評論家としての道を本格的に歩み始める年となった。続く昭和十一（一九三六）年は、少年物の第一作「怪人二十面相」が始まる。

つまり、ここから戦後へつながる、乱歩の姿勢が作られていくといえるのだ。「悪霊」と三つの長篇作品は、乱歩がそのようになる前の、最後の時期の作品としてとらえることができる。

監修／落合教幸
協力／平井憲太郎
立教大学江戸川乱歩記念大衆文化研究センター

本書は、『江戸川乱歩全集』（春陽堂版　昭和29年～昭和30年刊）収録作品を底本としました。旧仮名づかいで書かれたものは、なるべく新仮名づかいに改め、筆者の筆癖はそのままにしました。漢字は変更すると作品の雰囲気を損ねる字は正字体を採用しました。難読と思われる語句には、編集部が適宜、振り仮名を付けました。

本文中には、今日の観点からみると差別的、不適切な表現がありますが、作品発表当時の時代的背景、作品自体のもつ文学性、また筆者がすでに故人であるという事情を鑑み、おおむね底本のとおりとしました。

説明が必要と思われる語句には、最終頁に注釈を付しました。

（編集部）

江戸川乱歩文庫
妖虫《ようちゅう》
著　者　江戸川乱歩《えどがわらんぽ》

2019年10月31日　初版第1刷　発行

発行所　株式会社　春陽堂書店
104-0061　東京都中央区銀座3-10-9
KEC銀座ビル9F
編集部　電話03-6264-0855

発行者　伊藤良則

印刷・製本　株式会社マツモト

乱丁・落丁本は、ご面倒ですが小社営業部宛ご返送ください。
送料小社負担にてお取替えいたします。

ISBN978-4-394-30173-8 C0193